Dante Alighieri

Commedia

Purgatorio

희극
연옥

1판 1쇄 발행 2026년 2월 25일

지은이 | 단테 알리기에리

옮긴이 | 김지언

발행인 | 신현부

발행처 | 부북스

주 소 | 04613 서울시 중구 다산로29길 52-15, 301호

전 화 | 02-2235-6041

이메일 | boobooks@naver.com

ISBN | 9979-11-91758-12-2 03880

희극

연옥

단테 알리기에리 지음

산드로 보티첼리 그림

김지언 옮김

차례

연옥

연옥 목차

연옥

연옥

연옥 1곡 목차

연옥 1곡

1 더 좋은 물 위를 달리려고,
   그리도 잔인한 바다를 뒤로 하고,
   이제 내 재능의 쪽배가 돛을 올린다.

4 인간 정신이 정화되고,
   하늘에 오를 위엄을 갖추는 곳,
   두 번째 왕국을 노래할 것이다.

7 여기서 죽은 시가 다시 일어나도록,
   아, 신성한 뮤즈들이여, 내가 그대들의 것이니,
   여기서 칼리오페가 조금 일어나,

10 비참한 까치들이 용서를 구하지 못하도록
   내치던 소리로 내 노래를
   따라다니게 하소서.[001]

---

001 아홉 뮤즈들의 우두머리인 서사시의 뮤즈 칼리오페가 그녀와 경쟁한 피
   에루스 왕의 교만한 아홉 딸들을 압도해서 그녀들을 까치들로 변신시킨
   소리로 두 번째 왕국(연옥)의 노래를 따라 다니며 굽어 살펴주기를 시
   인이 겸허하게 기도한다.

13   한가운데에서 첫 둘레에까지[002]
        청아하게 맑게 모여 있는
        동양 사파이어의 감미로운 색깔이,

16   내 눈과 가슴을 슬프게 하던
        죽은 대기 밖으로 내가 나오자,
        내 눈을 다시 기쁘게 하기 시작했다.

19   사랑을 북돋아주는 아름다운 별이,
        호휘하는 물고기 자리를 휩싸며,
        온 동녘을 웃음짓게 했다.[003]

22   오른쪽으로 돌아 다른 극에
        내 정신을 쏟아서, 태초의 사람들만이 본
        네 별들을 내가 보았다.[004]

25   하늘이 그 작은 불꽃들을 즐기는 듯 보였다.
        아, 바라볼 별들을 빼앗긴

---

002 지평선까지 온통 둥근 하늘에서.

003 아침 샛별과 함께 떠서 베누스의 빛에 가린 물고기 자리는 해와 함께 뜨는
     양자리 앞의 별자리로, 일출 직전의 희망찬 아침을 묘사하는 말들이다.

004 아담과 이브의 지상낙원이 산꼭대기에 있는 연옥은 지상이 있는 북극과
     반대인 남극(다른 극)에 있다. 울리세스가 본 "다른 극의 모든 별들"(지
     옥 26.127) 중 네 별들은 인간 스스로 이룰 수 있는 네 덕목인 절제, 용
     맹, 정의, 지혜를 상징한다.

북반부의 과부여!005

28   그들로부터 시선을 거둔 내가,
      북두칠성이 벌써 사라진
      다른 극 쪽으로 나를 조금 돌리자,006

31   아들이 아버지에게 더는 바칠 수 없는
      존경을 받을 만한 모습의 노인을
      홀로 내 가까이에서 내가 보았다.

34   가슴까지 두 다발로 내려오는
      머리카락과 비슷하게 희끗희끗한
      수염이 길었다.

37   거룩한 빛 네 줄기가
      그의 얼굴을 빛나게 장식하니,
      그를 마치 해인양 내 앞에서 보았다.007

---

005 미덕을 잃고 "과부"(애가 1.1)가 된 예루살렘이 중심인 북반구에 사는 사
     람들을 말한다.
006 이미 적도를 넘은 순례자는 볼 수 없는 북극의 북두칠성.
007 단테가 "그들로부터 시선을 거둔" 네 별들이 반사된 얼굴이 네 덕목들로
     빛나는 영혼은 마르쿠스 포르키우스 카토 우티켄시스(Marcus Porcius
     Cato Uticensis, 기원전 95-46)로 공화정을 지키기 위해 싸우다 율리우
     스 카이사르에게 순종하기보다 자신의 목숨을 끊은 로마 정치가이다.
     《향연(Convivio)》에서 그리스도를 상징할 수 있는 지상의 유일한 사람

40   "저 눈먼 강을 거슬러 영원한 감옥에서
       탈출한 너희는 누구냐?"
       수염을 위엄있게 움직이며 그가 말했다.

43   "지옥의 계곡을 언제나 검게하는
       깊은 밤 밖으로 빠져나오는 너희를
       무엇이 밝혀주었냐, 혹은 누가 이끌었느냐?

46   심연의 법들이 그렇게 깨졌든지,
       하늘의 새로운 뜻이 변해서,
       저주받은 너희가 내 석굴로 오느냐?"

49   그러자 길잡이가 나를 붙잡고,
       말과 손과 눈짓으로 내 다리와 눈썹을
       겸손하게 만들었다.[008]

52   그리고 그에게 답했다. "스스로 온 것이 아니오.
       하늘에서 내려온 여인이 청해서,
       이자를 반려하며 내가 도왔소.

으로 (해처럼) 단테가 극찬한 이교도는 인간이 이룰 수 있는 네 가지 덕
목을 완비하여 단테의 지옥에 있지 않고 지옥을 탈출했을 영혼들로부터
연옥의 입구를 지키고 있다.

008   무릎을 꿇고 고개를 숙여 내가 경의를 표하게 했다.

55 그러나 우리의 진실한 사연을
더 상세히 원하는 그대를
내가 거절할 수 없소.

58 마지막 밤을 아직 보지 않았지만,
무모한 그가 너무 가까이 있어서,
시간이 오직 조금만 남아 있었소.

61 내가 말했듯이, 그를 구하기 위해
내가 이곳으로 보내졌소. 내가 있는
이 길말고 다른 길은 그에게 없었소.

64 모든 악한 자들을 그에게 내가 보여 주었소.
그대의 권한하에서 자신들을 정화하는
영혼들을 이제 보여 주고자 하오.

67 어떻게 그를 이끌었는지 말하기는 길 것이오.
높은 곳에서 내려온 힘이 나를 도와주어,
그대를 보고 듣기 위해 그를 데려왔소.

70 이제 그가 온 것을 기꺼이 맞아주시오.
자유를 위해 목숨을 마다하지 않는 사람이 아는
그 소중한 자유를 그가 찾아가고 있소.[009]

---

009 "하느님의 자녀들이 누리는 영광스러운 자유"(로마서 8.21)를 찾아가는

73 그것을 위해서는 죽음이 쓰라리지 않았던
   그대가 알 것이오. 그대가 우티카에서
   그 위대한 날에 밝게 빛날 옷을 벗었소.[010]

76 영원한 칙령이 우리 때문에 무너지지 않았소.
   이 사람이 살아 있고, 미노스가 나를 묶지 못하오.[011]
   그대의 마르치아의 순결한 눈들이 있는 둘레에

79 내가 있소. 그대의 것으로 그녀를 붙잡기를,[012]
   아, 거룩한 가슴이여, 아직도 그녀가 그대를
   바라듯이 보이니, 그녀의 사랑으로 우리도 바라오.

82 그대의 일곱 왕국들을 우리가 지나가게 해주시오.
   그대의 존함을 저 아래에서 언급해도 된다면,
   그대의 자비로움을 그녀에게 전하겠소.”

  단테를 율리우스 카이사르 아래 속박되는 것보다 자유를 선택했던 카토와 베르길리우스가 비교하고 있다.

010 최후의 심판일에 영광스럽게 다시 입을 몸을 우티카에서 잃었다. 카르타고의 도시 우티카에서 카토가 자살하였다.

011 베르길리우스의 영혼은 미노스의 판결을 받지 않는 림보에 있다.

012 카토가 친구 호르텐시우스에게 준 자신의 아내 마르치아가 호르텐시우스가 죽자 다시 카토에게 되돌아가기를 바랬다. 마르치아를 하느님께 되돌아가고자 원하는 영혼을 상징하는 것으로 단테가 해석하였다 (단테,《향연》4.28.13-9).

85   "마르치아가 이승의 내 눈에 너무나 들어,"
        그가 말했다. "내게 원했던 많은 것들을
        내가 해주었소.

88   이제 악의 강 저편에 머무니,013
        그곳 밖으로 내가 나올 때 만들어진 법에 따라,
        더 이상 나를 그녀가 움직일 수 없소.

91   하지만 하늘의 여인이, 그대가 말한 대로,
        그대를 움직이고 인도하면, 아첨할 필요 없이,
        그녀를 위해 그대가 내게 청하면 충분하오.

94   가서 매끈한 골풀로014 그를 감고
        그의 얼굴을 씻어 주어, 거기서
        모든 때를 벗겨내시오.015

97   안개에 가려진 눈으로
        천국에서 온 첫 번째 천사 앞으로
        가서는 안 될 것이기 때문이오.

---

013 아케론 강 너머의 림보.
014 겸손의 상징.
015 지옥의 흔적을 영혼에서 씻어내어야 한다.

100   이 섬 아래, 아래 둘레에,

        파도가 치는 저 가장자리에,

        부드러운 진흙 위로 골풀들이 자라오.

103   치는 파도에 굽히지 않고,

        잎이 무성하거나 뻣뻣한 다른 초목은

        거기서 생명을 유지할 수 없소.[016]

106   그리고 이곳으로 돌아오지 마시오.

        이제 떠오르는 해가 산을 더 쉽게

        그대들이 오르도록 보여줄 것이오.”

109   그렇게 그가 사라졌고, 나는 말없이

        일어나, 내 길잡이에게 바싹

        다가가, 그에게 눈을 돌렸다.

112   그가 시작했다. “아들아, 내 발길을 따라라.

        여기 이 벌판이 낮은 가장자리로

        기우니, 뒤로 돌아가자.”

115   앞으로 달아나는 아침 시간을[017] 새벽이

---

016 하느님의 벌을 겸손히 받아들이는 연옥의 영혼들을 상징한다.
017 밤의 마지막 시간.

이겨내고 있어서, 저 멀리서 잔잔히
흔들리고 있는 바다가 어른거렸다.

118 잃어버린 길에 닿기까지
헛되이 돌아가듯 보이는 사람같이,
허허벌판을 외로이 우리가 걸어갔다.[018]

121 바닷바람에 젖어 아직 맺혀있는
이슬이 해와 겨루는 곳으로[019]
우리가 왔을 때,

124 조심스럽게 내 스승님이 두 손을
작은 풀 위로 벌리시니,
그의 몸짓을 알아챈 내가

127 눈물에 젖은[020] 얼굴을 그에게 내밀었다.
그러자 지옥이 내게 숨겼던
그 모든 색을 그가 내게서 드러냈다.

---

018 진실한 길을 되찾을 때까지 헛된 길에서 헤메는 사람의 삶을 상징적으로
재현하며 천국을 찾아 올라가는 연옥에서의 순례를 시작하고 있다.

019 하느님의 은총을 상징하는 이슬은 겸손한 풀들에 더 넘쳐 맺힌다.

020 슬픈 지옥의 흔적.

130   그 후 항해 후 귀환을 경험한 사람을
        한번도 보지 못한 황량한 해변[021] 위로
        우리가 왔다.

133   여기서 그가 다른 분이 바라는 대로[022] 나를 두르셨다.
        아, 놀라운 일이여! 그가 고른 하찮은 풀이
        뽑히자마자 바로 거기서

136   즉시 다시 살아나왔다.[023]

---

021 물에 잠긴 울리세스를 상기시킨다.
022 "그분이 바라시는 대로"(지옥 26.141) 물에 잠긴 울리세스와 달리, 겸손
     에 감긴 단테는 연옥의 해변에 닿는다.
023 꺾기자마자 되살아나는 겸손과 같은 정신의 신비한 힘을 묘사한다.

연옥 2곡

1   자오선의 가장 높은 지점이

덮고 있는 예루살렘의

해가 이미 지평선에 이르렀다.[024]

4   해와 맞서서 도는 밤이[025]

해를 이기면 손에서 놓는

저울을 들고 갠지스 강 밖으로 나왔다.[026]

7   그래서 아름다운 새벽의 하얗고

붉은 뺨들이, 내가 있는 곳에서,

나이를 너무 먹어 금색으로 변했다.[027]

10   갈 길을 생각하니 마음은 가나

---

024 북반구의 중심에 자리잡고 있는 예루살렘의 해가 지고 있었다.

025 하루에 해(낮)와 반대로 도는 밤.

026 한 해 중 밤이 낮보다 더 긴 추분과 춘분 사이의 밤하늘에서 볼 수 없는 천칭자리를 들고 나오는 밤은 춘분이 이제 막 지난 밤하늘을 가리킨다. 의인화된 밤이 별을 들고 나온 북반구의 가장 동쪽 밤하늘의 모습을 그리고 있다.

027 예루살렘 정반대의 남반구에 자리잡은 연옥에 날이 밝아오고 있었다. 새벽 6시 경이다. 의인화된 새벽이 드러내기 시작한 하얀 뺨이 붉게 변한다. 시간이 더 지나면, 떠오르는 해로 금색으로 변한다.

몸은 머무르는 사람처럼, 우리가
아직 바닷가에 있었다.

13   그러자, 아침이 밝아오면, 마치
저 아래 서쪽 수면 위의 짙은 안개 속에서
화성이 붉게 빛나는 것과 같이,[028]

16   나는 것보다 더 빨리 움직이는 빛이
바다를 가로지르면서 내게 — 내가
다시 볼 수 있기를! — 나타났다.

19   내 길잡이에게 물어보려고
내가 잠시 눈을 돌린 동안,
빛이 더 밝고 더 커진 것을 내가 보았다.

22   그리고 그 빛 양쪽에서 뭔지 모르지만
하얀 것이, 그리고 아래에서 조금씩
또 하얀 것이 그것에서 나왔다.

25   처음 하얀 것들이 날개의 모습으로 나타나도
내 스승님은 아직 움직이지 않았다.
사공을 알아 보았을 때 그가

---

028   해의 열기로 증발하는 수증기 속에서, 동쪽에 뜬 햇빛에 서쪽에서 반사
되어 더 붉게 타는 화성.

28   외쳤다. "무릎을, 무릎을 꿇어라.
      하느님의 천사이시다. 두 손을 모아라.
      이제 이런 사신(使臣)들을 네가 보게될 것이다.

31   이리도 먼 물가들 사이를[029] 노도
      자신의 날개가 아닌 다른 돛도 마다하며,
      인간의 수단을 멸시하는 것을 보아라.

34   필멸의 털처럼 변하지 않는,
      영원한 깃털을 공중에 퍼득이며,
      하늘로 뻗은 날개들을 보아라."

37   점점 더 우리에게 올수록
      신성한 새가 가까이에서
      더 빛나서, 눈이 부셨다.

40   아래로 눈길을 내렸다. 물에 전혀
      빠지지 않는,[030] 빠르고 가벼운 조각배를
      타고 바닷가로 그가 왔다.

43   글자 그대로 축복받은 모습의

---

029 북반구의 테베레 강어귀에서 태운 영혼들을 남반구 바다 한가운데의 섬
     에 있는 연옥까지 천사가 데려온다.
030 천사와 영혼들은 무게가 없다.

천상의 사공이 고물에 서 있었고,
수백의 영혼들이 안에 앉아 있었다.

46   '이스라엘이 이집트에서 빠져나올 때,'
        모두가 함께 한목소리로 노래를 불렀고,
        시편의 나머지 부분도 적힌 대로 불렀다.[031]

49   그가 십자 성호를 그들에게 긋자,
        모두가 바닷가로 몸을 던졌고,
        올 때처럼 그는 바삐 갔다.

52   남은 무리는 낯선 모습으로,
        새로운 것을 겪는 사람처럼,
        사방을 두리번거리며 보았다.

55   익숙한 화살로 염소 자리를
        하늘 한가운데에서 쫓아낸 해가
        온 사방으로 햇살을 쏘아대고 있을 때,[032]

---

031 이집트 노예의 삶으로부터 해방되어 나오는 유대인을 노래하는 시편
     114 (Psalmus 113). 그리스도인들의 해방된 영혼을 상징하는 것으로 전
     통적으로 해석되었다.

032 춘분에 양자리와 함께 뜨는 해가 양자리로부터 90도 떨어져 있는 염소
     자리의 모든 별들이 정오를 지나도록 밀어낸 만큼인 9도 정도 즉 일출
     후 반시간 남짓 후 동쪽에서 뿐 아니라 하늘의 온사방에서 빛난다.

58   새로운 사람들이 우리 쪽으로 고개를
      들고 말했다. “그대들이 알고 있다면,
      산으로 가는 길을 우리에게 보여주시오.”

61   베르길리우스가 대답했다. “그대들이
      아마 우리가 이곳에 익숙하리라 믿으나,
      우리도 그대들과 같은 나그네들이오.

64   그대들보다 조금 전에 우리가 왔소.
      참으로 거칠고 험한 다른 길을 통해 와서,
      이제 올라가는 것이 우리에게 낙일 것이오.”

67   숨 쉬는 내가 아직 살아 있다는 것을
      알아챈 영혼들이 놀라서
      질식해 버렸다.

70   새로운 소식을 들으려는 사람들이
      올리브 가지를[033] 든 전령을 쫓으며
      아무도 서로 밟히는 것을 마다하지 않듯이,

73   내 얼굴에 시선을 고정한 모든
      행운의 영혼들이, 자신들을 아름답게

---

033 좋은 소식을 상징한다.

하는 길을 거의 잊어버린 듯했다.

76   그들 중 하나가 앞으로 나와 나를
        그렇게 큰 애정을 지니며 안으려 하는 것을
        내가 보고 나도 따라 움직였다.

79   아, 겉모습 뿐인 공허한 영혼들이여!
        세 번을 그 영혼 뒤에서 두 손이 마주쳤고
        세 번을 내 가슴으로 두 손이 돌아왔다.

82   내 얼굴에 놀라움이 그려졌을 것이다.
        그림자가 미소 지으며 물러섰고,
        그것을 따라 나는 더 다가갔다.

85   나를 멈추게 한 그의 부드러운 말에 그가
        누구인지 알았고, 나와 말하기 위해 조금
        멈춰 서기를 내가 청했다.

88   내게 그가 대답했다. "필멸의 몸속에서도
        내가 그대를 사랑했던 만큼 풀려나서도
        내가 그대를 사랑하니 멈추오. 그런데 그대는 왜 가오?"

91   “내 카젤라여, 내가 있는 곳으로 다시
        돌아오기 위해 이 여행을 하오.”034 내가 말했다.
        “그런데 그대는 왜 그렇게 많은 시간을 빼앗겼소?”035

94   그가 내게, “누구를 언제 태울지 결정하는 이가
        내가 건너는 것을 여러 번 거절했어도,
        누구도 내게 잘못한 게 없소.036

97   그의 의지는 정의에 따라 정해지기 때문이오.
        실제로 세달 전부터 타고자 하는 사람을 모두
        아주 평화롭게 그가 데리고 왔소.

100   그래서 테베레 강물이 바다로
        짜지는 곳으로037 돌아온 나를 이제야
        자비롭게 그가 받아주었소.

103   그가 이제 그 강어귀로 날개를 뻗었소.
        아케론으로 떨어지지 않는 이들을
        언제나 거기에서 모으기 때문이오.”

034 죽어서 이곳으로 다시 돌아와 구원받기 위해 하는 순례.
035 피렌체 시인들의 시를 위해 작곡한 음악가 카젤라는 1300년 이전 이미
    석달 쯤 전에 죽었다.
036 영혼들을 배에 태우는 천사가 하느님의 정당한 뜻을 따랐을 뿐이다.
037 테베레 강의 단물이 바다에 닿는 곳에 로마의 문이 있었다.

106 내가, "내 모든 열망들을 잠재워주던
   사랑스런 노래의 사용과 기억을
   새로운 법이 그대에게서 앗아가지 않았다면,

109 몸과 함께 여기로 오면서 많이 지친
   내 영혼을 그대가 그것으로 조금
   위로해주지 않으려오!"

112 '내 마음속에서 내게 말하는 사랑'을[038]
   그가 그토록 달콤하게 시작했고,
   그 달콤함은 아직도 내 안에서 울린다.

115 내 스승님과 나 그리고 그와 같이 있던 사람들이
   너무나 충족되어 다른 어떤 것에도
   마음이 닿지 않는 것처럼 보였다.

---

038 단테의 철학적 저서인 《향연》에서 당시 단테의 "모든 열망들을 잠재워
   주던"(106) 철학을 찬양하는 시 구절이다 (단테, 《향연》 3). "하느님을
   그대들에게 나타나지 않게하는"(122) 철학에 안주하던 자신의 과거를
   뉘우치고, 신학을 상징하는 베아트리체를 정상에서 보는 연옥의 순례를
   단테가 시작한다. 하지만, 베르길리우스 없이 산을 오를 수도 정상에 이
   를 수도 없듯이, 인간 이성과 철학을 기반으로 해야만 그것을 뛰어넘는
   신학에 도달할 수 있다.

118   그의 음들에 우리가 완전히 빠져
       몰두하자, 위엄있는 노인이[039] 소리쳤다.
       "무슨 짓인가, 굼뜬 영혼들이여?

121   무슨 태만인가, 무엇을 멍히 보고 있는가?
       하느님이 그대들에게 나타나지 않게 하는
       그대들의 허물을 벗으러 산으로 달려가시오."

124   먹이를 찾아 모인 비둘기들이 조용히,
       평소의 교만을 부리지 않으며[040]
       곡식이나 가라지를 쪼으고 있을 때,

127   무엇이 나타나 무서워지면,
       더 큰 근심에 싸여 즉시
       먹이를 두고 뜨는 것과 같이,

130   새로온 식구가 노래를 멈추고,
       어디로 가는지도 모르며 가는 사람처럼,
       산기슭으로 도망가는 것을 내가 보았다.

133   우리도 그보다 더 늦게 떠나지 않았다.

---

039   카토.
040   고개를 숙인 채.

연옥 3곡

1   우리에게 옳은 수난을 겪을 산을
향한 황급한 도주가 동반자들을 들판에
흩어지게 했지만,

4   나는 충실한 동반자에 바싹 붙어 섰다.
내가 어찌 그가 없이 뛰어갔겠는가?
나를 누가 산 위로 이끌었겠는가?

7   자책하는 것처럼 그가 보였다.
아, 고결하고 순결한 양심이여,
작은 잘못에도 얼마나 쓰라려했는가!

10   행동에서 위엄을 없애는
황급함을 그가 발길에서 멈추게 했을 때,
처음에 긴장했던 내 마음이

13   풀리고 열려서, 바다에서 하늘로
가장 높이 솟은 산으로
내 눈길을 돌렸다.

16   뒤에서 붉게 불타는 해가

내 안에 햇살을 두고,
내 몸 앞에서 부러졌다.

19   내 앞쪽만 어두워진 땅을
내가 보았을 때, 버려졌을까 봐
염려하여 옆으로 돌아섰다.

22   내 위안이 내게 완전히 돌아서서
말하기 시작했다. "왜 의심하느냐?
내가 너를 이끌고 같이 가는 것을 못 믿느냐?

25   내가 살아서 그림자를 만들던 몸이
묻힌 곳은 이미 저녁이다.[041] 몸이
브린디시에서 나폴리로 옮겨졌다.[042]

28   이제 내 앞에 아무런 그림자가 없더라도,
한 하늘이 다른 하늘의 빛을 막지 않는
하늘들에[043] 대해 보다 더 놀라지 마라.

---

041   나폴리는 예루살렘에서 45도 즉 세 시간 차이로 떨어진 것으로 단테가
간주했다. 연옥이 일출 (오전 6시) 후이고 예루살렘이 일몰 (오후 6시)
후이면, 나폴리는 늦은 오후 즉 오후 3시와 6시 사이에 놓여 있다.

042   브린디시에서 기원전 19년에 죽은 베르길리우스의 몸이 묻힌 무덤이 아
우구스투스 황제의 명으로 나폴리로 이장되었다.

043   아리스토텔레스가 지상과 다른 천상이 지닌 다섯째 원소로 상정한 아이
테르는 흙, 물, 불, 공기보다 가볍고 투명하며 차지도 뜨겁지도 않다.

31   고통과 더위와 추위를 겪는
       비슷한 몸들을 그 힘이[044] 부여하나
       그 방법은 우리에게 드러내려 하지 않는다.[045]

34   한 실체를 삼위 안에 지닌
       무한한 길을 우리의 이성이 추적할 수
       있기를 희망하는 자는 무모하다.[046]

37   인간이여, 실재함에 만족하라.[047]
       모든 것을 볼 수 있었다면,
       마리아가 출산할 일이 없었을 것이다.[048]

40   소망이 이루어지길 소망하였으나,
       열매 없이 영원히 슬퍼하는 이들을
       그대들은 보았다.

43   아리스토텔레스와 플라톤과 다른 많은 이들에 대해

---

044 하느님.

045 베르길리우스가 상정하는 아이테르와 같은 영혼이 지옥의 고통과 더위
     와 추위를 겪는 방법은 스타티우스가 이후 알려줄 것이다 (연옥 25. 79-
     108).

046 삼위일체의 무한한 하느님을 인간의 이성만으로 이해할 수 없다.

047 인간이 신의 존재를 알 수 있으나, 신의 실체와 원인은 알 수 없다.

048 인간 스스로 볼 수 있었다면, 그리스도가 보여줄 필요가 없었을 것이다.

내가 말한다."⁰⁴⁹ 여기서 그가 고개를 숙이고 더 이상
말하지 않았고, 난감하게 남아 있었다.

46   그 사이에 산기슭에 우리가 와 있었다.
        바위가 너무나 가팔라,
        재빠른 다리라도 소용없어 보였다.

48   레르치와 투르비 사이에서
        가장 황폐하게 버려진 곳이⁰⁵⁰
        그것에 비하면 쉽게 오르는 계단이다.

51   스승님이 발을 멈추고 말했다.
        "날개 없이 가는 이도 오를 수 있도록,
        덜 가파르게 내려가는 쪽을 이제 누가 아는지?"

54   그가 고개를 숙이고 마음속에서
        길을 시험해 보고 있을 때,
        나는 위로 바위 주변을 바라 보았다.

---

049 인간 이성만으로 모두 볼 수 없어, 아직 애태우며 림보에 머물고 있는 영
     혼들.
050 이탈리아 레르치와 프랑스 라 투르비 사이를 잇는 리구리아 해변의 가파
     른 길.

57   왼쪽에서 한 무리의 영혼들이
       내게 나타났다. 우리를 향해
       발을 너무나 늦게 움직여서 움직이지 않는 듯했다.

60   내가 말했다. "스승님, 눈을 들고 보세요.
       스승님 혼자서는 찾을 수 없는 길을
       알려줄 사람들이 여기 있습니다."

63   그래서 그가 보고 표정을 펴며
       대답했다. "천천히 오는 저들에게 가자.
       희망을 굳건히 굳혀라. 사랑하는 아들아."

67   우리 발을 천 번을 내디뎌도,
       돌팔매질을 잘하는 손이 던질 거리만큼,
       그 사람들이 아직 멀리 떨어져 있었다.

70   그들은 높이 단단히 들어선 절벽 쪽에서,
       모두 꼼짝 않고 빽빽히 멈춰서서,
       의심쩍어하는 사람들처럼 쳐다보았다.

73   "아, 좋게 마치고, 아, 이미 선택된 정신들이여,"
       베르길리우스가 말을 시작했다. "내가 믿기로
       그대들을 기다리는 평화에 맹세컨데,

76 산이 평탄하게 누워 있어서 우리가 위로
    오를 수 있는 곳을 말해 주시오. 더
    알수록 잃는 시간이 더 아깝기 때문이오.”

79 하나씩 둘씩 셋씩 울타리 밖으로 나오고,
    수줍게 눈과 주둥이를
    땅에 대고 있는 나머지 양들이,

82 첫 번째가 하는 것을 하고,
    서로 등을 비벼대며, 멈추면 뭔지도 모르고,
    단순하고 조용하게 따라 멈추는 것처럼,

85 그때 행복하게 떼지은 자들의
    우두머리가 근엄한 얼굴과 위엄있는 행보로
    움직이며 오는 것을 내가 보았다.

88 빛이 내 오른쪽 땅 위에서 끊어지고,
    내 그림자가 석굴 쪽으로 지는 것을
    보자마자 앞에 있는 이들이 주춤하고,

91 뒤로 조금 물러나자, 따라오던
    다른 모든 이들도 왠지도 모른 채
    같이 따라하였다.

94   "햇빛이 땅에서 사라지는 것을
        보는 이것이 사람의 몸임을
        그대들이 물어보지 않아도 내가 고백하오.

97   놀라지들 마시오. 하지만 하늘에서 오는
        힘이 없이는 이 절벽을 정복할 시도를
        하지 않을 것이오."

100   스승님이 그러자, 그 근엄한 사람들이
        손등으로 가리키며 말했다.
        "돌아서서 앞으로 들어오시오."[051]

103   그리고 그들 중 하나가 말하기 시작했다.
        "그렇게 가는 그대가 누구든지, 얼굴을 돌려,
        저편에서 나를 한 번이라도 보았는지 기억해 보시오."

106   나는 그쪽으로 돌아 유심히 그를 바라 보았다.
        금발에 아름답고 인자한 자태를 지녔으나,[052]
        다친 눈썹 하나가 갈라져 있었다.

109   내가 본 적이 있음을 겸손히 부정하자,
        그가 말했다. "여기를 보시오." 그리고

---

051 우리 앞으로 오시오.

052 시칠리아 궁정에서 예술을 후원하던 아름다운 자태의 사람으로 알려졌다.

가슴 위쪽의 상처를 내게 보여주었다.

112   그가 미소 지으며 말했다. "내가 만프레드,
        콘스탄차 황후의 손자였소.[053] 그래서
        그대에게 청하건데, 그대가 돌아가면,

115   시칠리아와 아라곤의 영광을
        낳은 내 아름다운 딸에게[054] 가서
        다른 말을 들으면, 그녀에게 진실을 말하시오.[055]

---

053 현재 독일 남서부 지방인 슈바벤에서 온 호엔슈타우펜 왕조의 마지막
     시칠리아 왕 만프레드(재위: 1258-1266)는 호엔슈타우펜 가문의 세번
     째이자 마지막 신성 로마 제국 황제였던 프리드리히 2세(재위: 1220-
     1250)의 아들이자 시칠리아의 여왕 코스탄차 1세(재위: 1194-1198)의
     손자이다. 프리드리히 1세(재위: 1155-1190)의 아들 하인리히 6세(재
     위: 1191-1197)와 결혼한 후 신성 로마 제국을 함께 다스렸던 황후는
     단테 천국의 월천에 구원되어 있으나 (천국 3.120), 그녀의 아들이자 만
     프레드의 아버지는 이단자로 지옥에서 벌받고 있다 (지옥 10.119).

054 만프레드를 승계한 딸 콘스탄차 2세(약 1249-1302)는 그녀와의 결혼
     후 왕이 된 아라곤의 페드로(약 1239-1285)와 함께 시칠리아를 다스렸
     고 그들의 아들들이 아라곤과 시칠리아의 왕위를 승계했다.

055 교황들이 두 번이나 파문했음에도 불구하고 그의 영혼이 연옥에 구원되
     어 있다는 사실.

118   두 번의 치명적인 상처들로[056] 쓰러진 후에,

　　　　기꺼이 용서하시는 그분께,

　　　　울면서, 나를 바쳤소.[057]

121   내 죄들이 막심했지만,

　　　　무한한 자비의 관대한 팔들이

　　　　되돌아 오는 자를 받아들이오.

124   하느님의 이런 얼굴을

　　　　클레멘스가 그때 나를 잡기 위해 보낸

　　　　코센차의 목자가 잘 읽었다면,[058]

127   내 몸의 뼈가 아직도

　　　　베네벤토 근처 다리 어귀에서

　　　　무거운 돌더미의 보호 아래 있었을 것이오.[059]

---

056 위에서 본 눈과 가슴에 난 상처들.

057 죽기 직전에 한 참회.

058 기벨리니 만프레드와 전투하던 샤를 1세를 도우기 위해 교황 클레멘스 4세(재위:1265-1268)가 보낸 코센차의 대주교 바르톨로메오 피냐텔리 (재위: 1264-1266).

059 베네벤토에서 전사한 만프레드의 몸이 인근 페라라의 칼로레 강 위의 산 제르마노 다리 끝에서 돌 아래에 파묻혔다고 믿었다.

130   그러나 지금은 왕국 밖으로,[060] 거의

베르데 강을 따라,[061] 불 꺼진 채 옮겨져

비에 젖고 바람에 흔들이오.[062]

133   희망의 푸르름이 아른거리는 한,

영원한 사랑을 돌이키지 못할 만큼,

그들의 저주로 아무도 완전히 잃어버리지 않소.

136   신성한 교회를 거스르며 죽은 자가

마지막에 참회하더라도,

이 벽 밖에 머물러야하는 것이 사실이오.

139   자신이 교만했던 시간의 삼십 배를

치러야 하오. 판결이

선한 기도들로 짧아지지 않는 한.[063]

---

060 시칠리아 왕국 밖으로.

061 당시 교황에게 속하던 영토(교황령)의 경계선을 이루던 지금의 가릴리
아노 강.

062 교회에서 파문된 자의 몸은 교회 묘지 밖에서 꺼진 불 아래에서 묻혔다.
교회에 반하던 자신의 몸이 시칠리아 왕국 뿐 아니라 교황령 밖으로까
지 옮겨져버려졌다고 만프레드가 말한다.

063 최후의 참회를 들어주신 하느님의 사랑이 자신을 파문시킨 교황들의 저
주보다 무한히 더 크나, 교회에 불복종한 교만의 죄로 아직 예비연옥에
서 파문당한 시간의 삼십 배를 머물러야 벽을 넘어 연옥 안으로 들어갈
수 있다. 지상의 선한 기도가 그 시간을 단축시킬 수 있다.

142   내 선한 콘스탄차에게 그대가 본 것과
       이 금지령을 알려주면, 그대가 나를
       기쁘게 할 수 있다는 것을 이제 그대가 아오.

145   저편의 사람들 덕분에 여기서 많이 앞서 가기 때문이오."

연옥 4곡 목차 (게으름으로 미룬 최후의 참회자들)

연옥 4곡

1 기쁨이나 혹은 슬픔에,
영혼의 어떤 힘이 사로 잡히면,
영혼은 그 힘에 아주 집중하여,

4 다른 힘에 아무런 주의를 더 기울이지 않아 보인다.
이는 우리 안에 한 영혼이 다른 영혼들보다 더
불탄다고 믿는 오류에 반대하는 것이다.[064]

7 영혼을 강하게 끌어당기는 것을
보거나 들을 때, 시간이 지나가도
사람은 알아차리지 못한다.

10 다른 힘은[065] 듣고,
다른 힘은[066] 영혼을 완전히 사로잡는다.
후자는 거의 얽매여 있고 전자는 풀려 있다.[067]

---

064 절제, 용맹, 지혜의 세 미덕이 세 가지 다른 영혼들의 힘이라고 믿었던
플라톤에 반해 아리스토텔레스와 그를 따르던 중세 스콜라 철학의 토마
스 아퀴나스는 인간 영혼의 단일성을 주장했다.

065 지성.

066 감성.

067 단일한 영혼을 점령한 감정에 사로잡혀 이성이 따로 떨어져 작동하지 않

13   그 혼령의 이야기를 듣고 바라보며,

        그 체험을 실제로 내가 했다.

        벌써 오십 도나 솟아오른

16   해를[068] 내가 알아채지 못했기 때문이다.

        그때 영혼들이 한 목소리로 외치는

        곳으로 우리가 왔다. "그대들이 찾던 곳이오."

19   포도가 익을 때,

        농부가 가시덩굴로

        매번 막는 울타리의 구멍보다[069]

22   더 크지 않았던 통로로[070]

        내 스승님과 내가 가까이, 홀로,

        그 무리가 우리를 떠나자, 올라갔다.

는다.

068 한 시간에 15도씩 움직이는 해가 50도 솟아올라 세 시간 이십 분이 지난
     오전 9시 20분이다.

069 포도를 훔치는 도둑이 들어오지 못하도록 가시덩굴로 막는 구멍.

070 "좁은 문으로 들어가거라" (마태복음 7.13).

25   산 레오에 오르고 놀리에서 내리고,
        비스만토바와 카쿠메를 걸어서 오르지만,[071]
        여기서는 사람이 날아야 한다.

28   날쌘 날개들과 큰 소망의 깃털들로
        내게 희망을 주고 빛이 되어
        이끄시는 분 뒤를 따라서 말이다.

31   부서진 바위 틈 사이로 우리가 올라갔다.
        양쪽에서 우리를 조이며 들어왔고,
        아래 땅바닥에 발과 손을 사용해야 했다.

34   우리가 높은 절벽의 꼭대기 위에 이르자,
        탁 트인 비탈에서 내가 말했다.
        "나의 스승님, 어느 길로 갈까요?"

37   그가 내게, "어떤 아는 안내자가
        우리에게 나타날 때까지 내려가지 말고,
        내 뒤를 따라 그저 산 위로 올라가거라."

---

071 우르비노(Urbino) 인근의 성 산 레오(San Leo)는 발로 걸어 올라가고,
     리구리아(Liguria)의 소도시 놀리(Noli)는 내려가고, 아펜니노 산맥에
     있는 한 마을 비스만토바(Bismantova)와 레피니(Lepini) 산맥의 한 봉
     우리인 카쿠메(Cacume)도 발로 산을 타고 올라간다.

40   정상이 너무 높아 시야에서 벗어났고,
        중간 사분면에서 중심까지 그은 선보다
        훨씬 더 경사가 급했다.[072]

43   지친 내가 시작했다.
        "아, 다정한 아버지, 쉬지 않으시면,
        혼자 남을 나를 돌아서 보세요."

46   "내 아들아, 저기까지 너를 끌어올려라."
        조금 위쪽, 그쪽에서 온 산을 둘러싼
        능선을 가리키며 내게 말했다.

49   그의 말에 힘을 얻고,
        그의 가까이에서 내 손발에 힘을 주며,
        산등성이 위로 내 발을 디뎠다.

52   둘이서 거기에 앉아서,
        돌아보는 사람을 즐겁게 하는,
        지나서 올라온 동쪽을 바라보았다.

---

072   45도보다 훨씬 더 경사가 급했다.

55   저 아래 바닷가로 먼저 내린 눈을
        들어 올리자, 해가 우리 왼쪽에서
        비쳐서 내가 놀라워했다.

58   빛의 전차가[073] 우리와 아킬로[074] 사이로
        나아가는 것에 내가 완전히
        놀라서 있는 것을 시인이 잘 알아보았다.

61   그래서 그가 내게 말했다. "위와 아래로[075]
        빛을 비치는 거울과[076] 함께
        카스토르와 폴룩스가[077] 있었다면,[078]

64   붉게 불타는 별자리가,[079]
        오래된 경로에서[080] 벗어나지 않았다면,
        곰자리에서 더 가까이 도는 것을 보았을 것이다.[081]

---

073 신화에서 아폴로가 네 말로 이끄는 불의 전차로 그려지는 해.
074 그리스의 보레아스에 상응하는 로마의 아킬로(Aquilo)는 북풍의 신으로
     북쪽을 가리킨다.
075 북반구와 남반구로.
076 하느님의 빛을 반사하는 거울과 같은 해.
077 별자리가 된 레다의 쌍둥이 아들들. 쌍둥이 별자리를 가리킨다.
078 양자리 대신 쌍둥이자리에 해가 있는 하지였다면.
079 해와 같이 있는 별자리.
080 열두 별자리는 변함없는 순서로 돈다.
081 더 북쪽에 있는 곰자리에 더 가까운 해를 보았을 것이다.

67   어떻게 된 일인지 알아내고 싶으면,
       땅 위에 서 있는 시온산과 이 산을
       마음을 모아 상상해 보아라.

70   두 산들이 한 지평선과
       다른 반구들 위에 있어서,
       파에톤이 불행히도 몰랐던 전찻길을[082]

73   네 지성이 뚜렷하게 살펴보면, 그 길이
       이 산에서는 한쪽으로 저 산에서는 다른 쪽으로[083]
       왜 가야하는지를 네가 볼 것이다.”

76   내가 말했다. “내 스승님, 내 재능이
       부족해 보였던 그곳에서 지금 내가 분별하듯이
       분명히 본 적이 결코 한번도 없습니다.

79   천문학에서 천구의 적도라고 칭하고,
       항상 해와 겨울 사이에 머무는,[084]
       최상 원동의[085] 중심이,

---

082 해의 경로에서 벗어나 죽은 파에톤.

083 해가 남반구의 연옥에서 왼쪽으로 북반구의 시온 산이 있는 예루살렘에
     서 오른쪽으로 돈다.

084 북반구가 겨울이면 해가 천구적도 아래에서 돌고, 남반구가 겨울이면 해
     가 천구적도 위에서 돈다.

085 원동천.

82   말씀하신 이유로, 헤브라이인들이

그것을 따뜻한 쪽을 향한 것으로[086] 보는 만큼,

여기서는[087] 북쪽으로 떨어져 있군요.

85   그런데 괜찮으시다면, 우리가 얼마나

가야하는지 알고 싶습니다. 이 산은

내 눈이 따라 오를 수 없을 정도로 더 높이 솟아 있군요.”

88   그가 내게 말했다. “이 산 아래에서

시작하기는 항상 힘들지만,

사람이 더 위로 갈수록 덜 힘들어진다.

91   배를 타고 아래로 흘러가듯

네가 가뿐히 오를 정도로

산이 완만해져 보이면,

94   이 산길이 끝날 것이다. 거기서

지친 네가 쉴 것을 기대하거라.

더는 대답하지 않지만 이것이 진실임을 안다.”

97   그가 말을 마치자, 가까이에서

한 목소리가 울렸다. “아마

---

086   남쪽.

087   연옥에서.

그전에 주저앉고 말 것이오!”

100   그 목소리를 향해 우리 둘다 돌자,
       나도 그도 처음에는 알아채지 못했던
       큰 바위를 왼쪽에서 보았다.

103   우리가 다가간 거기에는 게으른
       사람같이 암석 뒤 응달에
       사람들이 늘어져 있었다.

106   내게 지쳐 보이던 그들 중 하나가
       무릎을 안고 앉아서 그 사이로 얼굴을
       아래로 낮게 파묻고 있었다.

109   내가 말했다. “아, 자상하신 선생님,
       게으름이[088] 자기 누이일 뻔한 것보다 더
       게을러 보이는 자를 눈여겨 보세요.”

112   그러자 그가 정신이 들어 허벅지 위로
       얼굴을 겨우 들고 우리에게 돌아 말했다.
       “힘있는 그대는 이제 위로 올라가시오!”

088   의인화된 이탈리아어의 여성 명사 “게으름”(la pigrizia).

115   그가 누구인지 그때 알았고, 아직 조금
        숨차 있던 내가 그에게 가는 것을
        마다하지 않았다.

118   그에게 내가 다가서자, 그가 머리를
        힘들게 들며 말했다. "왼쪽 어깨 너머로
        해가 전차를 이끄는 것을 잘 보았는가?"

121   그의 게으른 몸짓들과 짧은 말들에
        내 입술에 미소를 살짝 띄운 후,
        내가 말하기 시작했다. "벨라콰여, 이제

124   내가 그대로 인해 슬퍼하지 않소. 하지만
        내게 말해보시오. 왜 여기 앉아 있소?
        안내자를 기다리오 아니면 그저 다시 습성이오?"[089]

127   그리고 그가, "아, 형제여, 위로 간들 무슨 소용인가?
        하느님의 천사가 문 위에 앉아
        내가 고통 받으러 가게 두지 않을텐데 말이오.

130   내가 선한 탄식들을[090] 마지막까지 미루었으니,

---

089   피렌체에서 악기를 만들던 이웃의 구원에 단테가 기뻐한다. 항상 앉아서
      만 살던 그의 습성을 가리킨다.
090   참회.

하늘이 내 생전에 했던 만큼

이 밖에서 우선 돌아야 하오.

133   은총 속에서 살아가는 마음에서 우러나오는

기도가 그 이전에 나를 도와주지 않는다면,

하늘에서 들리지 않는 기도는[091] 소용없소.”

136   이미 시인은 내 앞으로 오르며 말했다.

“이제 오너라. 해가 자오선에 닿았고,[092]

이미 모로코의 해안에[093]

139   밤이 발을 디딘 것을[094] 보아라.”

---

091   은총 안에 살지 않고 죄짓는 사람의 기도.

092   정오.

093   단테가 북반구의 서쪽 끝으로 간주하는 스페인의 가디스(Cadiz)를 마주
      보고 있는 북아프리카.

094   일몰. 연옥에서 이미 보낸 여섯 시간 중 거의 반을 게으름으로 미룬 참회
      자들이 있는 이곳에서 순례자들이 보냈다.

연옥 5곡

1 내가 이미 그 그림자들을 떠나,
  내 길잡이의 발자국을 따라가고 있을 때,
  내 뒤에서 하나가 손가락질하며

4 소리쳤다. "밑에서[095] 움직이는 자 왼쪽에,
  마치 살아 있는 사람처럼,
  빛이 비치지 않는 것을 보시오."

7 내가 이 말소리 쪽으로 눈을 돌려서,
  그들이 나와 부서진 빛을 그저 하염없이
  놀라움을 금치 못하며 바라보는 것을 보았다.

10 스승님이 말했다. "무엇에 마음을 빼앗겨서,
  걸음을 멈추느냐? 여기서 소근대는 소리가
  네게 무슨 소용이 있느냐?

13 내 뒤로 오너라. 사람들이 말하게 내버려두어라.
  바람이 불어도 결코 고개를 굽히지 않는
  탑처럼 굳건히 서거라.

---

095 베르길리우스 뒤에서 산으로 올라가는.

16   생각 위에 생각을 싹트게 하는 사람은,
       하나의 힘이 다른 힘을 약하게 하여,
       목표에서 자신을 멀어지게 한다."

19   "내가 옵니다"가 아니라면 무슨 말을 할 수 있었겠는가?
       용서받을 만한 사람의 얼굴 색만큼
       붉어진[096] 내가 그렇게 말했다.

22   그동안 산등성이를 가로지르며
       우리 앞으로 사람들이 조금 다가오고 있었다.
       '불쌍히 여기소서'를 한 줄 한 줄 번갈아 노래했다.[097]

25   빛이 지나갈 곳을 주지않는
       내 몸을 알아보자, 그들의 노래가
       길고 쉰 "아!"로 변했다.

28   그들 중 둘이, 전령의 역할로서,
       우리를 향해 달려와 물었다.
       "그대들의 사정을 알려주시오."

31   내 스승님이 말했다. "이 사람의 몸이

살아 있는 살이라고 가서 그대들을
보낸 이들에게 보고해도 돼오.

34   그들이 그의 그림자를 보고서 멈추었다면,
내 추정으로, 그들에게 충분히 답한 것이오.
그에게 영광을 돌리는 것이 그들에게 좋을 수 있소."

37   불타는 수증기들이 맑고 이른 밤하늘을,
해가 지는 팔월의 구름을098 그렇게
빨리 찢는 것을 내가 본 적이 없다.

40   그들이 더 빨리 위로 돌아가 거기에 닿자,
고삐없이 달리는 무리처럼,
다른 이들과 함께 우리를 향했다.

43   시인이 말했다. "네게 청하러
많은 사람들이 몰려오니,
오직 가거라. 가면서 들어라."

46   그들이 소리치며 오고 있었다.
"타고난 사지로 축복을 받으러 가는
영혼이여, 걸음을 조금 멈추시오.

---

098   유성도 번개도 불타는 수증기에 의해서라고 중세 과학이 상정했다.

49   우리 중 누군가를 언제 본 적이 있다면,
      저편 세상에 그에 대한 소식을 전해 주시오.
      어찌 그냥 가시오? 어찌 멈추지 않으시오?

52   우리 모두 이미 폭력에 의해 죽었소.
      마지막 시간까지 죄인이었던 우리를
      하늘의 빛이 그때 깨우치게 했소.

55   그래서 참회하고 용서하며,
      하느님과 화평한 채 생을 떠났소.
      하느님을 보려는 소망으로 애타고 있소.”

58   내가 말했다. “그대들의 얼굴을 아무리 뚫어져 보아도,
      내가 아무도 알아보지 못하오. 축복받을 영혼들이여,
      내가 그대들을 기쁘게 할 수 있는 일이 있으면,

61   말해 보시오. 세상에서 세상으로, 정해진
      길잡이의 발길을 따라, 내가 찾아야 하는
      평화를 위해 내가 하겠소.”

64   하나가 말을 시작했다. “그대의 선의를
      무력함이 꺾지 않는 한, 그대의 자비를
      맹세 없이도 모두가 믿소.

67   그래서 내가 홀로 다른 이들에 앞서 말하며

      그대에게 청하오. 로마냐와 샤를의 나라

      사이에 자리한 지역을 언젠가 보게되면,

70   파노에서[099] 그대의 청으로 내게 친절을 베풀어,

      무거운 죄를 내가 씻을 수 있도록

      좋은 기도를 하게 해주오.

73   거기에서 태어났지만, 내게 있던 피는[100]

      안테노레[101] 사람들 품 안에서 만들어진

      깊은 상처 구멍들에서[102] 나왔소.

76   가장 안전하다고 믿었던 그곳에서,

      정의가 허락한 것 이상으로 지나친 분노 속에서,

      에스테의 그자가 내게 그 일을 저질렀소.[103]

---

099 로마냐와 샤를 2세(재위: 1285-1309)가 왕인 나폴리 사이에 있는 마르
     카 안코네타나(la Marca Anconetana) 즉 지금의 마르케(Marche) 지방
     에 있는 도시 파노(Fano)에서 야코포 델 카세로(1260-1298)가 태어났
     다. 1288년 마르케의 궬피를 이끌고 아레초와 전투하던 피렌체를 도왔
     다.

100 "모든 몸의 영혼은 피 안에 있다(anima enim omnis carnis in sanguine
     est)"(레위기 17.14). 성서에 따라 영혼이 피 안에 살아 있다고 믿었다.

101 파도바의 창시자. 배신자를 벌하는 지옥의 안테노라(지옥 32)를 상기시
     키는 이름은 자신을 배신한 파도바 사람들을 꼬집어 말해주고 있다.

102 찔린 상처들에서.

103 파도바인들의 동의로 페라라 에스테 가문의 아초 8세(1308년 사망)가

79   내가 오리아고에 이르렀을 때,
        미라 쪽으로 도주했다면,
        아직도 숨쉬는 곳에 내가 있었을 것이오.[104]

82   늪으로 달리던 내가 갈대와 진흙에
        얽혀 떨어졌고, 거기서 내 핏줄에서
        땅으로 호수를 만드는 것을 내가 보았소."

85   그 다음 다른 자가 말했다. "제발, 그대를
        높은 산으로 이끄는 소망이 이루어지기를,
        그대는 나를 불쌍히 여겨 도와주기를!

88   나는 몬테펠트로 출신, 부온콘테라오.[105]
        조반나와 다른 사람들이 나를 돌보지 않아서,
        이 사람들 사이에서 고개를 숙이고 다니오."[106]

91   내가 그에게 말했다. "무슨 폭력이나 무슨 숙명이
        그대를 캄팔디노 밖으로 몰아내어,

자신에게 반대하던 야코포 델 카세로에 분노하여 그를 암살시켰다.

104 베네치아와 파도바 사이에 있는 오리아고(Oriago)에서 늪 대신 미라
     (Mira)로 도주했었다면 아직 죽지 않았을 것이다.

105 야코포 델 카세로와 단테의 궬피에 맞서 전투를 이끈 기벨리니 장군 부
     온콘테 다 몬테펠트로(Buonconte da Montefeltro, 1250-1289).

106 아내와 가족들이 자신을 위해 기도하지 않아, 다른 영혼들에게 부끄러워
     고개를 숙이고 다닌다.

그대가 묻힌 곳을 아무도 알지 못했소?"[107]

94   그가 답했다. "아, 아펜니노 산맥 속에 있는
       그 수도원[108] 위쪽에서 솟아나는 아르키아노라는
       이름의 강물이 카센티노의[109] 발치를 가로지르오.

97   내가 목에 구멍이 뚫린 채,
       걸어서 도망치며 벌판에 피를 흘리며,
       그 이름이 무의미해지는 곳에[110] 이르렀소.

100   내가 거기서 마리아의 이름을 마치며,
       눈을 감고 말을 잃고 쓰러졌고,
       거기에 내 몸만 남았소.

103   사실을 말할테니, 산 자들에게 전하시오.
       하느님의 천사가 나를 취하자, 지옥의 악마가 외쳤소.
       "아, 하늘에서 온 네가 왜 내게서 그를 앗아가느냐?

---

107 1289년 6월 11일 캄팔디노 평지에서 벌어진 궬피와 기벨리니 사이의 전
     투에서 사망한 부온콘테 다 몬테펠트로의 시신이 발견되지 않았다.

108 카말돌리 수도원.

109 피렌체와 아레초 사이에 있는 토스카나의 한 지역.

110 아르키아노 강이 아르노 강에 합류하는 곳.

106 그를 내게서 빼앗는 눈물 한방울 때문에
   그의 영원한 것은[111] 네가 데려 가지만,
   다른 것은[112] 내가 다르게 다룰 것이다!"

109 대기 속에 모인 수증기가 올라가
   찬 공기를 만나면 물로 되돌아가는 것을
   그대가 잘 알고 있소.

112 오로지 악을 원하는 악의를 그가
   지성과 결합하여, 천성이 준 힘으로[113]
   습기와 바람을 움직였소.

115 프라토만뇨에서 조가나에[114] 이르는 계곡을,
   날이 꺼지자, 그가 안개로 뒤덮었고,
   위 하늘을 꽉 메웠소.

118 터질듯한 대기가 물로 변해
   내린 비를 땅의 웅덩이들이
   감당해 내지 못했고,

---

111 영혼.

112 몸.

113 천사에서 악마로 떨어진 후에도, 자연에 행사하는 천사의 힘을 악마가
   지니고 있다고 믿었다.

114 캄팔디노 평지를 가운데 두고 아르노 강 양편으로 카센티노 지역을 둘러
   싸고 있는 아펜니노 산맥.

121   큰 강물들이 함께 흘러,
아무것도 막지 못하는 거센 속도로
도도한 강에[115] 합류했소.

124   강어귀에서 얼어붙은 내 몸을
강력한 아르키아노 강이 발견하고서,
아르노 강으로 밀어 넣었소.

127   고통이 나를 압도했을 때,[116] 강은 내가 만든
가슴 위의 십자가를 풀고, 강변과 강바닥으로
돌린 나를 약탈된 것들로 덮고 감았소.”

130   “세상으로 돌아가, 긴 여정에서
휴식을 취한 후에,” 두 번째 영혼을
세 번째 영혼이 따라왔다.

133   “피아(Pia)인 나를 기억해 주세요.
시에나가 나를 낳았고 마렘마가 나를 죽였소.
혼인하고자 전에 내게 보석 반지를

136   끼워준 자가 그것을 알지요.”[117]

---

115 아르노 강.

116 최후에 참회하며 죽었을 때.

117 마렘마의 성에서 떨어져 죽은 사피아(Sapia)는 남편에 의해 살해된 것으
로 추정된다.

연옥 6곡

1   주사위 놀이가 끝나면,
　　　진 자는 씁쓸히 남아,
　　　다시 던지며 슬프게 배우고,

4   다른 자와[118] 함께 모든 사람들이 떠난다.
　　　앞에서 가고, 뒤에서 그를 붙잡고,
　　　옆에서 기억해 주길 청한다.

7   그는 멈추지 않고, 이 사람 저 사람 말을 들어준다.
　　　사람들 손에 쥐어주면,[119] 더 이상 그를 밀지 않으니,
　　　그렇게 군중으로부터 자신을 방어한다.

10   그렇게 빽빽히 들어선 사람들 속에서,
　　　그들에게 이쪽저쪽 얼굴을 돌리며,
　　　그들에게 약속하여 나 자신이 풀려났다.

---

118 이긴 자.

119 이겨서 번 돈을 조금 나누어 주면.

13   기노 디 타코의 사나운 손에 죽임을 당한

        아레쪼 사람과[120] 쫓기고 쫓아가며 목숨을 잃은

        다른 사람도[121] 거기에 있었다.

16   페데리코 노벨로와[122] 어진 마르쭈코의

        강인함을 보여 주게 한 피사 사람이[123]

        손을 뻗고 거기에서 간청했다.

19   오르소 백작,[124] 그리고 그의 말에 의하면,

        지은 죄가 아니라, 미움과 시기로 인해

        그의 몸에서 갈라진 영혼을 내가 보았다.

22   피에르 드 라 브로스를 말한다. 브라방의

        여인이[125] 더 몹쓸 무리에 끼지 않으려면,

---

120 폭력배 두목 기노 디 타코의 형제와 숙부에게 폭력 혐의로 처형을 선고
     한 아레의 판사 베닌카사 다 라테리나(Benincasa da Laterina)를 기노 디
     타코가 법정 안에서 살해했다.

121 아레쪼에서 빠져나온 궬피들을 쫓다 자신이 쫓기다 죽은 아레쪼 기벨리
     니 당의 우두머리.

122 아레쪼 사람에 의해 살해당한 카센티노 백작의 아들.

123 피사에서 가장 큰 영향력이 있던 마르쭈코는 1286년 프란치스코 수도승
     이 되었다. 그의 아들을 (피사 사람) 백작 우골리노가 살해하자 복수보
     다 평화를 도모했다.

124 사촌에게 살해당했다. 그의 아버지와 숙부는 가족을 배신한 벌을 받는
     카이나에 있다 (지옥 32.55-60).

125 프랑스 필립 3세(재위: 1270-1285)의 첫째 여왕의 아들이 죽자 둘째 여

여기 있는 동안에 이것을 염두에 두어야 한다.[126]

25 그들이 거룩해지도록 재촉하는
기도를 다른 이에게 간청하는
그림자들 모두에게서 해방된

28 내가 말하기 시작했다. "아, 빛이여,
당신은 어느 책 속에서, 기도가
하늘의 법을 굽힐 수 없다고 했습니다.[127]

31 기도를 간청하는 그들의 희망이
헛된 것입니까, 아니면 내게
당신의 말이 분명하지 않은 것입니까?"

34 그가 내게 말했다. "바른 마음으로 잘 바라보면,
내 글은 명백하며,
그들의 희망에는 잘못이 없다.

왕을 의심했던 피에르 드 라 브로스(Pierre de la Broce, 1278년 사망)를
왕의 총애를 시기하던 궁정의 다른 무리들의 도움으로 여왕 브라방의
마리(재위: 1274-1285)가 처형했다.

126 이 세상에 아직 살아 있는 동안 이 죄를 뉘우쳐야 한다.

127 땅에 몸이 묻히지 않은 팔리누루스가 아케론을 건너기를 간청하자 시빌
라가 한 말이다: "신의 운명을 기도로 굽힐 희망을 버려라 (desine fata
deum flecti sperare precando)" (베르길리우스, 《아이네이스》 6.376).

37   여기에 머물며 갚아야 할 보속을
        어느 한순간에 사랑의 불꽃이 충족시켜도
        심판의 정점은 굽지 않는다.

40   내가 그 점을 확정했던 곳에서는,
        결점을 기도로 고칠 수 없었다.
        기도가 하느님께 닿지 않았기 때문이다.[128]

43   진실과 지성 사이의 빛이[129]
        네게 말하지 않으면, 진정 그런 깊은
        의심을 확신하지 마라.

46   베아트리체 말임을 네가 아는지 모르겠다.
        이 산꼭대기 위에서 웃으며 기뻐하는
        그녀를 네가 볼 것이다."

49   그리고 내가 대답했다. "선생님, 더 서둘러 갑시다.
        이전처럼 벌써 지치지 않습니다.
        산이 그림자를 던지는 것을 이제 보세요."[130]

---

128   그리스도가 우리에게 오기 전이었다.

129   진리를 보고 아는 지성의 빛. 하느님의 빛, 즉 신학.

130   해가 산 뒤에서 내려가고 있는 오후.

52   그가 답했다. "이제 더 할 수 있는 만큼,
        우리가 오늘 앞으로 갈 것이다. 하지만
        실상은 네 예측과 다른 형태이다.

55   벌써 산비탈을 덮고 있어서[131]
        네가 막지 못하는 햇살들이 돌아오는 것을[132]
        네가 보고난 후 위로 올라갈 것이다.

58   저기 혼자 앉아, 우리 쪽을 보고 있는
        영혼을 보아라. 우리에게 그가
        가장 빠른 길을 알려줄 것이다."

61   우리가 그에게 갔다. 아, 롬바르디아[133] 영혼이여,
        얼마나 고고히 경멸하며
        무게 있는 눈을 천천히 움직였는가!

64   누워 있는 사자처럼 단지 쳐다보며,
        우리에게 아무 말도 하지않고,
        우리가 가게 놔두었다.

---

131   해가 산 뒤로 넘어가고 있다.
132   해가 다시 다음날에 뜨는 것.
133   만토바는 롬바르디아 안에 있다.

67 　　　그럼에도 베르길리우스가 그에게 다가가,
　　　　가장 좋은 오르막길을 보여주길 요청했지만,
　　　　물음에는 대답하지 않고,

70 　　　우리의 고향과 생애에 대해 질문했다.
　　　　친절한 길잡이가 "만토바…"라고 시작하자,
　　　　완전히 혼자 은신하던 그림자가,

73 　　　있던 자리에서 그쪽으로 일어나며 말했다.
　　　　"아, 만토바 사람이여, 그대의 땅에서 온 내가
　　　　소르델로요!"[134] 그리고 서로 껴안았다.

76 　　　아, 하녀 이탈리아여, 고통의 숙소여,
　　　　커다란 폭풍 속의 사공 없는 배여,
　　　　나라들의 여주인이[135] 아닌 창녀의 소굴이여!

79 　　　고향의 구수한 소리만 듣고도,
　　　　고향 사람을 그 고상한 영혼이
　　　　여기서 즉시 맞아들이려 하는데,

134　이탈리아 최고 음유시인인 소르델로 다 고이토(Sordello da Goito, 약
　　　1220-1269)는 만토바 지방의 고이토(Goito)에서 태어났다. 베르길리우
　　　스는 만토바 지방의 피에톨레(Pietole)에서 태어났다 ("피에톨레를 만토
　　　바의 다른 어디보다/ 더 유명하게 만든": 연옥 18.82).

135　고대 로마.

82 　지금 네 속에 사는 사람들은 전쟁 없이
　　　살지 않고, 한 벽과 한 구덩이가[136] 가둔
　　　자들이 서로 물어뜯고 있다.

85 　비참한 네 바닷가를 따라 그리고
　　　네 품속의 어떤 구석이 평화를
　　　누리는지 찾아보고 살펴보아라.

88 　유스티니아누스가 네게 새로 죄어준
　　　고삐가[137] 비어 있는 안장에[138] 소용이 있겠는가?
　　　고삐가 없다면 부끄러움이라도 덜할 것이다.

91 　하느님의 말씀을 잘 듣는다면,[139]
　　　황제를 안장 위에 앉게 하고
　　　독실했어야 할 사람들이여,

136　성벽과 해자.

137　유스티니아누스 황제(재위: 527-565)가 근대까지 유럽 법들의 바탕이
　　　된 로마법을 정비하고 편집하였다 (천국 6.10-12).

138　프리드리히 2세(재위: 1220-1250)가 죽고난 후 당시 1300년까지 로마
　　　에서 즉위된 신성 로마 제국의 황제가 부재했다.

139　"황제의 것은 황제에게 하느님의 것은 하느님께 돌려 주어라" (마태복음
　　　22.21).

94   그대들이 고삐에 손을 댄 후,

         박차가 가해지지 않아,[140]

         사나워져 버린 짐승을 보시오.

97   아, 안장에 올라타야 했거늘,

         길들여지지 않고 거친 것을 버린

         독일인 알브레히트여,[141]

100   그대의 핏줄 위로, 새롭고 명백한,[142]

         올바른 벌이 별들에서 내려,

         그대의 후계자가[143] 두려워하기를!

103   그대와 그대의 아버지가[144] 거기에서[145]

         욕심에 얽매여, 황폐해진 제국의

         정원을[146] 겪어냈기 때문이오.

---

140 교황들이 황제 즉위를 제재하고 간섭했다.

141 교황 보니파티우스 8세가 알브레히트 1세(1255-1308)의 로마 황제 즉
      위를 거부하자 독일 왕은 이탈리아를 돌보지 않았다.

142 아무도 겪지 않은 새로운 벌을 받아 좋은 본보기를 널리 보여주기를 바
      란다. 알브레히트 1세는 1308년 암살되었고, 그의 아들 루돌프는 1307
      년에 병으로 사망하였다.

143 1312년 로마에서 황제로 즉위한 하인리히 7세는 1313년 사망한다.

144 알브레히트 1세의 아버지인 독일 왕 루돌프 1세(1218-1291).

145 독일.

146 이탈리아.

106   와서 보시오, 돌보지 않는 사람이여,
       몬테키와 카펠레티, 모날리와 필립페스키를,
       전자들은 벌써 슬퍼하고 후자들은 의심하오![147]

109   와서 보시오, 잔인한 자여, 짓눌린
       그대의 귀족들을. 그들의 고난을 돌보시오.
       산타 피오라가 얼마나 어두운지 볼 것이오![148]

112   와서 보시오. 그대의 홀로 남은 과부
       로마가 밤낮으로 울며 부르오.
       "내 황제여, 왜 내 곁에 있지 않으십니까?"

115   와서 보시오. 얼마나 사람들이 서로 사랑하는지!
       우리를 불쌍히 여겨 움직이지 않는다면,
       그대의 이름을 부끄러워하러 오시오.

118   아, 우리를 위해 땅에서 십자가에 못박히신
       지극히 높으신 유피테르여, 당신의 정의로운 눈들이
       다른 데로 돌려졌는지 제가 물어도 됩니까?

----

147 당파 싸움에서 벌써 패배에 슬퍼하거나 임박한 패배를 의심하는 이탈리
     아 북부 사람들.
148 이전의 영광을 잃은 몬테 아미아타(Monte Amiata) 지역의 이탈리아 중
     부지방.

121 아니면, 우리의 인식에서 완전히 떨어진
당신 뜻의 심연 속에서 어떤 선한 것을
위해 하시는 준비입니까?

124 이탈리아의 모든 도시들이 폭군으로
가득하고, 모든 농군들이 편을
갈라 오면 마르켈루스가[149] 되기 때문입니다.

127 내 피렌체여, 논쟁하는 네 시민들 덕분에
이 여담이 너를 다루지 않아
네가 만족할 수 있다.

130 많은 사람들의 가슴속에 정의가 살아 있으나,
활의 뜻 없이 오지 않는 화살이 늑장을 부린다.
하지만 네 시민들은 그것을 혀끝에 두고 있다.

133 많은 사람들이 공무를 거부하나,
네 시민들은 묻지 않아도 열심히
대답하고 외친다. "내가 짐을 지오!"

136 이제 너는 기뻐하여라. 좋은 이유들이 있다.
너는 부유하고 평화롭고 지혜롭다.

---

149 율리우스 카이사르에 반대했던 로마 원로원 집정관 마르쿠스 클라우디
우스 마르켈루스(Marcus Claudius Marcellus, 기원전 270-208).

내 말이 진실이면, 사실이 숨지 않는다.[150]

139 고대의 법을 만들고 그렇게 시민적이었던
    아테네와 라케다이몬도[151]
    작은 예시였을 뿐이었다.

142 시월에 섬세하게 짠 설계들이
    십일월 중순을 미치지 못하는
    너의 우수한 삶에 비해서 말이다.[152]

145 네가 기억하는 시간 동안 몇 번이나
    법과 돈과 관리와 관습을
    바꾸고 사람들을 갈아 치웠느냐!

148 네가 잘 기억해서 빛에 비춰보면,
    깃털 위에서 자리를 찾지 못해
    이리저리 뒤척이며 아픔을 달래는

151 한 병든 여자와 비슷한 너를 볼 것이다.

---

150 사실이 드러난다.

151 스파르타.

152 1301년 10월 15일에 마지막으로 선출된 궬피 백색당이 11월 7일에 흑색
   당으로 교체된 피렌체의 정권에 의해 1302년 1월에 단테를 비롯해서 추
   방된다. 피렌체에 대한 풍자의 극치에 치닫고 있다.

연옥 7곡

1   정중하고 즐거운 인사들이 세 번 네 번
반복되고 나자, 소르델로가 물러나며
말했다. "당신은 누구십니까?"

4   "하느님께 올라갈 덕이 있는
영혼들이 이 산으로 인도되기 전에,
옥타비아누스[153]에 의해서 내 뼈가 묻혔소.

7   나는 베르길리우스요. 믿음이 없었던 것
외에 아무런 다른 죄 없이 하늘을 잃었소."
내 길잡이가 그때 그렇게 대답했다.

10   갑자기 자기 앞에 있는 것을 보고
놀라 믿지 못해, "이럴 리가 없어…"라고
말하는 사람처럼 그가

---

153 아우구스투스 황제(재위: 기원전 27- 기원후 14). 브린디시에서 기원전
19년에 죽은 베르길리우스의 몸이 묻힌 무덤이 아우구스투스 황제의 명
으로 나폴리로 이장되었다 (연옥 3.27 참조).

13   그렇게 보였다. 그리고 고개를 숙이고,
       겸손히 그에게 돌아가, 아랫사람이
       잡는 곳을 껴안았다.[154]

16   "오, 우리 말이 무엇을 할 수 있는지
       보여 주었던 라틴인들의[155] 영광이여,
       내 고향의 영원한 자랑이여,

19   어떤 덕과 은총이 당신을 내게 보여줍니까?
       지옥 어느 둘레에서 당신이 오셨는지
       당신의 말을 내가 들을 자격이 있습니까?"

22   그가 대답했다. "고통의 왕국의 모든 둘레들을 통해
       내가 여기에 왔소. 하늘의 힘이 나를 움직였고
       내가 그 힘으로 왔소.

25   행하여서가 아니라 행하지 않아서,
       그대가 소망하고 내게 늦게 알려진
       저 높은 해를 보는 것을 잃어 버렸소.

---

154 스타티우스도 베르길리우스의 발을 안으려 한다 (연옥 21.130 참조).

155 고대 로마인들로부터 당시 이탈리아인들까지.

28   수난이 아니라 오직 어두움으로 슬프고,

        비탄이 아니라 탄식의 소리로 괴로워하는

        저 아래 그곳이오.

31   인간의 죄에서[156] 풀려나기 전에

        죽음에 물린 순결한 아이들과 함께

        내가 거기에서 머물고 있소.

34   악덕 없이 다른 모든 덕들을 알았으나

        신성한 세 가지 덕들을 입지 못한 이들과

        거기에서 내가 머물고 있소.[157]

37   그러나 그대가 알고 할 수 있으면,

        연옥이 진정 시작되는 곳으로 우리가 가장

        서둘러 갈 수 있도록 가리켜 주시오."

40   그가 답했다. "일정한 자리가 정해지지 않아,

        위와 주위로 돌아다니는 것이 내게 허락됩니다.

        갈 수 있는 한 내가 곁에서 안내하겠습니다.

---

156 원죄.

157 죄를 짓지 않고 인간이 스스로 성취할 수 있는 모든 덕을 알고 실행했으
     나, 세 신학적 미덕들(믿음, 희망, 사랑)을 하느님에게서 받지 못했던 영
     혼들과 림보에 있다.

43   그러나 날이 이미 저무는 것을 보세요.
        밤에 위로 갈 수 없으니,[158]
        쉬기에 좋은 곳을 생각하는 것이 좋습니다.

46   오른쪽으로 조금 떨어진 곳에 영혼들이 있습니다.
        내게 허락하시면, 그들에게로 이끌겠습니다.
        그들이 반갑지 않지 않을 것입니다."

49   그가 대답했다. "왜 그렇소?
        밤에 오르려는 이를 다른 자가 막으오,
        아니면 자기가 못해서 안 오르는 것이오?"[159]

52   선한 소르델로가 손가락으로 땅에
        줄을 그리며 말했다. "보세요? 해가 지면
        이 선 하나도 넘을 수 없을 것입니다.

55   밤의 어두움이 아닌 다른 것이 위로
        가는 것을 막아서가 아니라, 무력함으로
        의지가 상실되는 것입니다.

---

158 "너희를 어둠이 사로잡지 않도록, 빛이 있을 때 걸어가라. 어둠 속에서는
     어디로 가는지 모른다" (요한복음 12.35). 인간의 영혼이 하느님의 빛
     없이 선으로 오르지 못하듯이, 순례자는 밤에 연옥을 올라갈 수 없다.

159 외부적 혹은 내부적 원인 때문인지 베르길리우스가 묻는다.

58   지평선이 날을 닫고 있는 동안에는
        어둠 속에서 아래로 돌아가서 비탈
        주변을 돌며 다닐 수는 있습니다."

61   거의 놀란 듯이 내 선생님이 말했다.
        "머물며 즐거울 수 있다고 그대가 말하는
        그곳으로 우리를 이끄시오."

64   거기에서 우리가 조금 멀어지자,
        여기에서 마치 계곡이 산을 판 것처럼
        깎인 산을 내가 알아 보았다.

67   그 그림자가 말했다. "비탈이
        움푹 파진 저곳으로 우리가 가서,
        새날을 기다릴 것입니다."

70   가파르고 평탄한 곳 사이에서 기울어진 길이,
        가장자리의 반 이상이 빠진[160]
        골짜기의 옆쪽으로 우리를 이끌었다.

---

160 가장 자리의 반 이상이 움푹 파여서 내려가기 쉽게 만들어진 곳.

73   순금과 은, 양홍과 연백,
        청아하게 빛나는 남빛 나무,
        쪼개지는 순간의 신선한 에메랄드

76   색이 모두, 그 품속에 놓이면,
        작은 것이 큰 것에 압도되듯이,
        풀과 꽃들에 압도될 것이다.

79   자연이 그곳을 그렸을 뿐만 아니라,
        수천의 그윽한 향기로 거기서 하나의
        알 수 없고 구별되지 않는 향을 이루었다.

82   계곡이라 밖에서 보이지 않았던
        영혼들이 푸른 풀과 꽃들 위에 앉아
        '모후이시며'를[161] 노래하는 것을 내가 보았다.

85   우리를 이끌던 만토바인이 시작했다.
        "조금 남은 해가 어느새 둥지를 틀기 전에,[162]
        저들 속으로 안내되길 바라지 마시오.

88   저 아래 그들 속에서보다

---

161 마리아에게 드리는 교회의 전통적인 저녁기도의 시작으로 "이 눈물의
     골짜기에서 울며 당신께 애원합니다… 이 망명이 마치면 태중의 복된
     열매 예수님을 우리에게 보여주소서"로 이어진다.
162 해가 완전히 지기 전에.

이 높은 곳에서 그들의 모든 행동과 얼굴을
그대들이 더 잘 알아볼 수 있을 것이오.

91   가장 높이 앉아서 했어야 했던 일을
        소홀히 했던 모습으로, 다른 사람들이
        하는 노래에 입을 움직이지 않는 사람이,

94   다른 사람들이 되살리기에 이미 늦은
        이탈리아를 죽인 상처를 치료할 수 있었던
        루돌프 황제였소.[163]

97   그를 위로하듯 보이는 다른 사람은
        몰다우에서 엘베로 엘베에서 바다로
        흐르는 물이 솟아나는 땅을 다스렸소.[164]

100   오타카르가 이름이었고, 포대기 속에서,
        사치와 안일을 먹고 자라 수염이 난
        그의 아들 벤체스라우스보다 훨씬 더 나았소.[165]

---

163 알브레히트 1세의 아버지인 독일 왕 루돌프 1세(1218-1291)는 로마에
     와서 즉위되지 않아 사실상 황제가 아니었다.

164 루돌프 1세를 연옥에서 위로하는 보헤미아의 왕 오토카르 2세(재위:
     1253-1278)는 루돌프 1세의 황제 즉위를 반대한 적으로 루돌프 1세에
     의해 전사했다.

165 "보헤미아인의/ 음탕하고 의지없는 삶"(천국 19.125-126)을 단테가 비
     판하는 벤체스라우스 2세(재위: 1278-1305)가 어른이 되어서도 그의
     아버지 오토카르 왕이 아기였을 때를 따라가지 못했다는 뜻이다.

103   아주 자비로운 자태를 지닌 자와 가까이에서
        의견을 나누는 듯하는 납작한 코를 지닌 자는
        도주하며 백합을 시들게 하며 죽었소.[166]

106   저기서 가슴을 치는 그를 보시오!
        한숨 쉬며 손바닥을 뺨의
        침대로 삼은 다른 사람을 보시오!

109   프랑스의 악의 아버지와 장인인
        그들이 그의 부덕하고 더러운 생을 알고 있기에
        고통이 그들의 가슴을 찢고 있소.[167]

112   코가 우뚝선 자와[168] 어울려 노래하는[169]
        사람은[170] 사지가 쭉 뻗은 모습에
        온갖 용맹의 허리끈을 찼었소.

---

166 아라곤의 페드로(약 1239-1285)와의 전쟁에 진 후 도주 중 역병에 걸려
     죽은 프랑스 왕 필립 3세(재위: 1270-1285). 백합은 프랑스 왕국의 상
     징이었다.
167 교황 보니파티우스 8세를 제압한 후 프랑스 출신 교황 클레멘스 5세와
     교황청을 아비뇽으로 옮긴 "프랑스의 악" 필립 4세(재위: 1285-1314)를
     아버지 필립 3세와 장인인 나바르의 왕 앙리 1세(재위:1270-1274)가
     함께 한탄하고 있다.
168 샤를 1세.
169 시칠리아 왕위를 위해 서로 싸우던 두 왕들이 함께 노래하고 있다.
170 아라곤의 페드로 3세.

115   그 뒤에 앉은 젊은이가[171]

그 후에 왕으로 남았었더라면,

덕이 그릇에서 그릇으로 잘 이어졌을 것이오.

118   다른 후계자들에 대해 그렇게 말할 수 없소.

하이메와 페데리고가 왕국은 가지고 있소.[172]

더 나은 유산은[173] 아무도 소유하고 있지 않소.

121   사람의 덕이 드물게 가지들을 타고[174] 다시 올라오지요.

그것을 주시는 분이 원해서이지요.

그분이 불러 주시기 때문이지요.

124   큰 코에게도 그가 함께 노래하는 다른 사람인

페드로에게보다 내 말이 적게 해당되지 않소.

풀리아와 프로방스가 그래서 벌써 고통스러워하오.[175]

---

171   페드로 3세의 장남 알폰소 3세(재위: 1285-1291)는 27세의 젊은 나이에
죽었다.

172   페드로 3세의 둘째 아들 하이메가 아라곤 왕위를, 셋째 아들인 페데리고
가 시칠리아 왕위를 계승했다.

173   덕.

174   뿌리에서.

175   샤를 1세의 아들인 샤를 2세 아래에서 풀리아와 프로방스가 수난을 겪
고 있다.

127   씨앗보다 나무가 훨씬 더 못한 만큼,

       베아트리스와 마르게리트보다 콘스탄차가

       남편을 아직 더 자랑스러워 하오.[176]

130   간소한 생애의 영국의 왕 헨리가

       저기 혼자 앉아 있는 것을 보시오.

       그의 가지에서는 더 나은 것이 나왔소.[177]

133   그들 사이에서 가장 낮은 땅에 앉아[178]

       위를 바라보는 자가 굴리엘모 후작이오.

       그 사람 때문에 알레산드리아와 전쟁이

136   몬페라토와 카나베제를 울게 하오.”[179]

---

176 샤를 1세(씨)가 샤를 2세(나무)보다 더 나은 만큼, 페드로 3세가 샤를 1
     세보다 더 나아, 페드로 3세의 여왕 콘스탄차가 샤를 1세의 두 여왕 베
     아트리스와 마르게리트보다 더 자랑스러워 한다.

177 미약한 (간소한) 업적의 헨리 3세(재위: 1216-1272)의 후손 에드워드 1
     세(재위: 1272-1307)는 법을 정리하여 영국의 유스티니아누스로 여겨
     졌다.

178 가장 높이 앉은 (91) 황제로부터 왕들로 내려와 후작은 가장 낮은 땅에
     앉아 있다.

179 후작의 영토를 확장하려다 잡혀 알레산드리아 감옥에서 1292년에 죽은
     굴리엘모의 원수를 갚기 위해 아들 조반니가 벌인 전쟁이 몬페라토와
     카나베제 사이 후작의 영토를 황폐화시켰다.

연옥 8곡

1   다정한 친구들에게 이별을 고한 날이
       배를 타고 떠난 가슴을 저리게 하고
       그리움에 사무치게 하는 시간이었다.

4   날이 저물어서 우는 듯한
       저 멀리 종소리를 들으며
       첫 밤의 순례자가 애틋해하는 시간이었다.[180]

7   내가 듣는 것을 소홀히 할 때,
       손으로 귀기우릴 것을 물으며 일어서는
       한 영혼을 바라보기 시작했다.

10   그가 두 손을 모아 올리며 동쪽에[181] 시선을 꽂아 놓고
       하느님께 말하는 듯했다.
       '다른 것에 마음을 두지 않습니다.'

13   '당신을 해가 지기 전에'가[182] 그의 입에서

---

180 저녁 기도를 알리는 교회 종소리를 들으며 집을 떠나 보낼 첫밤에 서글
     퍼하는 순례자의 심정이 묘사되어 있다.

181 해가 있는 동쪽으로 기도하던 관습.

182 밤의 유혹에서 구해주시기를 하느님께 비는 저녁 기도의 시작이다: "당

그렇게 경건하고 감미로운 음을 타고 나와서,

내가 내 마음에서 빠져나왔다.[183]

16   다른 영혼들은 천상의 움직임에 눈을 둔 채

찬송가 전체를 그를 따라

감미롭고 경건하게 노래하였다.

19   독자여, 안으로 쉽게 통과하도록,

이제 얇게 싸여 있는 진리를 향해

여기서 예리한 눈을 잘 사용하시오.

22   이윽고 고귀한 군대가 침묵한 채,

창백하고 겸손히 기다리며,

위를 바라보는 것을 내가 보았다.

25   끝이 잘리고 없는 불타는 두 칼들을 쥔

두 천사들이 높은 곳에서 나와

아래로 내려오는 것을 내가 보았다.[184]

신을 해가 지기 전에, 세상의 창조자시여, 우리가 부릅니다. 당신의 자비로 우리를 지켜주시고 보호해 주소서(te lucis ante terminum rerum creator poscimus ut pro tua clementia sis praesul et custodia)." 기원이 이루어지는 것이 실제로 곧 재현될 것이다.

183 내가 내 자신을 잊었다.

184 아담과 이브가 쫓겨난 후 케루빔이 불타는 칼로 에덴을 지켰다 (창세기 3.24). 연옥의 영혼들을 밤에 지키러 내려오는 두 천사들은 벌보다 자비를 상징하는 끝이 잘린 칼들을 쥐고 있다.

28   뒤쪽의 푸른 날개들에 스치며 휘날리는,
갓 피어난 나뭇잎들처럼 푸른 옷을[185]
그들이 입고 있었다.

31   한 천사는 우리 조금 위에 머물렀고,
다른 하나는 다른 언덕 위로 내려와서,
사람들이 그 사이에 들어 있었다.

34   그들의 금발 머리는 잘 구별해도,
그들의 얼굴에서 내 눈이 헤매었다.
너무 강한 것에 힘을 잃는 것과 같았다.

37   "마리아의 품에서 둘이 왔소."
소르델로가 말했다. "곧 올
뱀으로부터 이 골짜기를 지키기 위해서요."

40   어느 길에서 올지 알지 못했던 나는
두리번거리다가 미더운 어깨에
얼어붙은 듯 바싹 달라 붙었다.

43   소르델로가 다시, "이제 계곡으로 내려가
위대한 영혼들에게 말해 봅시다.

---

185   희망을 상징하는 색.

그대들을 보고 아주 기뻐할 것입니다."

46   세 걸음만 내려갔다고 나는 생각했다.
        바닥 아래에서 나를 알아보기 위해,
        나만 바라보는 하나를 보았다.

49   이미 대기가 어두워지는 시간이었으나,
        그와 나의 눈 사이에서 이전에
        감추어져 있던 것을 밝히지 못할 만큼은 아니었다.

52   그가 내게 내가 그에게 다가갔다.
        고귀한 판사 니노,[186] 그대를 죄인들 사이에서
        보지 않았던 내가 얼마나 기뻤던가!

55   온갖 좋은 인사들을 우리가 다 나누고 나자,
        그가 물었다. "먼 물을 건너
        산발치에 온 지 얼마나 되었소?"

58   내가 그에게 말했다. "아, 슬픈 곳들을 지나
        오늘 아침에 내가 왔고, 첫 번째 삶 속에 있소.
        이렇게 걸으며 다른 삶을 아직 얻으려 하오."[187]

---

186 피사에서 망명한 궬피들을 이끌고 단테와 함께 캄팔디노 전투에 참전했
     던 판사 니노 비스콘티(Nino Visconti, 1265-1296).
187 죽어 물을 건너지 않고, 살아 지옥을 지나, 영원한(다른) 삶을 얻기위해

61   내 대답을 듣고,
      갑자기 움칠하는 사람처럼
      소르델로와 그가 뒤로 같이 물러섰다.

64   하나는 베르길리우스에게, 다른 하나는 거기 앉아 있던
      하나에게 돌면서 외쳤다. "일어나시오, 코라도여!
      하느님이 은총으로 무엇을 원하시는지 보러 오시오."

67   그리고 그가 내게 돌며 말했다. "건널 수 없는
      원초적 원인을 숨기시는 분에게
      그대가 지녀야 할 남다른 감사함으로,

70   큰 파도들을 지나 저기에 있게 되면,
      무고한 이들에게 응답이 주어지는 곳에서[188]
      내 조반나에게[189] 나를 부르라 일러 주시오.

73   그녀의 어머니가 아직 나를 사랑한다고 믿지 않소.
      벗은 상복을 다시 입길 원하게 될
      애처러운 여인이오![190]

      왔다.
188   선한 사람의 기도를 들어주는 하늘.
189   니노의 외동딸.
190   재혼한 남편도 잃게 될 전 부인에 대한 연민이 담겨 있다.

76   눈과 손길이 자주 불을 붙이지 않으면,
        여인 안에서 사랑의 불꽃이 얼마나 짧게
        지속하는지 그녀를 통해 아주 쉽게 알 수 있소.

79   밀라노 사람들의 진을 치는 독사가
        갈루라의 수탉만큼
        그녀의 무덤을 아름답게 하지 않을 것이오."[191]

82   가슴속에서 적당히 불타는
        정당한 열성이 찍혀 있는
        얼굴로 그렇게 그가 말했다.

85   굴대에 가장 가까운 바퀴같이,
        별들이 가장 느리게 도는 하늘을[192]
        굶주린 내 눈들이 그저 쳐다 보았다.

88   내 길잡이가 물었다, "아들아, 저 위에 무얼 보느냐?"
        내가 그에게, "이 남극을 온통 태우는
        저 세 햇불들입니다."

---

191 사르덴냐의 갈루라의 판사로 생애를 마친 니노 비스콘티 집안의 문장을
     장식하는 수탉이 재혼한 밀라노의 비스콘티 문장의 독사보다 전 부인의
     무덤을 더 명예롭게 장식했을 것이다.

192 굴대(중심선)의 양극에 가장 가까이 가장 느리게 도는 큰 바퀴 같은 항
     성천.

91   그래서 그가 내게, "오늘 아침에 네가 보았던
        네 개의 밝은 별들이 저 아래로 내려갔고,
        그들이 있던 곳에 이들이 떴다."[193]

94   말하고 있는 그를 소르델로가 자기 쪽으로
        끌어당기며 말했다. "저기 우리의 적을 보세요."
        그리고 그곳을 바라보도록 손가락으로 가리켰다.

97   작은 골짜기가 막히지 않은 쪽에,
        아마 이브에게 쓴 음식을 주었던
        그런 뱀 한마리가 있었다.

100   풀과 꽃 사이로 그 악한 것이 늘어지며 왔다.
        때때로 머리를 돌렸고, 스스로 미끈거리게 하는
        짐승처럼 등을 핥았다.[194]

103   천상의 참매들이 어떻게 출발했는지,
        내가 보지 않아 말할 수 없지만,
        하나와 다른 하나의 움직임을 잘 지켜보았다.

193 네 가지 덕을 상징하던 네 별(연옥 1.24)이 진 자리에 뜬 세 별은 신학의
    세 덕목들을 상징한다.

194 풀과 꽃을 배경으로 주위를 살피며 자신을 매끈하게 하며 유혹하는 모습
    으로 출현한다.

106   푸른 날개들이 대기를 가르는 소리를 듣고
       뱀은 도망갔고, 천사들은 뒤로 돌아서
       저 위 자리로 같이 다시 날아갔다.

109   불려서 판사 곁에 있던 그림자는,
       습격이 다 끝나도록 나에게서
       눈 한번 떼지 않았다.

112   "최상의 초원까지 그대를 높이
       이끄는 불빛이 충분한 초를
       그대의 의지 안에서 발견하길 바라오."

115   그가 말하기 시작했다. "마그라 계곡이나[195]
       그 주변의 바른 소식을 알면, 한때
       거기서 대단했던 내게 말해 주시오.

118   나는 코라도 말라스피나라 불렸소.
       조상님이 아니라 그분의 후손이오.[196]
       내 사람들에게 베푼 사랑을 여기서 정화하오."[197]

---

195 코라도 말라스피나(Corrado Malaspina)의 가문이 살던 빌라프란카
    (Villafranca) 성이 있는 루니자나(Lunigiana)는 마그라(Magra)강이 흐
    르는 계곡에 있다.
196 같은 이름의 할아버지가 가문을 번창시켰다.
197 전쟁과 정치로 자신의 영혼과 구원을 소홀히 한 죄를 정화하고 있다.

121   "아, 한번도 내가 가보지 못한,"[198] 내가 말했다.

"그대의 나라가 유럽 전역에서

알려지지 않은 데가 어디 있소?[199]

124   그대의 가문을 찬미하는 명성이

영주들과 영토를 목청껏 외치니,

아직 가보지 못한 사람도 알고 있소.

127   내가 위로 가기를 바라는 만큼,

그대의 명예로운 사람들이 지갑과 칼의 가치를[200]

저버리지 않은 것을 그대에게 내가 맹세하오.

130   천성과 습성이 남달리 탁월하여,

사악한 우두머리가[201] 세상을 흔들어도,

홀로 바른 길을 가고 나쁜 길을 경계한다오."

133   그리고 그가 말했다. "이제 가시오. 양자리가

네 다리를 다 뻗고 덮는 침대에

해가 일곱 번 다시 눕지 않을 것이오.[202]

---

198 연옥을 순례하고 있는 1300년에 아직 가보지 못한 곳.

199 음유시인들에게 베푼 호의로 널리 알려져 있었다.

200 자비와 용맹을 지닌 고귀한 가문.

201 교황.

202 칠 년이 지나지 않을 것이다.

136 그대의 머리 한가운데에 다른 사람들의 말보다

그같이 호의적인 의견이 더 큰 못으로

박히게 될 때까지 말이오.[203]

139 심판의 행로가 멈추지 않는다면 말이오."[204]

203 망명 중의 단테 자신이 1306년 루니자나의 말라스피나 가문의 호의를
입는다.
204 하느님의 판결이 바뀌지 않는 한.

연옥 9곡

1   달콤한 애인의 품속에서 나온
       나이든 티토노스의 여인이
       이미 동쪽 발코니에서 하얗게 빛나고 있었다.[205]

4   꼬리로 사람을 치는
       차가운 동물의 모양으로 놓인
       보석들이 그녀의 이마에서 빛나고 있었다.[206]

7   우리가 있던 곳에서 밤은 두 걸음을
       올라갔고, 저 아래에서는 이미
       세 번째 날개를 접고 있었다.[207]

---

205 북반구의 예루살렘에서 세 시간 차이로 서쪽에 있는 이탈리아에 새벽이 시작되었다. 새벽의 여신 아우로라(Aurora)의 애인 티토노스는 트로이의 왕자였으나 유피테르로부터 불멸의 삶을 얻었다. 하지만 영원한 젊음을 지키지 못해 나이가 든다. 새벽의 신이 세상에 빛을 밝힐 때만 애인의 품에서 나온다.

206 새벽이 밝아오는 하늘의 가장 높은 부분에 전갈자리의 19개 별들이 보석처럼 빛나고 있었다.

207 예루살렘의 정반대 남반구에 있는 연옥이 밤 9시경이고, 이탈리아는 새벽 6시 경이다.

10   아담의 것을[208] 지니고 있던 나는
        잠이 쏟아져, 이미 다섯 명 모두가 앉아 있던[209]
        풀 위로 몸을 뉘었다.

13   아마 슬픈 옛날을 기억하여,
        아침이 찾아오면 작은 제비가[210]
        울부짖기 시작하는 시간에,

16   우리의 마음이 몸에서 가장
        멀어지고 생각에[211] 덜 사로잡혀,
        시야가 거의 신성해지는 시간에,[212]

19   꿈속에서 한 독수리가
        황금 날개를 활짝 펴고 하늘에서
        내려오려는 것을 내가 본 듯했다.

---

208 몸.

209 베르길리우스, 소르델로, 니노, 코라도, 단테.

210 동생 필로멜라를 겁탈한 남편에게 복수하기 위해 아들을 희생시킨 프로
     크네가 나이팅게일로 변했다고 단테는 말한다 (연옥 17.19). 필로멜라가
     나이팅게일로, 프로크네가 제비로 변했다는 이야기에 반해 (오비디우스,
     《변신》 6.412 이하 참조), 여기 제비는 필로멜라를 가리킨다.

211 세상의 근심거리.

212 전날 세상의 기억들의 잔재에서 가장 멀어진 새벽에 꾸는 꿈이 가장 예
     언적인 시야를 가진다고 중세에 믿었다. 연옥 9, 19, 27곡에서 순례자가
     세 번 꾸는 예언적인 꿈들의 첫 번째가 연출된다.

22   가니메데스가 최고의 회의로 납치될 때,
        그의 동반자들이 남겨진 곳에[213]
        내가 있는 듯했다.

25   혼자 생각했다. '혹시 이 새는 항상 여기로
        내려오고, 다른 곳에서는 발로
        들어 올려 데려가길 꺼릴 것이다.'[214]

28   그리고 조금 돌고나자, 번개같이
        무섭게 내려와, 나를 위로 불까지[215]
        채가는 듯했다.

31   거기서 그와 내가 불타는 듯했고,
        상상의 불이 너무나도 뜨거워,
        꿈이 깨져 버리고 말았다.

---

213 유피테르의 술잔을 따르도록 동무들과 산에서 사냥하다 납치된 가니메
     데스가 하느님의 잔치에 초대된 영혼을 상징하는 것으로 전통적으로 해
     석되었다.

214 가니메데스가 납치된 트로이 인근의 이다 산에 있다고 생각하는 단테가
     다른 사람들보다 자신만이 가니메데스만큼 가치있다고 생각하면서 순
     례자가 곧 올라가 씻어낼 교만의 죄를 제시해주고 있다.

215 달에 닿기 전에 단테가 통과할 불의 하늘 (천국 1.79-81).

34   아킬레우스가 다시 깨어나,
        눈을 뜨고 돌아보던 곳을
        알지 못했던 것과 다르지 않았다.

37   자고 있던 그를 어머니가 품에 안고
        케이론에서 스키로스로 몰래 데려왔고,
        거기서 그를 그리스인들이 그후 떠나게 했다.[216]

40   내가 깨어났고, 잠이 달아난
        내 얼굴이 놀라, 얼어붙은
        사람같이 창백해졌다.

43   내 옆에 오직 내 위안만[217] 남아 있었고,
        해가 벌써 두 시간보다 더 높이 떠 있었고,[218]
        내 얼굴이 바다를 향하고 있었다.

46   내 선생님이 말했다. "두려워하지 말아라.
        우리가 좋은 지점에 있으니 안심하여라.
        위축되지 말고 모든 기운을 내어라.

---

216 트로이 전쟁에 참전하지 못하도록, 잠든 아킬레우스를 스승인 케이론으
     로부터 어머니 테티스가 스키로스 섬으로 데려와 숨기지만, 울리세스에
     게 발견된 아킬레우스가 결국 전쟁에 보내져 전사한다.

217 베르길리우스.

218 아침 8시가 지났다.

49   네가 이제 연옥에 이르렀다.
        연옥을 둘러싸며 가린 저기 산등성을 보아라.
        저기 끊어져 보이는 입구를 보아라.

52   날이 밝아오기 조금 전 새벽녘에,
        저 아래 꽃으로 꾸며진 곳 위에서
        네 안의 영혼이 잠들어 있을 때,

55   한 여인이 와서 말했다. '나 루치아가
        잠든 이 사람을 데려가게 해주세요.
        그가 쉬운 길을 가도록.'

58   소르델로와 다른 귀한 영혼들은 남았다.
        날이 밝자 그녀가 너를 들고
        위로 왔고, 나는 그녀의 뒤를 따랐다.

61   여기에 너를 두고, 이 열린 입구를
        그녀의 아름다운 눈이 내게 보여 주니,
        그녀와 잠이 한꺼번에 달아났다."

64   진리가 드러나자,
        두려움이 진정되고
        의심하던 사람이 확신하듯이,

67   근심이 사라진 나를 본
        내 길잡이가 산등성이로, 그리고
        나는 뒤에서 높은 곳으로 움직였다.

70   독자여, 내 소재를 내가 고양시키는 것을
        잘 보시오. 그리고 내가 그것을
        더 나은 예술로 떠받쳐도 놀라지 마시오.

73   우리가 거기로 다가갔고, 먼저
        벽을 가르며 부서진 것으로만
        보인 부분에 닿았다.

76   한 문(門)에 들어가기 위한, 아래 다른 색의
        세 계단들과, 아직 말하지 않은
        한 문지기를 내가 보았다.[219]

79   내 눈을 점점 더 뜨자,
        높은 계단 위에 앉은 그를 내가 보았다.
        그의 얼굴을 내가 견뎌내지 못했다.

82   그리고 손에 뽑아든 칼이
        우리에게 너무나 번뜩여,

---

219 "하느님의 천사가 문 위에 앉아"(연옥 4.128 참조).

내 눈을 제대로 겨누지 못했다.

85   "거기서 말하시오. 뭘 원하시오?"
        그가 말하기 시작했다. "안내자는 어디 있소?
        위로 와서 해를 입지 않도록 살피시오."

88   "이 일을 아는 하늘의 여인이,"
        내 스승님이 그에게 말했다. "조금 전에
        말했소. '거기로 가라. 거기에 문이 있다.'"

91   "그녀가 그대들이 가는 발길을 보살피오."
        정중한 문지기가 다시 시작했다.
        "우리 계단들 앞으로 오시오."

94   그곳에 우리가 이르렀다. 첫 계단은
        매끄럽게 딱인 흰 대리석이라,
        그 속에 내 모습이 비쳤다.[220]

97   어둡게 물들고
        거칠게 불탄 돌의 두 번째 계단은
        가로세로로 금이 가 있었다.[221]

---

220 고백성사의 첫 단계는 양심을 비추고 점검하는 일이다.
221 십자가 모양으로 금이 간 검게 그을린 돌은 양심의 가책을 상징한다.

100   위에 빽빽히 들어선 세 번째 반암은
　　　　핏줄기 밖으로 터져 나오는 피처럼
　　　　불타는 듯이 내게 보였다.[222]

103   그 위에 하느님의 천사가 내게는
　　　　다이아몬드로 보이는 문지방에 앉아
　　　　두 발을 올려놓고 있었다.

106   세 계단 위로 기꺼이 가려는 나를
　　　　내 길잡이가 이끌며 말했다.
　　　　“자물쇠를 풀어달라 정중히 청하여라.”

109   거룩한 발에 나는 경건히 몸을 던졌고,
　　　　자비롭게 내게 열어주길 빌었다.
　　　　그전에 내 가슴을 세 번 쳤다.[223]

112   일곱 개의 P를[224] 내 이마에 칼 끝으로
　　　　그려 넣고 그분이 말했다. “안에 들어가
　　　　이 상처들을 씻어 내라.”

222　불타는 사랑으로 죄를 갚아야 하는 고백성사의 세 번째 단계를 상징한다.

223　무릎을 꿇고 용서를 빌고 가슴을 치는 고백 성사의 모습을 재현한다.

224　이탈리아어 “죄”(Peccato)의 첫 알파벳으로 연옥에서 정화될 일곱 죄를 가리킨다.

115   재나, 땅을 파서 마른 흙이
        그의 옷 색깔이었을 것이다.[225]
        그 아래에서 열쇠 두 개를 꺼내었다.

118   하나는 금이었고 다른 하나는 은이었다.
        먼저 흰 것으로 다음에 노란 것으로
        문을 다루니 내가 만족하였다.[226]

121   "이 열쇠 중 하나로 자물쇠를
        올바로 돌리지 않으면," 우리에게 그가
        말했다. "이 길이 열리지 않소.

124   하나가 더 소중하나, 매듭을 푸는
        다른 하나도 열기 전에 상당한
        기술과 재능을[227] 요구하오.

127   베드로에게서 받았소. 내 발에
        엎드리는 사람을 가두는 것보다,
        열어주는 실수가 낫다고 내게 말했소."

---

225 회개의 색: "재를 머리에 들쓰고 회개하였을 것이다"(마태복음 11.21).

226 그리스도께서 성 베드로에게 주신 두 열쇠 (마태복음 16.19) 중 은색은
     죄를 판단하는 성직자의 지혜를 금색은 죄를 면제하는 하느님의 권위를
     상징하는 것으로 신학적으로 해석되었다.

227 배운 지식과 타고난 재능을 겸비한 인간 지성.

130 　거룩한 문의 문짝을 밀며 그가 말했다.
　　"들어가시오. 하지만 뒤를 돌아보는 자는
　　밖으로 되돌아온다는 것을 알아 두시오."[228]

133 　그 거룩한 문의 굴대들이
　　돌쩌귀 안에서 틀어지니
　　힘찬 쇠소리가 울려 퍼졌다.

136 　충실한 메텔루스를 빼앗긴 후,
　　앙상하게 남았던 타르페이아도
　　그렇게 삐걱거리며 으르렁대지 않았다.[229]

139 　첫 번째 천둥소리에 내가 귀를 기울이자,
　　'하느님, 우리가 당신을 찬양합니다'가[230]
　　감미롭게 섞인 목소리 속에서 들리는 듯했다.

228 죄를 다시 지으면, 받은 용서가 더 이상 유효하지 않다. 소돔을 되돌아
　　본 롯의 아내는 소금기둥이 되었다 (창세기 19.26). 자꾸 되돌아보는 사
　　람은 하느님 나라에 들어갈 자격이 없다고 예수가 말한다 (누가복음
　　9.62). 오르페우스가 되돌아본 에우리디케는 하데스로 되돌아간다.
229 고대 로마 타르페이아 절벽 위에 있던 사투르누스 (부의 신) 신전 안에
　　보관되어 있던 국고로 폼페이우스와 카토를 추적하려던 율리우스 카이
　　사르에 반대해 공화정에 충실했던 메텔루스(기원전 약 95-46)가 가로
　　막았던 신전의 녹슨 문이 오랜 세월 후 마침내 열리는 소리보다 컸다.
230 스타티우스도 들었던 찬송이다: "주님이 곧 위로 보내 주시길 바라는/
　　독실한 정신들이 드리는 찬송" (연옥 21.70).

142   화음 속에서 노래할 때

       노랫말이 들리다가 들리지 않을

       때와 같은 형태로[231]

145   그때 그것이 내게 그렇게 들렸다.

---

231 여러 목소리가 섞여 서로에 묻힌 말들이 분별되지 않는 다성음악.

연옥 10곡 목차 (교만)

연옥 10곡

1 비틀어진 길을 바르게 보이게 하는
   그릇된 사랑의 영혼들이 사용하지 않는
   그 문의 문지방 안으로 우리가 들어서자,

4 문이 닫히는 소리가 내게 들렸다.
   만약 내가 문으로 눈을 돌렸더라면,
   그 잘못에 대해 어떤 변명을 할 수 있었을까?

7 달아났다 밀려오는 파도처럼,
   한쪽으로 다른 쪽으로 구불구불 휘어진
   갈라진 바위 틈을 통해 우리가 올라갔다.

10 내 길잡이가 시작했다. "가는 동안
   이쪽저쪽으로 붙어가면서, 여기서는
   재주를 조금 부려야 한다."

13   달이 기운 쪽이 먼저
        잠자리에 들려고 닿는 동안,[232]
        더딘 발걸음을 그렇게 간신히 옮기며,[233]

16   바늘구멍 밖으로 나오자,[234]
        산이 뒤로 모여 탁 트인
        그곳에서 우리는 자유로웠다.

19   나는 지쳤고, 우리 둘이서 가는 길에
        확신이 없어서, 사막길보다 더
        황량한 산마루 위에서 멈추었다.

22   허공과 맞닿은 가장자리에서 다시
        올라가는 높은 언덕의 발치까지는
        사람의 몸으로 세 번 재어야할 거리였다.

25   내 눈이 날개를 펴 볼 수 있는 만큼
        왼쪽과 오른쪽에서
        회랑도 그렇게 보였다.

---

232 일출과 함께 지는 보름달은 하루가 지나면 하현이 되어 일출보다 약 50
     분 더 늦게 진다. 부활절 전 보름달에 시작한 순례의 나흘째 되는 날의
     하현은 일출(약 아침 6시) 후 약 세 시간 후, 즉 아침 9시경에 진다.

233 바위에서 더딘 발걸음을 옮길 때 달이 이미 졌다.

234 "부자가 하느님 나라에 들어가는 것보다는 낙타가 바늘귀로 빠져나가는
     것이 더 쉬울 것이다"(마태복음 19.24).

28   그 위로 아직 우리가 발을 옮기기 전에,
         가까이에서 급하게 오르지 않는 언덕을
         내가 알아 보았다.

31   조각으로 장식된 하얀 대리석이
         폴리클레이토스뿐만 아니라[235]
         자연도 거기서 조롱했을 것이다.

34   오랫동안 금지된 하늘을 열고,
         많은 세월동안 애걸했던 평화를
         선포하러 땅에 내려온 천사가[236]

37   진정 그렇게 우아한 자태로
         거기에 새겨져 우리 앞에 보이니,
         침묵하는 형상처럼 보이지 않았다.

40   '인사합니다'를[237] 그가 말했다고 맹세했을 것이다.
         지고한 사랑을 열기 위해 열쇠를 돌렸던
         그녀가[238] 거기 그려져 있었기 때문이다.

---

235   고대 그리스의 가장 뛰어난 조각가.
236   아담의 후손인 인류를 구원하기 위해 하늘에서 오는 예수의 잉태를 알리
      러 온 가브리엘 천사.
237   'Ave!'
238   하느님의 지고하신 마음을 겸손으로 연 마리아. 마리아의 일곱 미덕이
      연옥의 일곱 둘레에서 매번 모범으로 찬미된다.

43   '주님의 종입니다' 라는[239] 말이 그녀의 행동에
      새겨져 있었다. 밀랍 속에 찍힌
      형상과 다름이 없었다.[240]

46   "마음을 한곳에만 두지마라"라고,
      사람이 가슴을 지닌 쪽에[241]
      서 있던 내게, 다정한 스승님이 말했다.

49   그래서 나를 움직이는 그분이 있는
      쪽으로[242] 내 눈을 움직여,
      마리아 뒤쪽을 보았다.

52   한 다른 이야기가 바위에 새겨져 있어,
      나는 베르길리우스를 지나쳐, 그것이
      내 눈에 보이도록 가까이 다가갔다.

55   맡겨지지 않은 직무를 두려워하게 하는[243]
      거룩한 궤를 끄는 수레와 황소들이

---

239 "Ecce ancilla Domini" (누가복음 1.38).

240 그녀의 말이 행동에 정확하게 찍혀 있었다.

241 왼쪽.

242 오른쪽.

243 성직자만 손댈 수 있는 거룩한 궤가 기울때, 지나가다 손을 대어 붙잡은
     우짜가 하느님의 벼락을 맞고 그 자리에서 죽었다 (사무엘 하 6.6-7).

거기 같은 대리석에 새겨져 있었다.

58   앞에 보이는 모든 사람들이 일곱 합창대로 나뉘어져,[244]

         내 두 감각들에 하나는 '아니오,' 다른 하나는

         '예, 노래하오' 라고 말하는 듯했다.[245]

61   역시 거기 그려진

         향에서 피어나는 연기에도,

         눈과 코가 예와 아니오로 불화를 이루었다.

64   거기 거룩한 궤 앞으로, 옷을 걷어 올리고

         춤을 추며 가는, 겸손한 시편의 시인은

         그 상황에서 왕 이상이기도 이하이기도 했다.[246]

67   반대편의 커다란 성의 한 창문에

         그려진 미갈이 경멸하고 슬퍼하는

         여인처럼 쳐다보고 있었다.[247]

---

244 "et erant cum David septem chori" (사무엘 하 6.12).

245 청각으로가 아니라 시각으로 들릴 정도로 생생히 새겨져 노래하는 모습.

246 예루살렘으로 옮기는 거룩한 궤 앞에서 기뻐하며 춤추던 겸손한 시인 다
     윗은 사람들의 눈에 왕보다 덜하게 하느님의 눈에 왕보다 더 가치있게
     보였다.

247 "야훼의 궤가 다윗의 도성에 들어올 때 다윗왕이 야훼 앞에서 덩실 덩실
     춤추는 것을 사울의 딸 미갈이 창으로 내려다 보고는 속으로 비웃었다"
     (사무엘 하 6.16).

70   미갈 뒤에서 눈부시게 빛나는
        다른 이야기를 가까이에서 보려고,
        내가 서 있던 곳에서 발을 옮겼다.

73   그레고리우스를 그의 승리로 움직인
        덕목을 지닌 로마 군주의 고귀한
        영광이 여기에 묘사되어 있었다.[248]

76   트라야누스 황제와, 고삐를 잡은
        한 초라한 과부의 슬픔과 고통의 몸짓이
        거기에 새겨진 것을 나는 말한다.

79   그의 주변에 빽빽히 찬
        기사들 위로 금색의 독수리들이
        바람에 움직이는 것이 역력하게 보였다.

82   그 처량한 여인이 그 모두들 사이에서
        말하는 듯했다. "폐하, 내 가슴이 찢어집니다.

248 카이사르 네르바 트라야누스(Caesar Nerva Traianus; 재위: 98-117)의
     정의와 연민에 울며 감동한 교황 그레고리우스 1세(재위: 590-604)의
     열렬한 기도가 이미 죽어 지옥에 있던 로마 황제를 하느님이 천국으로
     허락하시도록 만들었다는 전설을 중세는 역사적 사실로 믿고 있었다.
     단테의 천국에서 트라야누스는 정의의 목성천에서 다윗 왕 옆에 자리하
     고 있다 (천국 20.43-45).

죽은 내 아들의 원수를 갚아 주소서.”[249]

85 그가 그녀에게 대답하는 듯했다.
"내가 돌아올 때까지 이제 기다려라.”
고통으로 안달하는 듯한 여인이, “폐하께서

88 돌아오시지 않으시면?” 그가, “내 자리에 있을 자가
네게 해줄 것이다.” 그녀가, “당신께서 잊으시면,
다른 사람의 선이 당신께 무슨 소용이 있습니까?”

91 그래서 그가, “이제 안심하여라.
내가 가기 전에 내 임무를 다함이 마땅하다.
정의가 원하고 연민이 나를 붙잡는다.”

94 여기서는 찾아볼 수 없고, 우리에게 새로운
이 보이는 말을[250] 새로운 것을 절대
본적이 없는 분이[251] 만드셨다.

---

249 살해에 대한 정의를 살려줄 것을 로마 사회에서 가장 힘없는 과부가 가
   장 힘있는 황제에게 청한다.
250 듣는 말이 아닌 보이는 말(visibile parlare).
251 하느님.

97   만드신 분 덕분에 귀중해
        보이는 겸손의 형상들을 보며
        내가 만끽하고 있을 때,

100   시인이 속삭였다. "보아라, 여기 많은
        사람들이 우리를 높은 계단들로 이끈다.
        그런데 발걸음들이 늦구나."

103   바라보며 만족하던 내 눈들이
        새로운 것을 보고 싶어하여
        그분에게 늦지 않게 돌아갔다.

106   독자여, 하느님이 어떻게 빚을 갚게
        하시는지를 듣고, 그대의 좋은 의도가
        약해지는 것을 내가 원하지 않소.

109   어떻게 고통을 당할지에 집중하지 말고,
        그 뒤에 따르는 것을 생각하시오. 심해도[252]
        최후의 심판을 넘어갈 수 없소.

112   내가 말하기 시작했다. "스승님, 우리에게
        다가오는 것이 내게 사람같이 보이지 않습니다.

---

252 최악의 경우에 최후의 심판까지 가나, 그 이전에도 끝나는 참회를 하는
    연옥. 영원한 벌을 받는 지옥과 다르다.

보아도 헛되어 내가 알 수 없습니다.”

115   그러자 그가 내게 말했다. “그들의 무거운
       고난이 그들을 땅으로 웅크리게 하여
       내 눈도 처음에 가늠할 수 없었다.

118   그러나 저기를 똑똑히 보아라. 저 바위들
       아래에서 오는 것을 눈으로 분간하면,
       각자 자신을 치는[253] 모습을 분별할 수 있을 것이다.”

121   오, 교만한 그리스도인들, 불쌍하고 지친 자들아,
       마음의 눈이 병들어,
       뒷걸음치는 중에도 확신하는구나.

124   벌레인 우리가 방해받지 않고
       정의를 향해 날아가는 천사의 나비가 되려
       태어난 것을 너희가 헤아리지 못하느냐?

127   모습도 제대로 갖추지 못한 벌레처럼,
       결점 투성이로 어쩌다 생긴 너희의
       마음이 무얼 믿고 위로 부풀어 오르느냐?[254]

---

253 벌받는.

254 제대로 갖추지도 못한 자신에 확신하여 땅위에서 뒤로 꿈틀거리며 부풀
     어 오르는 벌레가 아니라, 겸손하며 정의로 날아가는 나비로 변신하기

130   지붕이나 천정을 받치기 위해,
        때때로 무릎이 가슴에 붙은 형상이
        받침대로 쓰이는 것을 본다.

133   실제하지 않는 고초를, 보는 사람 속에
        실제로 자아내듯이, 내가 자세히 살펴보니
        그처럼 되어버린 그들을 식별할 수 있었다.

136   등에 더 지고 덜 지는 것에 따라
        더나 덜 웅크리던 것이 사실이고,
        행동에 최고의 인내가 배어있는 이도

139   울며 말하는 듯했다. '더 이상 나는 할 수 없소.'

위해 태어난 그리스도인들.

연옥 11곡

1 "하늘에 계신 우리 아버지,
   제한되어서가 아니라, 저 위에서
   처음 창조하신 것들을 더 사랑해서입니다.[255]

4 당신의 이름과 힘을 모든 창조물들이
   찬미하게 하소서. 당신의 감미로운 입김에[256]
   감사드려야 마땅합니다.

7 당신의 왕국의 평화를 우리에게 오게 하소서.
   오지 않으면, 우리의 모든 재능으로도
   우리가 스스로 거기에 이르지 못하기 때문입니다.

10 당신에게 당신의 천사들이 그들의 의지를,
   호산나를 부르며, 희생하듯이,
   사람들도 그들의 의지를 그렇게 하게 하소서.

---

255 주의 기도: "하늘에 계신 우리 아버지" (마태복음 6.9). 하늘에 제한되어
  서가 아니라, 하늘들과 천사들을 교만한 사람들보다 더 사랑하셔서 하
  늘에 계신 하느님.

256 하느님의 사랑으로 (감미로운) 내려오는 "[지혜는] 하느님의 힘의 입김이
  다(sapientia] vapor est enim virtutis Dei)"(지혜서 7.25).

13   오늘 우리에게 일용할 만나를[257] 주소서.

          이 거친 사막을 거쳐 가다 가장

          지친 자가[258] 그것 없이는 뒤로 쳐집니다.

16   우리가 겪은 잘못을 서로 용서하듯이,

          우리의 장점을 보지 마시고,

          당신의 자비로움으로 용서하소서.[259]

19   우리의 힘이 쉽게 꺾입니다.

          오래된 적으로[260] 시험하지 마시고,

          우리를 빠지게 하는 그에게서 구하소서.

22   사랑하는 주님, 이 마지막 기도는

          이미 필요로 하지 않는 우리가 아니라,

          우리 뒤에 남은 이들을 위해 드립니다."[261]

---

257 정신적 양식, 하느님의 은총 (출애굽기 17.31).

258 사막을 지나는 유대인들처럼 지상을 살아나가는 사람들. 혹은 바위를 지나 참회하는 첫 번째 둘레의 영혼들.

259 우리의 장점이 모자라지만, 하느님의 넘치는 자비로 용서하소서.

260 악마.

261 연옥의 참회자들은 더 이상 악의 유혹에 빠지지 않으나, 지상에 아직 남아 있는 사람들을 위한 마지막 구절로 그들의 기도를 마친다.

25 　그렇게 자신들과 우리의 안녕을 위해
　　그 그림자들이 기도하며, 어떤 꿈을 꿀 때와[262]
　　비슷하게 무거운 짐을 지고 가고 있었다.

28 　모두 서로 다르게 지치고 괴로워하며
　　첫 번째 둘레를 돌며,
　　세상의 때를 씻어내고 있었다.

31 　저기서 언제나 우리를 위해 좋게 말한다면,
　　여기서 선한 뿌리에서 나온 의지를 지닌[263]
　　사람들은 그들을 위해 무엇을 말하고 할 수 있을까?

34 　여기서 지니고 간 흔적들을 씻고,
　　별이 반짝이는 하늘들로 순결하고 가볍게
　　그들이 나갈 수 있도록 도와야 한다.[264]

37 　"제발 정의와 자비가 그대들의 짐을
　　빨리 덜어주어, 그대들이 바라는 대로
　　날개를 움직여 들어 올릴 수 있길 바라오.

262　악몽 아래 시달릴 때와 비슷하다.

263　선한 의지에서 나오는 기도만이 하느님께 들린다.

264　연옥의 영혼들이 천국으로 서둘러 갈 수 있도록 지상에서 기도로 도와야
　　한다.

40   어느 쪽으로 가야 계단으로 가장 빨리 가는지
        알려 주시오. 하나보다 더 많은 통로가 있으면,
        덜 가파른 길을 가르쳐 주시오.

43   나와 같이 오는 이 사람이 입은
        아담의 몸무게로는 오르는 것이
        뜻대로만 되지 않기 때문이오."

46   내가 따르던 분이 하신 이 말에
        누가 대답하였는지
        밝혀지지 않았지만,

49   이렇게 말했다. "절벽을 따라 오른쪽으로
        우리와 함께 가오. 산 사람이 오를 수 있는
        통로를 발견할 것이오.

52   교만한 내 목덜미를 길들여서
        숙여진 내 얼굴을 들지 못하게
        돌이 방해하지 않았더라면,

55   아직 살아 있고 이름도 밝히지 않은 그를
        내가 아는지 보고, 이 짐을 진 나를 불쌍히
        여기도록 쳐다보았을 것이오.

58   나는 이탈리아의 위대한 토스카나 사람에게서 태어났소.

      퀄리엘모 알도브란데스코가 내 아버지였소.

      그 이름을 한번이라도 그대가 들어보았는지 모르겠소.[265]

61   오래된 가문과 내 선조들의 고결한 업적들이

      공동의 어머니를[266] 잊게하고,

      나를 너무나 오만하게 만들어,

64   모든 사람들을 지나치게 업신여기다

      내가 죽었소. 어떻게는 시에나 사람들이 알고,

      캄파냐티코의 모든 아이들조차 알고 있소.[267]

67   나는 움베르토요. 교만이 나를

      해쳤을 뿐만 아니라, 온 집안을

      재앙으로 이끌고 갔소.

70   하느님이 만족하실 때까지, 그 때문에,

      살아서 하지 않았으니, 죽어서 여기서,

---

265 토스카나 지역에서 가장 오래되고 귀한 집안에 속하던 퀄리엘모 알도브
     란데스코(Guiglielmo Aldobrandesco, 사망 1254년)의 이름이 둘째 행
     을 거의 다 차지하고 있다. 집안을 자랑스러워하던 아들 움베르토 (사망
     1259년)의 겸손함을 셋째 행에서 엿볼 수 있다.

266 이브.

267 궬피 시에나와의 전투 중에 죽은 것을 기벨리니 움베르토의 성이 있는
     캄파냐티코의 어린아이들까지 다 안다.

이 짐을 내가 짊어져야 하오."

73   들으면서 얼굴을 아래로 내가 숙이자,
        말하던 자가 아닌 그들 중 다른 하나가
        짓누르던 무게 아래에서 몸을 비틀었다.

76   그들과 함께 완전히 굽어서 가던 내게
        간신히 시선을 고정시키며
        나를 알아보고 불렀다.

79   내가 그에게 말했다. "아, 당신은
        파리에서 세밀화라 불리는 예술의 영광이며
        구비오의 영광인 오데리시가 아니십니까?"[268]

82   그가 말했다. "형제여, 프랑코 볼로네제가[269]
        채색한 종이들이 더 활짝 웃으니,
        영광은 이제 모두 그의 것이고 내 것은 일부라오.

85   살아 있었을 때 그렇게 너그럽지 못했을 것이오.
        탁월하고픈 큰 욕망 때문에
        내 가슴이 불탔기 때문이오.

---

268 구비오에서 태어나 볼로냐에서 활동하며 당대 유명했던 삽화가 오데리
     시 다 구비오(Oderisi da Gubbio, 약 1240-1299).
269 오데리시의 제자.

88   그런 교만의 빚을 여기서 갚소.

        죄를 지을 수 있었는데 하느님께 돌아서지

        않았었더라면 내가 아직 여기에 있지 않았을 것이오.[270]

91   아, 사람 능력의 허무한 영광이여!

        꼭대기의 푸르름은 거친 시절이

        오기 전에 얼마나 잠깐 지속되는지!

94   치마부에가[271] 그림의 영역을 장악했다고

        믿었지만, 이제 조토가[272] 함성을 치니,

        그의 명성은 사라지고 있소.

97   언어의 영광도 그렇게 하나의 구이도가 다른

        구이도에게서 앗아갔고,[273] 아마 둘 다

        둥지에서 쫓아낼 자가 태어났을 것이오.[274]

270   생의 마지막에 참회하지 않았더라면 아직 아래 연옥의 산발치에 있을 것
      이다.

271   이탈리아 근대 미술의 창시자 치마부에 (Cimabue, 약 1240-1302).

272   조토 디 본도네(Giotto di Bondone, 약 1267-1337). 치마부에의 제자.
      망명 중인 단테와 파도바에서 만나 단테의 초상화를 남긴 화가이다.

273   "감미롭고 우아한 사랑의 운들을 읊던/ 나와 나보다 더 나은 다른 누
      구나의/ 아버지"(연옥 26.97-99)로 불리는 구이도 구이니첼리(Guido
      Guinizelli, 약 1240-1302)와 단테의 "첫 번째 친구"로 불리는 시인 구이
      도 카발칸티(Guido Cavalcanti, 1300년 사망).

274   단테 자신을 가리키고 있다.

100   속세의 소문은 바람의 한 숨결과
다름이 없소. 지금은 여기서 다음은 저기서,
방향을 바꾸면 이름도 바꾼다오.

103   '맘마'와 '까까'를 떼기 전에
죽는 것보다 더 늙어 몸을 벗으면,[275]
그대가 더 많은 명성을 누리겠소?

106   천년이 지나가기 전에? 영원에 비하면
천년도 가장 천천히 돌아가는 하늘에[276] 비해
눈 깜박할 사이보다 더 짧은 기간이오.

109   내 앞에서 아주 느리게 가는 사람의
이름을 온 토스카나가 부르곤 했소.
이제는 시에나가 겨우 속삭이곤 하오.

112   지금의 창녀처럼 그때 교만했던
피렌체의 광기를 짓밟았던
시에나를 그가 군림하고 있었소.

---

275   어린아이보다 더 나이 들어 죽으면.

276   서쪽에서 동쪽으로 백 년에 일 도씩 움직이는 항성천.

115   그대들의 명성은 왔다가 가는
        풀잎들의 색깔이오. 땅에서 초록 풀을
        나오게 한 것이[277] 다시 퇴색시킨다오."

118   내가 그에게, "그대의 진실된 말이 내 가슴속에
        선한 겸손을 심어주고, 부푼 마음을 가라앉힙니다.
        그런데 지금 그대가 말한 그자가 누구입니까?"

121   그가 답했다. "그는 프로벤차노 살바니요.[278]
        주제넘게 시에나 전체를 제 손안에
        넣으려 하였기에 여기에 있소.

124   죽고 나서 쉬지 않고 이렇게 가고 있소.
        저기서 지나치게 거만한 자는
        이렇게 대가를 치루며 보상하는 것이오."

127   그리고 내가 말했다. "참회하기 전에
        생애의 가장자리에 닿은 영혼은
        저 아래에 머물고 이 위에 오르지 못하오.

130   선한 기도가 그를 돕지 않는 한, 거기서

---

277 해.

278 시에나와 토스카나 전역의 기벨리니 군대를 이끌다 전투에서 사망한 시
     에나 출신 장군(Provenzano Salvani, 약 1220-1269).

산만큼의 시간을 먼저 보내야 하오.

어떻게 그가 오도록 허락받았소?”

133   그가 말했다. “그가 가장 영광스럽게 살 때,

모든 부끄러움을 버리고 자진해서

시에나의 광장에서 꼼짝하지 않았소.

136   샤를의 감옥 속에서 받는 고통에서

자신의 친구를 구해내려고, 거기서

온 핏줄이 떨리도록 무릎썼소.[279]

139   더 이상 말하지 않겠소. 모호하게 내가 말하지만,

얼마 지나지 않아, 그대 이웃들이 그대가

이 말을 해석할 수 있게 해줄 것이오.[280]

142   이 행위가 그를 그 속에서 벗어나게 해주었소.”[281]

---

279   샤를 1세가 전쟁 중에 잡힌 친구에게 요구하던 높은 보석금을 마련하기 위해 시에나 광장에서 무릎을 꿇고 겸손히 시에나 사람들에게 도움을 청했다.

280   망명하며 도움을 청하는 단테가 이 말이 무슨 말인지 뼈저리게 느낄 것이라는 뜻이다.

281   살아서 친구를 위해 했던 겸손한 행동이, 자신의 교만에 대한 마지막 참회 없이도, 그를 예비연옥에서 풀어주었다. 타인을 감옥에서 풀어내려던 행동이 자신을 예비연옥에서 풀어내었다.

연옥 12곡 목차 (교만)

연옥 12곡

1   나란히 멍에를 멘 황소들처럼,
        짐을 진 영혼과 함께 내가 갔다.
        다정한 스승님이 허락하실 때까지.

4   그가 말했다. "그를 두고 건너가거라.
        여기서는 각자가 할 수 있는 한,
        날개와 노로 배를 저어 나가야 한다."[282]

7   걸어가기 위해 내 몸을 다시 바로 세워도,
        내 생각들은 구부러지고 수그러진 채[283]
        남아 있었다.

10   내가 움직여 기꺼이 내 스승님의
        발길을 따랐다. 둘 다 얼마나 가벼운지를
        벌써 보여주고 있었다.[284]

---

282   각자가 할 수 있는 수단과 방법으로 계속 나아가야 한다.
283   겸손한 마음가짐.
284   짐을 진 영혼들과 달리 빨리 걷고 있었다.

13   내게 그가 말했다. "눈을 아래로 내리고,
      네가 심는 발자국들을 보며 걸으면,
      조용한 길을 가기에 좋을 것이다."

16   묻힌 자들 위의 평평한 무덤들이
      그들을 기억하기 위해 생전의
      그들을 기리는 표시를 새기듯이,

19   오직 충실한 사람들의 추억을
      부추기는 박차로 많은 사람들을
      울리고 또 울리는 그곳처럼,

22   예술적으로 더 나은 솜씨로,[285]
      산 밖으로 나아가는 길을 따라
      만들어진 조각들을 거기서 내가 보았다.[286]

---

285 지상에서 볼 수 없는 뛰어난 예술.

286 성당의 대리석 바닥 위에 새겨진 글과 벽에 그려진 프레스코들이 결부
     된 모습을 연상시킨다. 열셋의 교만한 인물들을 담은 아래 열셋 연 (25-
     63) 중 첫 번째 네 연들과 (25-36) 마지막 연은 (61-63) "내가 보았다"
     (Vedea)로, 두 번째 네 연들은 (37-48) "오" (O)로, 세 번째 네 연들은
     (49-60) "보여주고 있었다" (Mostrava)로 시작하여, 이탈리아어로 "사
     람"(UOM)이라는 아크로스틱 (acrostic: 두문자어, 즉 각 행 첫글자가
     모여 만든 말)을 만든다 ("U/V"는 라틴어에서처럼 같은 알파벳). 교만
     의 죄가 인간만이 지닌 인간의 가장 무거운 죄임을 드러내려고 하는 시
     인의 의도를 반영한다. 이탈리아어와 다른 우리말의 자연스러운 어순을
     살려 역자는 동사들을 되도록이면 한 연의 문장 끝에서 반복하였다.

25 　다른 어떤 창조물보다 더 고귀하게

　　창조된 자가 하늘에서 번개처럼

　　떨어지는 것을[287] 한쪽에서 내가 보았다.[288]

28 　다른 쪽에서, 하늘에서 떨어지는 번개를

　　맞고 죽어 싸늘하게 땅을 짓누르며

　　누워 있는 브리아레오스를 내가 보았다.[289]

31 　아직 무장한 팀브라이우스, 팔라스, 마르스가,

　　그들의 아버지 곁에서,[290] 거인들의 흩어진

　　사지들을 바라보며 놀라는 것을 내가 보았다.

287 "나는 사탄이 하늘에서 번갯불처럼 떨어지는 것을 보았다"(누가복음
　　10.18). 하느님께 반란한 교만한 루키페르가 하늘에서 떨어져 사탄이 되
　　었다.

288 오른쪽에는 그리스도교의, 왼쪽에는 그리스 로마 신화의 인물들이 새겨
　　져 있다.

289 유피테르에 대항하다 번개에 맞고 땅에 떨어져 죽은 거인 (오비디우스,
　　《변신》 10.150 이하 참조).

290 화살의 아폴로 (신전이 있는 '팀브라'에서 '팀브라이우스'로도 불린다),
　　뱀의 미네르바, 창의 마르스가 유피테르 주변에 모여 있다.

34 　　커다란 탑[291] 발치에서 어리둥절하며,

　　　시날에서[292] 그와 함께 교만했던 사람들을

　　　쳐다보던 니므롯을[293] 내가 보았다.

37 　　오, 니오베여, 그런 고통스런 눈으로,

　　　죽은 아들 일곱과 딸 일곱 사이로

　　　길 위에 새겨진 너를 내가 보았다![294]

40 　　오, 사울이여, 거기 그런 모습으로

　　　자신의 칼 위에 죽고 나자,

　　　길보아에 비도 이슬도 내리지 않았소![295]

43 　　오, 무모한 아라크네여, 네 잘못으로

　　　찢어진 작품을 슬퍼하는, 벌써

291 　바벨탑.

292 　바벨탑이 지어진 곳 (창세기 11.1-4).

293 　바벨탑을 지은 교만한 인물로, 단테의 지옥에서 언어를 사용하지 못하는
　　거인으로 나타났다 (지옥 31.76-81).

294 　아폴로와 디아나의 어머니 라토나보다 일곱 아들과 일곱 딸을 가진 자신
　　을 더 숭배할 것을 바라던 교만한 니오베가 벌로 잃은 자식들 사이에서
　　고통을 이기지 못해 돌로 변했다 (오비디우스,《변신》 6.146-312).

295 　이스라엘의 첫 번째 왕 사울이 교만의 벌로 길보아에서 패배하여 자신의
　　칼에 목숨을 잃은 후, "길보아에 비도 이슬도 내리지 않았다" (사무엘하
　　1.21). 이스라엘 왕을 죽게 한 길보아의 교만도 저주 받은 것으로 단테는
　　해석하고 있다.

반은 거미가 된 너를 내가 보았다![296]

46   오, 르호보암이여, 아무도 쫓아오지 않는

수레 속에서 무서움에 가득찬 거기

네 모습은 이미 위험해 보이지 않는다.[297]

49   단단한 바닥은 또 알크마이온이 그의 어머니가

불길한 장식물에 얼마나 비싼 값을

치루게 만들었는지를 보여주고 있었다.[298]

52   사원 안에서 산헤립을 공격하고,

그가 죽자 그를 거기 두고 달아나는

아들들을 보여주고 있었다.[299]

---

296 미네르바와 베틀짜기 시합을 시도한 교만한 아라크네가 벌로 자신의 작품을 잃고 거미로 변신한다 (오비디우스,《변신》 6.5-145).

297 솔로몬이 메운 무거운 멍에를 더 가중시키려던 아들이자 승계자인 교만한 르호보암이 반란하는 원로들을 피해 수레를 타고 쫓기지도 않으면서 쫓기듯 도망치는 치욕적인 모습이다 (열왕기상 12.14).

298 불카누스가 직접 만든 불길한 목걸이를 매려는 교만에 빠진 에필레가 남편 암피아레우스를 전사하게 만들자, 아들 알크마이온이 죽은 아버지를 복수하기 위해 어머니를 죽인다 (오비디우스,《변신》 9.406-8).

299 하느님이 보호하시는 유다 왕 히즈키아를 두 번이나 공격하는 교만을 보인 아시리아 왕 산헤립이 패배한 후 사원에서 기도하는 동안 그를 두 아들이 살해하고 달아난다 (열왕기하 18-9).

55   잔인하게 학살하고 남은 키루스에게
          토미리스가 말하는 것을 보여주었다.
          "피에 목말라하던 너를 내가 피로 채워주마."[300]

58   홀로페르네스가 죽은 후, 혼란 속에
          도망치던 아시리아인들과 죽은 자가
          남긴 모습도 보여주고 있었다.[301]

61   재와 잿더미로 변한 트로이를 내가 보았다.
          오, 일리온, 너는 얼마나 낮고 비열하게
          거기서 분별된 모습을 보여주고 있던가![302]

64   어떤 붓이나 첨필의 대가가,
          섬세한 재능마저 거기서 놀라게 했던,
          형태와 선들을 그렸을까?

---

300 페르시아 제국을 건립한 키루스 대왕(재위: 기원전 550-530)이 스키티
      아의 여왕 토미리스의 아들을 죽이자, 토미리스가 교만한 키루스를 죽
      이고 그의 머리를 핏물이 든 그릇에 넣고 한 말로, 출처인 사학자 파울
      루스 오로시우스(약 375/85-420)를 단테가 인용하는 말이다.

301 아시리아의 교만한 장군 홀로페르네스의 목을 벤 유딧이 유대인들을 그
      로부터 구원했다 (유딧 7-15). "죽은 자가 남긴 모습"은 목이 떨어진 그
      의 사지를 가리킨다.

302 교만했던 트로이의 요새(일리온)가 타고난 후 잿더미로 내려앉은 치욕
      의 모습.

67   죽은 자는 죽은 듯 산 자는 산 듯 보였다.
실제로 본 자도 고개 숙인 채 걸어가는
나보다 더 잘 보지 못했다.

70   자, 이브의 자식들이여, 교만하여라!
잘못된 그대들의 길을 보려고 얼굴을
숙이지 말고 높이 들고 가시오!

73   산의 많은 부분을 이미 우리가 돌았고
해가 상당히 더 지나간 것을
몰두해 있던 마음이 알아채지 못했을 때,

76   항상 앞을 염두하며 가던 그가
말하기 시작했다. "고개를 바로 하여라.
생각에 그렇게 잠겨 갈 시간이 더 이상 없다.

79   저기서 우리를 향해 오기 위해 준비하는
천사를 보아라. 하루의 일에서 돌아오는
여섯 째 시녀를 보아라.[303]

---

303 해의 시녀로 묘사된 시간 중 여섯 번째 시간 즉 정오를 가리킨다.

82   얼굴과 행동으로 경의를 표하여,
        그가 우리를 위로 기꺼이 보내게 하여라.
        이 날이 또다시 밝지 않는 것을 명심하여라!"

85   시간을 잃지 말라는 그의 경고에
        익숙해져 있었기에 내가 그 말의 의미를
        알아듣지 못할 리 없었다.

88   우리에게 그 아름다운 창조물이 왔다.
        흰 옷을 입고 있었고 얼굴에서
        아침별이 반짝이는 것 같았다.

91   팔을 벌리고 날개를 펴며 말했다.
        "오세요. 여기가 계단들에 가까워요.
        이제 쉽게 올라가요.

94   이 초대에 사람들이 아주 드물게 옵니다.
        아, 위로 오르도록 태어난 사람들이
        어찌하여 조금 부는 바람에도 그렇게 떨어지는가!"[304]

97   그분이 우리를 암석이 깎인 곳으로 이끌었다.
        거기서 내 이마를 날개로 스친 후,[305]

---

[304] 교만의 유혹에 빠지다.
[305] 단테 이마 위에 새겨진 교만의 죄를 천사가 지운다. 베르길리우스가 아

쉬운 앞길을 내게 약속했다.

100   루바콘테[306] 다리 위에서 잘 다스려진 도시를[307]
       굽어보는 교회가 자리 잡은 산을
       오르기 위해 오른쪽으로 가다 보면,[308]

103   기록과 측량이 신뢰되던 시절에[309]
       지어진 계단들이 갑작스럽게
       오르는 경사를 꺾는 것처럼,

106   다른 둘레에서 여기로 가파르게
       떨어지는 비탈이 부드러워졌으나,
       여기저기에서 높은 바위에 부딪힌다.

래에서 설명한다(121-3).

306 1237년 루바콘테 디 만넬라(Rubaconte di Mandella)라는 이름으로 아르
     노 강 위에 짓기 시작한 지금의 '은총의 다리'(Ponte alle Grazie).

307 당시 피렌체를 장악하고 있던 궬피 흑색당을 비꼬는 말이다.

308 산 미니아토 알 몬테(San Miniato al Monte) 교회로 가기 위해서는 피
     렌체 도심을 빠져나와 한 길을 따라가다 나오는 두 길 중 오른쪽으로 난
     계단을 타고 올라간다.

309 기록에서 삭제하여 자신의 죄를 면하고자 했고 (1299년), 시민에게 나누
     어질 소금의 양을 빼돌려 자신의 이익을 채우려 했던 (1283년) 최근 피
     렌체를 다스리는 자들의 부정부패를 비판하고 있다.

109   거기로 우리가 몸을 돌리자,
       '마음이 가난한 사람이[310] 복되도다'를[311]
       말로는 다 표현할 수 없는 목소리가 불렀다.[312]

112   아 지옥과는 얼마나 다른 입구들인가!
       저 아래에서는 비통한 비탄을 지나며,
       여기서는 노래를 지나며 들어가기 때문이다.

115   거룩한 계단들을 이미 우리가 오르고 있었고,
       평지에서보다 훨씬 더
       가볍다고 느꼈다.

118   그래서 내가, "스승님, 무슨 무게를
       덜어내어, 가는데 내가
       거의 지치지 않습니까?"

121   그가 답했다. "네 얼굴에
       아주 희미하게 남아 있는 글자 P들이
       하나같이 모두 지워지게 되면,

---

310 겸허한 사람.

311 마태복음 5.3. 마태복음 5.3-10에서 열거된 축복받은 사람들이 연옥의
     일곱 둘레에서 하나씩 언급된다.

312 항상 한 둘레를 나갈 때마다, 사람이 말로 이루 표현할 수 없는 천사의
     목소리가 마태복음의 축복받은 자를 하나씩 찬양한다.

124   네 발들이 선한 의지에 압도되어
         지치지 않을 뿐만 아니라,
         위로 밀쳐지며 기뻐할 것이다."

127   다른 사람이 내가 의심하도록 지적해주지 않으면,
         머리에 뭔가 모르는 것을 지니고 가는
         사람들처럼 그때 내가 그러했다.

130   눈이 제공할 수 없는 역할을 충족시키려고,
         손이 찾고 발견하여
         확신하도록 도움을 준다.

133   오른 손가락들을 하나씩 펴,
         두 열쇠를 담당한 이가 내 이마 위에
         새겼던 글자들 중 오직 여섯 개를 발견했다.

136   내 길잡이가 바라보며 미소를 지었다.

연옥 13곡

1   우리가 계단 꼭대기에 있었다.
사람이 오르며 죄를 씻는 산을
두 번째로 깎은 곳이었다.

4   첫 번째처럼 다른 회랑이 산을 돌며
둘레를 치고 있지만, 그 곡선이
더 황급히 굽어 들어간다.[313]

7   그림자도 흔적도 거기서 보이지 않는다.
산등성도 길도 비어 있고
납빛[314] 돌 색깔만 보인다.

10   시인이 말했다. "여기서 물어볼
사람을 기다린다면, 아마 너무 오래
우리가 지체될까 염려된다."

---

313 두 번째 둘레가 첫 번째보다 더 작다.

314 시기를 상징하는 색.

13   그러고 나서 해에 눈을 고정시켰다.
        그의 오른쪽을 움직임의 중심으로 삼고
        자신의 왼편 몸을 돌렸다.[315]

16   "오, 내가 믿는 새로운 길에 들어서니,
        부드러운 빛이여," 그가 말했다.[316] "여기 안에서
        인도되어야 할 만큼[317] 우리를 인도하소서.

19   다른 이유가 반대편으로 밀지 않으면,
        세상 위를 비치며 세상을 데우는 당신의
        빛이 언제나 길잡이가 되어야 합니다."

22   열렬한 의지로, 짧은 시간 안에,
        여기서 천 걸음을 셀 만큼,
        거기서 벌써 우리가 갔을 때,

25   사랑의 식탁으로 정중하게 초대하는
        보이지 않는 영혼들의 말들이
        우리에게 날아와 들렸다.

---

315 해를 향해 오른쪽으로 돌았다.
316 시기의 감정이 참회되고 있는 곳에서 이성을 상징하는 해를 향해 기도하
     는 베르길리우스.
317 위를 향해.

28   '포도주가 그들에게 없다'[318]를 첫 번째
        목소리가 날아 지나가며 큰 소리로 말했고,
        우리 뒤로 가며 되풀이했다.

31   멀리 가서 다 들을 수 없기도 전에,
        다른 목소리가 '내가 오레스테스다'[319]를
        외치며 지나갔고, 역시 멈추지 않았다.

34   "아," 내가 말했다. "아버지, 무슨 목소리들입니까?"
        내가 묻자, 세 번째 목소리가 와서 말했다.
        '너희에게 잘못하는 자들을 사랑하여라.'[320]

37   선한 선생님이 말했다. "이 둘레가
        시기의 죄를 책망하니, 채찍하는 끈은[321]
        사랑에서 나온다.

---

318 "vinum non habent"(요한복음 2.3)를 라틴어로 말한다. 혼인잔치에서 물
     을 포도주로 바꾸는 첫 번째 기적을 예수가 일으키게 만든 자비로운 마
     리아의 말이다.
319 오레스테스를 죽이려는 왕 앞에서 자신이 오레스테스라고 허위자백하여
     친구의 목숨을 구하려 한 필라데스의 말이다.
320 "원수를 사랑하고 너희를 박해하는 사람들을 위하여 기도하여라"(마태복
     음 6.44)는 예수의 말이다.
321 북돋우는 소리.

40   고삐가[322] 내는 반대 소리를,
        내 생각에, 네가 용서의 길목에
        닿기 전에 들으리라고 내가 믿는다.

43   이제 눈을 대기 속에 잘 맞춰 고정시켜 보아라.
        우리 앞에 앉아 있는 사람들을 네가 볼 것이다.
        모두 암벽을 따라 앉아 있다.”

46   그래서 이전보다 눈을 더 크게 뜨고
        내 앞을 바라보자, 돌과 다르지 않은
        색의 외투를 입은 그림자들이 내게 보였다.

49   조금 더 앞으로 우리가 가자 외치는 소리가
        들렸다. ‘마리아여, 우리를 위해 기도하소서.’
        ‘미카엘이여’ ‘베드로여’ 그리고 ‘모든 성인들이여.’[323]

52   그리고 내가 이 후에 본 것을 보고 동정심에
        찔리지 않을 정도로 강한 사람이
        지금 세상에 걸어다니지 않으리라고 내가 믿는다.

322   제어하는 소리.

323   미사 중에 (litany of the saints) 순서대로 불리는 마리아와 천사들과 (미
      카엘 등) 성인들 (베드로 등).

55   왜냐하면 그들의 행동이 내게 확연히 다가올 만큼
      내가 그들에게 가까이 다가갔을 때,
      고통을 내 눈이 무겁게 짜냈기[324] 때문이다.

58   그들은 거친 천으로 덮인 것처럼 보였다.
      하나가 다른 어깨에 기대고,
      모두가 암벽에 기대고 있었다.

61   대사면일에 일용할 것을 구걸하러,
      볼품없는 봉사들이 그렇게 서서,
      한 머리가 다른 머리 위에서 숙인다.[325]

64   말소리만이 아니라,
      모습이 다른 사람의 동정심을
      신속히 더 자아낼 수 있기 때문이다.

67   눈먼 자들에게 햇빛이 닿지 않듯이,
      거기 그림자들에게도 그러했다. 내가 지금 말하는
      거기서 하늘의 빛이 자신의 자비로움을 원치 않는다.[326]

---

324 눈물을 짜냈다.

325 죄가 면죄되는 축일에 교회 앞에서 구걸하는 눈먼 거지들과 같다.

326 빛이 잘못 사용되기 때문이다. 라틴어의 "시기"(invidia)는 잘못(in) 보
     고(videre) 생기는 감정이다. 자비와 사랑으로 사람을 보지않고 (in-
     videre), 반대로 적대감으로 상대를 보면서 생기는 감정이다.

70 　가만히 머물지 않으려 하는 야생 매에게[327]
　　하듯이, 모두의 눈꺼풀들이 쇠로
　　뚫리고 꿰매어져 있었기 때문이다.

73 　다른 사람을 보며 보이지 않게
　　걷는 내가 모욕하는 듯하여,
　　현명한 충고자를 향해 내가 돌아보았다.

76 　말 없는 이가 하려는 말을 잘 아는
　　그가 내 질문을 기다리지 않고 말했다.
　　"짧게 요점만 말하여라."

79 　아무런 난간에 둘러싸여 있지 않아,
　　떨어질 수 있는 둘레의 가장자리에서
　　베르길리우스가 내게 왔다.

82 　내 다른 쪽에서는 독실한 그림자들이
　　끔찍하게 꿰매진 눈 사이로 눈물을
　　짜내며 볼을 적시고 있었다.

85 　그들에게 돌아선 내가 말을 시작했다.
　　"오, 그대들이 오로지 바라는

327　사냥매가 사람을 보지 못하고 진정되도록 눈꼽을 꿰매곤 한다. 사람을
　　사랑으로 보지 않은 죄로 볼 수 없는 벌을 받고 있다

높은 빛을 반드시 보게 될 사람들이여,

88   은총이 그대들의 양심의 물거품들을
        재빨리 제거하여 양심을 타고
        기억의 맑은 강물이328 흘러 내리기를.

91   내게 자비롭고 소중할지언정, 그대들 중
        이탈리아 영혼이 있는지 내게 말해 주시오.
        내가 알게 되면 아마 그에게 좋을 것이오.”

94   “오, 내 형제여, 우리 모두가 진실한 도시의329
        시민이오. 그대는 이탈리아에서 순례자로
        살았던 사람을 말하는군요.”

97   이 대답이 내가 서 있는 곳보다
        어느 정도 더 앞에서 들리는 듯하여,
        거기서 조금 더 들리게 하였다.330

100   다른 그림자들 사이에서 기다리듯이 보이는 하나를
        내가 보았는데, 누군가 ‘어떻게’라고 묻는다면,
        장님처럼 턱을 위로 올리고 있었다.

---

328   낙원에서 죄의 기억을 씻어내는 레테.
329   하느님의 도시.
330   조금 더 가까이 다가갔다.

103   내가 말했다. "오르기 위해 그대를 낮추는
       영혼이여, 그대가 내게 대답했다면,
       고향이나 이름을 내게 알려 주시오."

106   그녀가 대답했다. "나는 시에나 사람이었소.
       여기서 이들과 함께 죄스러운 삶을 씻으며,
       그분께 우리에게 자비로우시기를 빌며 울고 있소.

109   사피아라고 불렸으나 지혜롭지 못했고,[331]
       내 행운보다 다른 사람들의 불행에
       훨씬 더 기뻐했소.

112   내가 속인다고 그대가 믿지 않도록,
       내가 그대에게 말하는 대로 이미 내 인생의
       내리막길에서 얼마나 무모했는지 들어 보시오.[332]

115   내 도시 사람들이 콜레 근처 전쟁터에서
       적들과 마주쳤을 때, 나는
       하느님의 뜻이 이루어지길 기도했소.[333]

---

331 사피아(Sapia)는 라틴어 "알다"(Sapere)에서 유래된 이름이다.
332 인생의 중반을 넘어서도 감정에 기울어 무모했다.
333 콜레 발 델사(Colle Val d'Elsa)에서 1269년 벌어진 전투에서 피렌체 궬
     피당이 시에나 기벨리니당을 쳐부수기를 하느님께 기도했다.

118   거기서 패하고 쓰라리게 돌린 도주의

        발길들이 추적당하는 것을 보자,[334]

        다른 모든 것들과 다른 희열에 넘쳐,[335]

121   주제넘은 얼굴을 위로 돌린 내가,

        조금 풀린 날씨 속의 지빠귀처럼 소리쳤소.[336]

        "하느님이 이제 더 이상 두렵지 않습니다."

124   하느님과의 평화를 내 인생의 막바지에서

        원했소.[337] 내 참회의 빚이 아직

        줄어들지 않았을 것이오,

127   빗을 팔던 피에르의[338] 자비가

        나를 불쌍히 여겨, 그의 거룩한 기도들에서

        나를 기억하지 않았더라면 말이오.

---

334 사피아가 살던 몬테리조니(Monteriggioni) 성에서 콜레에서 시에나로
     쫓겨 달아나던 시에나 사람들을 볼 수 있었다.

335 다른 모든 것보다 더 넘치는 희열.

336 날씨가 조금 풀렸는데 겨울이 다 지났다고 여긴 어리석은 지빠귀가 거만
     하게 외친 것으로 전해지는 우화 속의 이야기.

337 인생 막바지에서 참회하였다.

338 피에트로 페티나이오(Pietro Pettinaio, 약 1189-1289). 프란치스코 수도
     회에 속했고 빗(pettine)을 만들던 장인이었다. 가난하고 병든자들을 돌
     보던 그를 시에나 사람들이 성인으로 여겼다. 평범하고 선한 장인의 기
     도가 "진실의 도시"(94)에서 더 큰 힘을 발휘한다.

130   그런데, 우리의 사정을 물으며 가고,
        내가 믿건데, 눈을 뜨고
        숨을 쉬며 말하는 그대가 누구시오?"

133   내가 말했다. "내 눈도 여기서 곧
        빼앗길 것이오. 하지만 잠시만.
        시기로 돌리며[339] 저지른 죄가 적기 때문이오.

136   훨씬 더 많은 두려움으로 내 영혼이
        아래의 고통에 시달려서, 벌써 나를
        아래로 무게가 짓누르오."[340]

139   그녀가 내게, "아래로 되돌아가리라 믿는
        그대를 여기 위 우리 사이로 누가 데려왔소?"
        내가 답했다. "말 없이 나와 같이 있는 분이오.

142   내가 살아 있으니, 선택된 영혼이여,
        내가 아직 살아 있는 발들을 저기서
        그대를 위해 움직이길 바란다면 물어보시오."

145   그녀가 답했다. "아, 이런 것을 처음 들어보니,
        하느님이 그대를 사랑한다는 큰 증표이니,

---

339 눈을 돌리며.
340 시기보다 교만의 죄에 더 짓눌린 단테.

때때로 그대의 기도로 나를 도와주시오.

148   그대가 가장 바라는 바의 이름으로 바라오.
       그대가 토스카나 땅을 혹시 밟게 되면,
       내 가까운 이들에게 내 이름을 잘 복원해 주시오.[341]

151   디아나를 찾으려던 희망보다 더 많은 희망을
       탈라모네 항구에서 잃게 될 헛된 사람들 사이에서[342]
       그대가 그들을 보게될 것이오.

154   그러나 거기서 제독들이 더 많이 잃을 것이오."[343]

---

341 가족 친지들의 기도를 기원한다.

342 디아나의 동상이 장터에 서 있는 도시 시에나는 부족한 물을 충족시킬
     원천을 헛되이 찾고 있었다. 그리고 시에나에서 떨어져 있는 항구 탈라
     모네(Talamone)를 사서 항구도시로 성장할 것을 헛되이 희망했다.

343 바다가 없는 시에나에서 제독을 꿈꾸던 사람들이 헛된 희망을 잃을 것이
     다. "진실의 도시"(94)와 대조되는 시에나를 여전히 멸시하고 있는 사피
     아를 엿볼 수 있다.

연옥 14곡

1   "죽음이 날개를 달아주기 전에,
     우리 산을 돌며 마음대로
     눈을 뜨고 감는 이가 누구요?"

4   "누구인지 모르겠으나 혼자는 아니오.
     더 가까이 있는 그대가 물어 보시오.
     그가 말하도록 정중히 말을 걸어 보시오."

7   하나가 다른 하나에 기댄 두 영혼이
     내 오른쪽에서 나에 대해 그렇게 말한 후,
     내게 말하려고 얼굴을 위로 들었다.

10   하나가 말했다. "아, 아직 몸에 갇힌 채
     하늘로 가는 영혼이여, 자비롭게
     우리를 위로하고 말해 주시오.

13   어디서 왔고 누구시오? 당신에게 주어진
     한번도 없었던 은총이 이토록
     우리를 놀라게 하오."

16   그리고 내가, "팔테로나 산에서 솟는
        작은 강물이[344] 토스카나를 가로질러서
        백 리 길을 적시지 못하오.

19   그 강변에서 이 몸을 내가 데려왔소.
        내가 누구인지 말해도 소용없을 것이오.
        내 이름이 아직 널리 알려지지 않았기 때문이오."

22   그러자 먼저 말하던 그가 내게 대답했다.
        "그대의 의도를 내 지성이 잘 간파한다면,
        그대의 말은 아르노 강을 이르고 있소."

25   그에게 다른 자가 말했다.
        "끔찍한 것을 감추듯 그 강의 단어를
        왜 이 사람이 숨겼소?"

28   그런 질문을 받은 그림자가
        이렇게 대꾸해 주었다. "모르겠지만,
        그런 계곡의 이름은 아주 사라져야 마땅하오.[345]

---

344 팔테로나(Falterona) 산에서 솟는 아르노 강.

345 "땅에서 그 기억이 사라지고 거리에서 그 이름을 부르지 않을 것이다
     (memoria illius pereat de terra et non celebretur nomen eius in plateis)"
     (욥기 18.17).

31   펠로로 산이[346] 잘려 나간 아펜니노 산맥이
       다른 많은 곳보다 유난히 더 높이 치솟은
       그 원천에서부터,

34   하늘이 바다에서 중발시킨 물을
       되돌려주어 강들과 함께 흐르는
       그곳까지,[347]

37   자리가 나빠서인지, 그들의
       습관이 나빠서인지, 덕을 뱀처럼
       적으로 삼아 모두가 도망쳐서,

40   키르케가 그들을 방목하는 것처럼,
       끔찍한 계곡의 거주자들의
       본성이 변하였소.[348]

43   사람이 먹는 음식보다
       도토리가 더 마땅한 더러운 돼지들 사이로
       미약한 물이 처음 지나간다오.[349]

---

346 이탈리아 반도에서 잘려나간 시칠리아의 산.

347 해가 데운 바닷물이 비가 되어 생긴 강물이 바다로 다시 흘러내리는 그
     곳까지.

348 마법으로 사람을 짐승으로 변신시키는 키르케 (지옥 26.93 참조).

349 포르차노(Porciano: ‘Porco’는 돼지를 뜻한다) 성의 영주가 거주하던 카
     센티노(Casentino) 원천에서 솟아서 아직 미흡한 물이 흘러 지나간다.

46   아래로 내려오다 더할나위 없이
        짖기만 하는 똥개들을 발견하면,
        멸시하여 주둥이를 틀어 버리오.[350]

49   강이 내려가다 더 부풀어 오를수록
        불길하고 저주받은 시궁창에서 개들이
        더 많은 늑대들로[351] 둔갑한 것을 보게 되오.

52   그후 더 암흑한 협곡들을 통해 내려가면,
        잡힐 덫도 두려워하지 않는
        거짓으로 가득찬 여우들을 보게 되오.[352]

55   다른 사람이 들어도 말하길 꺼리지 않겠소.
        진실한 정신이 내게 열거해준 것을
        기억해 두면 그에게도 좋을 것이오.

58   그대의 손자가 거친 강의 강가에서
        사냥꾼이 되어 늑대들을 사냥하고
        모두를 궁지에 몰아넣는 것을 내가 보오.[353]

---

350 강이 아레초 시에 닿지 않고 굽는다.

351 탐욕을 상징하는 동물로 피렌체 사람들을 가리킨다.

352 간교한 여우 같은 피사(Pisa)인들.

353 단테가 망명한 후에도 피렌체에서 (아르노 강가에서) 백색당 사람들을
     추적하고 (늑대들을 사냥하고) 추궁하던 흑색당의 정치가 풀치에리 다
     칼볼리(Fulcieri da Calboli)는 리니에리 다 칼볼리(Rinieri da Calboli)의

61   살아 있는 사람들의 살을 팔고 나서,
        원시적인 야수처럼 그들을 도살하고,
        수많은 목숨과 자신의 명예를 강탈하오.[354]

64   피범벅이 되어 두고 나온 슬픈 숲은
        이제 천 년이 지나도 처음처럼
        다시 숲을 이룰 수 없소.”[355]

67   비참한 피해의 소식을,
        위험이 어느 쪽에서 덮치든,
        듣는 사람이 얼굴을 찡그리듯,

70   돌아서서 듣고 있던 다른 영혼이
        말을 알아듣자 슬픔에
        동요되는 것을 나는 보았다.

73   한 사람의 말과 다른 사람의 표정을 보니
        그들의 이름이 알고 싶어 간청을
        질문에 실어 보내자,

손자였다.

354 자신의 정치적 이익을 얻기 위해 수없이 살생한 사냥꾼이 잔인한 짐승으로 전락한다.

355 정치적으로 초토화된 피렌체의 회복이 불가능할 것이다.

76   먼저 내게 말했던 영혼이 다시 시작했다.
        "그대는 내게 하지 않으려는 일을
        내가 그대에게 하기를 원하오.

79   하지만 하느님이 그대 안에 그 많은 은총이
        빛나길 원하시니 그대에게 인색하지 않겠소.
        그러니 내가 구이도 델 두카임을 아시오.[356]

82   내 피가 시기심으로 너무나 불타,
        기뻐하는 사람을 내가 보면,
        내 얼굴이 납빛으로 변하는 것을 보았을 것이오.

85   내가 뿌린 것을 내가 거두오.
        아, 인간들이여, 나눌 수 없는 것에
        왜 마음을 두오?

88   이 사람이 리니에리요. 칼볼리 가문의[357]
        자랑이요 영광이나, 그의 가치는
        아무 후손에게도 이어지지 않았소.

---

356 기벨리니에 속하던 라벤나의 한 귀족(Guido del Duca).
357 궬피에 속하던 포를리(Forlì)의 가문. 리니에리는 1296년 기벨리니에 의
     해 살해되었다.

91   진리와 행복의 조건이

       그의 핏줄에서만 말라붙은 것이 아니오.

       포 강과 산과 바다와 레노 강 사이로,[358]

94   이 경계들 안이 독한 풀들로 가득차서,

       경작하기에 너무 늦어

       이제는 덜 거둘 것이요.

97   선한 리치오와 아리고 마이나르디가,

       피에르 트라베르사로와 구이도 디 카르피냐가[359]

       어디에 있소? 아, 로마냐의 변질된 종자들이여!

100   언제 볼로냐에 파브로가 다시 뿌리를 내릴지?[360]

       언제 파엔차에 베르나르딘 디 포스코가

       하찮은 잡초에서 고귀한 가지로 자랄지?[361]

---

358 북쪽으로 포 강, 남쪽으로 아펜니노 산맥, 동쪽으로 아드리아나 해, 서쪽
     으로 레노 강이 있는 로마냐 지방.

359 당파를 넘어서 선정을 펼치던 로마냐 정치가들.

360 파브로 데이 람베르타치(Fabbro dei Lambertazzi)가 1259년 사망하자,
     기벨리니가 세력을 잃은 볼로냐의 정치적 영향력이 에밀리아 지역 전체
     에서 기울어지기 시작했다.

361 평범한 출신이었지만 존경받았던 파엔자(Faenza)의 정치가 베르나르딘
     디 포스코(Bernardin di Fosco).

103   토스카나 사람이여, 기억하며 우는 나에
       놀라지 마시오. 구이도 다 프라다와,
       우리와 살던 우골리노 다쪼,

106   페데리고 틴뇨로와 그의 무리,
       둘 다 대가 끊긴
       트라베르사로와 아나스타조 가문,[362]

109   사랑과 품위로 우리를 고무하던
       여인들과 기사들, 역경과 여유로움.
       사악한 마음만 거기서 도사리오.

112   오, 브레티노로,[363] 네 집안과 많은 사람들이
       죄 짓지 않으려고 가버리고 나서
       왜 달아나지 않았는가?

115   반냐카발로는 아들이 없어 좋고,
       그런 백작들을 낳아 더 엉망이 된
       카스트로카로는 안됐고 코니오는 더 안됐소.[364]

---

362 과거에 고귀했던 로마냐의 다른 가문들.

363 포를리와 체제나(Cesena) 사이에 있는 성 (Bretinoro). 아리고 마이나
     르디(Arrigo Mainardi: 97)가 성주였고 구이도 디 카르펜냐(Guido di
     Carpegna: 98)와 화자인 구이도 델 두카(Guido del Duca)가 살았다.

364 몬토네 계곡과 이몰라에 있던 로마냐의 두 성들이 후손들로 인해 더 황
     폐해졌다.

118   파가니의 악마는 잘 사라져도,
        그들이 순결해진 증거는 절대
        남지 않을 것이오.[365]

121   오, 우골리노 데이 판톨리니, 네 이름은
        안전하니, 빛나가 더럽힐
        후손이 없기 때문이오.[366]

124   이제 가시오, 토스카나 사람이여.
        우리의 이야기가 내 마음을 쥐어짜
        이제 말하기보다 오히려 울고 싶소."

127   친절한 영혼들이 침묵으로
        우리가 가는 길을 돌봐주는 것을
        우리가 알고 있었다.

130   우리가 홀로 나아가는데,
        번개가 대기를 찢으며 번쩍였고,
        맞은편에서 목소리가 다가오며 말했다.

---

365 마기나르도(Maghinardo)가 1302년에 죽어 지옥에 있어도 (지옥 27.51)
     그의 가족들이 (파가니) 절대 죄에서 벗어나지 않을 것이다.
366 대가 끊어져 조상을 더럽힐 후손이 없다.

133   '나를 붙잡는 자 모두 나를 죽일 것이다.'367
       그리고 구름을 갑자기 뚫고 퍼지는
       천둥처럼 도망쳤다.

136   그 목소리가 잠잠해지자마자,
       또다른 목소리는 커다랗게 깨지는,
       연이어 치는 천둥소리 같았다.

139   '나는 돌이 된 아글라우로스이다.'368
       그래서 시인에게 달라 붙으려던 내가
       앞으로가 아니라, 오른편으로 발을 옮겼다.

142   사방의 공기가 고요해지자 그가 내게
       말했다. "그것은 사람을 자신의 한계 속에
       묶어둘 단단한 고삐였다.

145   그러나 고삐도 달램도 소용없이,
       미끼를 문 너희를 오래된 적이
       낚싯바늘로 자기쪽으로 끌어 당긴다.

367 시기로 아우 아벨을 죽이고 쫓겨나던 카인이 두려워하며 하는 말이다
     (창세기 4.14).
368 메르쿠리우스의 사랑을 받던 자매를 시기하다 돌로 변한 아글라우로스
     (오비디우스,《변신》2.708-832).

148   하늘이 영원한 아름다움을 펼치며,

       너희를 부르고 둘러싸며 돌지만,

       너희의 눈은 그냥 땅만 바라보니,

151   모든 것을 보는 분이 너희를 내려치는 것이다.”

연옥 15곡 목차 (시기, 분노)

1-9: 오후 3시경

10-33: 천사의 빛에 눈이 부신 단테

34-39: 마태복음 5.7을 노래하는 천사

40-81: 나눌수록 커지는 사랑을 설명하는 베르길리우스

82-84: 세 번째 둘레에 도착

85-114: 성서와 고전에서 오는 자비와 사랑의 예들이 드러나는 환상

115-138: 베르길리우스의 재촉

139-145: 밤처럼 사방을 채우는 연기

연옥 15곡

1   항상 아이처럼 가만히 있지 못하는
하늘의 하루의 시작과 세 번째 시간이
마칠 때 사이만큼,[369]

4   해가 이미 저녁으로 기울 때까지
남아있었다. 저녁이 저기에 가까워지고
한밤중이 여기에 와 있었다.[370]

7   우리가 산을 돌아
이미 서쪽으로 똑바로 가고 있어,
햇살들이 코앞을 내려치고 있을 때,

10   놀랍고 알 수 없는,
처음보다 훨씬 더 밝은 빛이
내 이마를 무겁게 만드는 것을 느껴,[371]

---

369 아침 6시와 9시 (세 번째 시간) 사이, 즉 세 시간.

370 저기 연옥은 저녁 여섯 시까지 세 시간 남은 오후 세 시, 여기 이탈리아
는 자정이었다.

371 눈을 높이 뜨지 못하게 하던 밝은 빛.

13   못 보는 것을 막으려,
        눈썹 위로 내 손을 들어 올려
        햇빛을 막았다.

16   빛이 물이나 거울에서 반사되어
        나올 때, 들어가는 빛과
        동일한 방식으로 나오고,

19   돌이 떨어지는 각도로[372]
        동일한 거리를 나가는 것을[373]
        체험과 실험이 보여주는 것처럼,

22   그렇게 반사된 빛이
        거기 내 앞으로 내리 비치자,
        내 시야는 재빨리 피했다.

25   내가 말했다. "다정한 아버지, 제대로
        내 눈을 보호할 수 없을 정도로 우리를 향해
        움직이는 저것은 무엇입니까?"

---

372 수직으로.

373 반사하는 빛과 동일한 모습과 거리로 수직으로 반사되는 빛.

28   내게 대답했다. "하늘의 식구가 다시
        너를 눈부시게 하여도 놀라지 마라.
        오르는 사람을 초대하러 온 천사이다.

31   너는 곧 이런 것들을 보는 것이
        힘들지 않고, 자연이 네게 허락하는 만큼,
        즐기게 될 것이다."

34   축복된 천사에게 우리가 다가가자,
        행복한 목소리가 말했다. "다른 계단들보다
        훨씬 덜 가파른 이곳으로 들어가시오."

37   벌써 우리가 그곳을 떠나 올라가자,
        '축복받은 자비로운 자들'과 '행복한 승리자'의
        노래가 뒤에서 들렸다.[374]

40   내 스승님과 내가 홀로 둘이서 위로
        올라가자, 내가 가면서, 그의
        말에서 유익한 것을 얻고자 생각했고,

---

374 마태복음 5.7을 라틴어로 ("Beati misericordes"), 마태복음 5.12를 이탈리
     아어로 ("godi tu che vinci") 뒤에 남은 천사가 노래했다. 자비는 시기에
     대조되는 미덕이다.

43   질문하며 내가 그에게 돌아섰다.
        "로마냐의 영혼이 '나눌 수 없는 것'이라고[375]
        했을 때 무엇을 말하고자 했습니까?"

46   그러자 그가 내게 말했다. "그의 가장 큰 죄의
        해악을 그가 알아, 우리를 덜 울게 하려고
        질책하는 것이니 놀라지 마라.

49   나누면 줄어드는 곳으로 향하는
        너희의 욕구가 시기심에
        부채질한다.

52   하지만 최상의 하늘에 대한 사랑이
        너희의 소망을 위로 돌렸었다면,
        너희의 가슴에 그런 두려움이 있지 않을 것이다.

55   '우리'를 더 많은 사람들이 그곳에서 말할수록,
        더 많은 선과 더 많고 큰 사랑을 모두가
        그 수도원에서 소유할 수 있기 때문이다."

58   내가 말했다. "스승님이 말하지 않았을 때보다,
        더 많은 의심이 내 마음에 가득차,

---

375   연옥 14.86.

내가 만족하기보다 더 허기집니다.

61   적은 자들이 소유할 때보다
        더 많은 사람들에게 분배된 선이 어떻게
        더 많은 사람들을 풍부하게 만들 수 있습니까?”

64   그가 내게 말했다. “네 마음을 땅의 것에만
        쏟고 있어, 네가 진리의 빛에서
        어두움을 따고 있구나.

67   무한하고 말로 표현할 수 없는 저 위에 있는
        선은, 빛이 빛나는 몸체로 오는 것처럼,
        사랑으로 달려간다.[376]

70   더 열정적일수록 더 많이 베풀어,
        더 사랑이 커질수록 그 위로
        영원한 힘도 커진다.

73   거울 하나가 다른 거울에 비칠 때처럼,
        더 많은 사람들이 저 위에서 이해할수록,
        더 많이 사랑할 것이 있고, 더 많이 사랑한다.

---

376 빛이 반사되는 것에 빛이 반사하듯이 사랑하는 것으로 최상의 선이 내려
     온다.

76   내 말이 네 허기를 없애지 못한다면,
        네가 볼 베아트리체가 이것과
        다른 모든 욕구를 완전히 없앨 것이다.

79   이미 둘이 그런 것처럼,
        아픔으로써 다시 아물어질 다섯 상처들이
        신속히 사라지도록 정진하여라.”

82   내가 ‘당신이 나를 만족시킵니다’를 말하려 할 때,
        다른 둘레에 당도하여, 두리번거리는
        나의 눈이 나를 침묵시켰다.

85   거기서 갑자기 황홀한 환상에
        빠져버린 내가 한 사원에서
        많은 사람들을 보는 듯했다.

88   온화한 어머니의 모습으로 들어선
        여인이 말했다. “내 아들아,
        우리에게 왜 그랬느냐?

91   너를 찾으려 네 아버지와 내가
        걱정하였다.”[377] 여인이 여기서 침묵하자,

---

377 사원의 많은 사람들 사이에서 사흘 만에 찾은 열두 살의 예수에게 마리
     아가 다정하게 묻는 말이다 (누가복음 2.48).

먼저 나타난 환상이 사라졌다.

94   그러자 다른 자를 아주 업신여겨 생기는
        노여움이 자아내는 물이 아래로 뺨을 타고
        흘러내리는 다른 여인이 내게 나타나

97   말했다. "신들이 이름을 두고 그렇게나
        겨루었고,[378] 모든 학문들이 피어 나가는
        도시의 군주인 당신,

100   오, 페이시스트라토스여, 우리 딸을 안은
        무례한 팔들에 복수하소서."[379]
        인자하고 자비로워 보이는 분이

103   차분한 얼굴로 그녀에게 대답했다.
        "우리를 사랑하는 사람을 우리가 벌하면,
        우리를 저주하는 자를 우리가 어찌할 것이오?"

---

378 아테네(미네르바)와 포세이돈(넵투누스) 사이의 경쟁에서 이긴 아테네
     를 따라 이름이 지어진 도시 아테네.
379 고대 아테네를 다스리던 정치가 페이시스트라토스(기원전 약 600-527)
     의 딸에게 거리에서 입을 맞춘 사나이를 죽여달라 경멸과 분노에 찬 어
     머니가 말한다.

106   그러자 분노의 불길에 휩싸인 사람들이 돌로
       젊은 사람을 죽이며 오직 서로에게 크게
       외치는 것을 내가 보았다. "죽여라, 죽여라!"

109   땅으로 이미 죽음이 몸을 짓눌러도,
       하늘로 항상 눈을 뜨던
       그를 내가 보았다.

112   그 큰 고통 속에서도, 그를 박해하는 자들을
       용서해 달라고, 동정을 자아내는 모습으로,
       지고하신 주님께 기도하였다.[380]

115   내 영혼이 외부의 진실한 사물로
       돌아왔을 때, 내가 거짓을
       본 것이 아닌 것을 알았다.[381]

118   꿈에서 깨어나는 사람처럼 행동하는
       나를 보며 내 길잡이가 말했다.
       "무엇 때문에 몸을 가누지 못하고,

121   술이나 잠에 취한 사람처럼,

---

380 분노에 차 돌을 던지며 자신을 죽이는 유대인들을 용서해줄 것을 하느님
     께 기도한 그리스도교의 첫 순교자 성 스테파노 (사도행전 7.54-60).
381 내면의 진리를 보여주는 환상에서 깨어나 외부의 현실로 되돌아왔다.

눈을 감고 다리를 휘감으며
십 리를 못 미쳐서 왔느냐?”

124 “아, 내 다정한 아버지시여,” 내가 말했다.
“다리를 내게서 앗아갔을 때, 내게 나타난 것을
들으신다면 내가 말하리다.”

127 그가 말했다. “가면을 백 개를 쓰고 있다 해도,
어떻게든 얼굴에 드러나는
네 생각들이 내게서 숨겨지지 않는다.

130 영원한 원천에서 흘러나오는
평화의 물에[382] 네가 가슴을 열지 않을 수
없었기에 그것을 본 것이다.

133 영혼이 떠나 몸이 쓰러지면
볼 수 없는 눈으로 보는 사람처럼,
‘무엇 때문에’라고 내가 묻지 않았다.[383]

136 게으르고 늑장을 부리는 자들이 다시
깨어나면 재촉하듯,
네 발길에 힘을 주려고 내가 물었다.”

---

382 분노의 불을 끄는 평화의 물.
383 이유를 보지 못해 묻지 않았다.

139   느즈막히 비치는 햇살을 마주치며
       눈길이 갈 수 있는 한 멀리 쳐다보면서
       우리는 저녁을 지나가고 있었다.

142   그러자 점점 연기 하나가
       어두운 밤처럼 우리에게 다가오며 흩어져,
       사방 구석구석을 가득 채웠다.

145   이것이 우리의 눈과 순결한 대기를 앗아갔다.

연옥 16곡

1   구름이 가릴 수 있는 만큼 가린
       가련한 하늘 아래에서
       모든 별을 빼앗긴 밤과 지옥의 어두움도

4   내 눈을 찌르는 천과 같은,
       그곳에서 우리를 덮친 그 연기만큼,
       단단히 막지 못했을 것이다.

7   뜬 눈이 견뎌내지 못하자,
       현명하고 믿음직한 내 길잡이가
       내게 다가와 어깨를 내주었다.

10   혹시 죽이거나 해치는 것에
       부딪히고 길을 헤매지 않으려고
       길잡이 뒤에 가는 장님처럼,

13   쓰고 답답한 공기 속에서 나를 이끌던
       분의 말을 들으며 나는 가고 있었다.
       "내게서 떨어지지 않도록 주의하여라."

16   죄를 없애시는 하느님의 어린 양에게

모두가 평화와 자비를 기도하는
목소리를 내가 들었다.

19   '하느님의 어린 양'으로 시작된
      가사와 가락이 그들 사이에서
      완벽한 조화를 이루고 있었다.

22   "스승님, 내가 영혼들의 말을 듣는 겁니까?"
      내가 말했고 그가 내게 말했다. "네가 맞다.
      분노의 매듭을 풀며 그들이 간다."

25   "우리의 연기를 가르고,
      아직 달로 시간을 나누는 사람처럼[384]
      우리에 대해 말하는 그대가 누구시오?"

28   한 목소리가 말하자,
      내 스승님이 말했다. "응답하라. 그리고
      여기서 위로 가는지 물어보아라."

31   내가 말했다. "아, 그대를 만드신 분에게 아름답게
      돌아가려고 자신을 순결하게 하는 피조물이여,
      나를 따라오면, 놀라운 일을 들을 것이오."

---

384 영원히 지속되는 영혼과는 달리 아직 주어진 일정한 시간 속에 살아 있
     는 사람.

34   "허락되는 한 내 그대를 따르겠소."
       그가 대답했다. "연기가 허락하지 않아 보는 것
       대신 듣는 것이 우리를 함께 있게 할 것이오."

37   내가 말을 시작했다. "죽음이 풀어버리는
       포대기 속에서[385] 내가 위로 가고 있고,
       지옥의 고난을 지나 내가 여기로 왔소.

40   하느님의 은총 속에 든 내가,
       현재의 모든 방식에서 벗어나서,
       하느님의 궁정을 보길 바라시니,

43   죽기 전의 그대를 숨김없이 내게 말하고,
       통로로 내가 잘 가고 있는지 말해 주시오.
       그대의 말이 우리를 안내할 것이오."

46   "롬바르디아 사람이었소. 마르코라 불렸소.
       세상을 알았고, 이제 아무도 거기로
       활을 당기지 않는 가치를 사랑했소.

49   위로 오르려면 똑바로 가시오."
       그가 말했고 덧붙였다. "위에서

---

385   몸.

나를 위해 기도해 주시오.”

52   내가 그에게, “그대가 바라는 것을
        내가 할 것을 믿음으로 맹세하나,
        내가 말하지 않으면 속이 터질 의심이 하나 있소.

55   이전에 한 번, 그리도 그대의 말로
        이제 두 배로, 여기와 다른 데서
        내가 두 번 확신하게 되었소.

58   그대 말과 같이,
        세상이 모든 덕을 버리고,
        악을 품고 악에 덮여 있소.

61   어떤 이는 하늘을 어떤 이는 여기 아래를 탓하니,[386]
        내가 보고 다른 사람에게 보여 주도록
        이유를 내게 말해 주시오.”

64   고통이 “휴우” 하고 자아내듯, 깊은 한숨을 먼저
        내쉬고는 그가 말을 시작했다. “형제여,
        눈먼 세상에서 과연 그대가 왔소.

---

386 인간의 행위가 별들의 영향으로 이미 정해진 것인지, 인간의 자유의지에
     의한 것인지를 묻고 있다.

67   마치 하늘이 필연적으로 모든 것을
        움직이는 것처럼, 살아 있는 그대들이
        저 위 하늘로 모든 이유를 돌리고 있소.[387]

70   만약 그렇다면, 그대들의 자유의지가
        사라지고, 선에 대한 기쁨과
        악에 대한 슬픔의 정의가 없어질 것이오.

73   하늘이 그대들의 행동에 영향을 미치나,
        모든 행동들은 아니고, 그렇다 하더라도,
        그대들에게 선과 악에 대한 빛이[388] 주어졌소.

76   하늘과의 첫 전투를 힘들게 견뎌낸
        자유의지는 그 후 잘 기르면[389]
        모든 것을 이기오.

79   더 큰 힘과 더 나은 본질에
        자유롭게 순종하는 그대들 속에
        창조된 정신은 하늘의 영향을 받지 않소.[390]

---

387 별의 영향으로 돌리고 있다.
388 선과 악을 판단할 수 있는 인간의 이성.
389 별의 영향력을 받은 성격을 이성이 이기고 잘 지켜나가면.
390 하느님께 자유롭게 순종하는 사람들의 자유의지와 이성은 하느님이 직
     접 창조하신 것으로 별들의 영향을 받지 않는다.

82   그래서, 지금 세상이 빗나가면,
       그대들 속에 있는 이유를 찾으니,
       내가 이제 잘 설명하리다.

85   존재하기 전에 숙고하신 분의 손에서
       울다가 웃으며 뛰어다니는
       여자아이처럼 나온

88   단순한 영혼은, 조물주의 기쁨에 움직여,
       그녀를 기쁘게 하는 것에 기꺼이
       돌아가는 것을 제외하고는 아무것도 모르오.

91   처음에는 하찮은 것의 좋은 냄새를 맡고
       속아, 선도와 제재가 그녀의 애착을
       굽히지 않으면, 그 뒤를 쫓아가오.

94   그래서 제재하는 법이 있어야 했고,
       적어도 진정한 도시의 탑을 알아보는
       군주를[391] 지니고 있어야 했소.

---

391 선도자.

97   법이 있으나, 누가 손을 대오? 아무도

       없소.[392] 앞서가는 목자는 되새김질을 할 수

       있어도 갈라진 굽이 없소.[393]

100   길잡이가 사람들이 탐내는 것만

       탐하는 것을 보고, 풀만 뜯으며

       더 이상 아무것도 바라지도 않소.

103   그대들의 본성이 부패되어서가 아니라,

       세상이 잘못 이끌려서 잘못된 것을

       그대가 분명히 볼 수 있소.

106   좋은 세상을 만들던 로마에는,

       세상의 길과 하느님의 길을

       보여주던 두 해가 있었소.

109   하나가 다른 하나를 꺾고, 칼이

       목자의 지팡이에 붙어, 하나와 다른 것이

       억지로 함께 가니 잘못 가게 되어 있소.[394]

---

392 속세에 존재하는 법을 세상에 적용할 황제가 없다.

393 "굽이 두 쪽으로 갈라지고 새김질하는 짐승은 먹을 수 있다"(레위기
     11.4). 성서를 되새기는 목자들이 (되새김질) 교회법을 세속법과 구분하
     지 못해 (갈라진 굽이 없어) 세속법에 치우치고 있다.

394 교황이 황제의 권한을 꺾고, 황제의 칼을 교황의 지팡이에 억지로 붙여,
     하느님의 질서에 반해서 잘못 가게 되어 있다.

112 함께하니 하나가 다른 하나를 염려하지 않기 때문이오.³⁹⁵
나를 믿지 못하면, 이삭을 생각해 보시오.
모든 풀은 씨를 보면 알 수 있기 때문이오.

115 프리드리히가 싸우기 전에는[396]
아디제 강과 포 강이 적시는 나라에서[397]
예의와 가치가 보이곤 했소.

118 이제 선한 자들과 논하거나 접근하기를
부끄러워하고 꺼려하는 자 누구나 거기를
마음놓고 지나칠 수 있소.

121 하느님이 더 나은 삶으로 그들을
데려가는 것이 더딘 듯하고, 옛 시대가 새 시대를
나무라는 세 노인들이 아직 그곳에 남아 있소

---

395 독점된 권력이 다른 것을 염두에 두지 않기 때문이다.

396 교회와 프리드리히 2세의 전쟁이 이탈리아 도시들을 궬피와 기벨리니로
분열시켰다.

397 롬바르디아를 포함한 이탈리아 북부 지역.

124   코라도 다 팔라쬬와 선한 게라르도와
       프랑스식으로 진실한³⁹⁸ 롬바르디아 사람이라
       부르는 것이 나은 귀도 다 카스텔이오.³⁹⁹

127   두 정권을 한꺼번에 짊어진 로마 교회는
       진흙탕에 빠져 자신과 짐을 범벅으로
       만든다고 이제 말하시오.”

130   “오, 내 마르코여, 그대의 말이 맞소.”
       내가 말했다. “레위의 자손들이
       왜 상속에서 제외되었는지 이제 알겠소.⁴⁰⁰

133   그런데 사라진 사람들 사이에 남아,
       그대가 예로 든, 야만의 시대를 꾸짖는
       그 게라르도가 누구요?”

136   “오, 토스카나 말을 하는 그대가 그 선한
       게라르도를 모른다는 그대의 말이
       나를 속이거나 놀리는 듯하오.” 그가 답했다.

---

398 이탈리아어로 “semplice”가 “단순한”을 뜻하는 반면, 프랑스어로 “semple”
     은 “진실한”을 뜻한다.

399 브레샤(Brescia), 트레비조(Treviso), 레조 에밀리아(Reggio Emilia)에서
     선정을 베푼 궬피 정치인들.

400 성직자 레위인은 이스라엘 땅을 유산으로 상속받거나 소유할 수 없었다
     (민수기 18.20).

139   "가이아라는 그분의 따님 이름에서 따지 않은
        다른 별명을 나는 모르오.[401] 더 이상 내가 갈 수 없소.
        하느님이 그대들과 함께하시길 바라오.

142   연기를 뚫고 비치는 빛이 벌써
        하얘지는 것을 보시오. 천사에게
        보이기 전에 내가 떠나야 하오."

145   그렇게 돌아섰고 더 이상 내 말을 들으려 하지 않았다.

---

401 프로방스어로 "gai"는 "기쁜"을 뜻하며, 음유시인들에게 관대했던 게라르
     도가 이끌던 평화롭고 행복했던 시절을 상기시킨다.

연옥 17곡 목차 (분노, 나태)

1-12: 베르길리우스를 따라 연기 속에서 빠져나오는 단테

13-39: 고전과 성서에서 오는 분노의 세 예들의 상상

40-69: 자비로운 천사의 도움과 말로 (마태복음 5.9) 세 번째 죄에서

벗어나는 순례자

70-87: 나태를 벌하는 네 번째 둘레에 도착

88-105: 존재와 행위의 근원인 사랑

106-111: 자신과 하느님을 향한 사랑

112-124: 이웃을 잘못 사랑하는 교만, 시기, 분노

125-132: 하느님을 부족하게 사랑하는 나태

133-139: 다른 선을 지나치게 사랑하는 탐욕, 탐식, 정욕

연옥 17곡

1   독자여, 산속 안개에 둘러싸여,
마치 두더지 눈꺼풀을 통해서 보듯이
볼 수 있었던 일을 기억해 보시오.[402]

4   햇살이 희미하게 들자,
빽빽히 젖은 수증기가
증발하기 시작하오.

7   그대는 쉽게 상상할 수 있을 것이오,
이미 지던 해를 다시 보기 시작하는
내가 어떻게 보았는지를.

10   스승님의 미더운 발걸음에 발을 맞추며,
그 구름에서 벗어나 아래 해안에선
이미 사라진 빛으로 내가 갔소.

---

402   땅을 파며 사는 두더지의 눈이 눈꺼풀로 완전히 덮혔다고 중세에 생각했
으나, 눈꺼풀에 아주 작은 구멍이 나 있는 것으로 오늘날 알고 있다.

13   아, 천개의 나팔 소리에 에워싸여도
        우리를 낚아채어 듣지 못하게 하는
        상상력이여,

16   감각이 제공해주지 않는다면 무엇이 너를 움직이느냐?
        하늘에서 형성된 빛이 스스로 혹은
        아래로 내리는 의지가 너를 움직인다.[403]

19   노래를 가장 즐거워하는 새로 변신한
        그녀의 악행의 흔적이[404]
        내 상상 속에 드러났다.

22   여기서 내 정신은 자신 속에 흠뻑 빠져,
        밖에서 어떤 것이 들어와도
        받아들이지 않았다.

25   그 후 원한과 분노로 가득찬 얼굴로
        십자가에 매달려 죽는 자가
        내 고귀한 환상 속으로 비내리듯 들어왔다.

---

403 사람의 감각에서 형성되지 않은 환상은 하늘에서 형성된 빛이 별의 영향
     력이나 하느님의 뜻에 따라 우리에게 내려온 것이다.

404 동생 필로멜라를 겁탈한 남편에게 복수하기 위해 아들을 희생시킨 분노
     의 프로크네가 노래하는 나이팅게일로 변했다고 단테는 말한다. 오비디
     우스는 필로멜라가 나이팅게일로 프로크네가 제비로 변했다고 이야기
     한다 (오비디우스, 《변신》 6.412 이하 참조).

28   그 주위로 위대한 아하스에로스,

        그의 부인 에스텔과 말과 행동이

        곧았던 정의의 모르드개가 있었다.[405]

31   물밑의 물이 부족해진

        물방울같이,[406] 이 상상이

        스스로 터지자,

34   내 시야에 떠오른 한 소녀가

        통곡하며 말했다. "아, 여왕이여,

        분노 때문에 왜 부재하려 하였습니까?

37   라비니아를 잃지 않으려 자살하시어

        이제 저를 잃으셨습니다. 어머니의

        죽음을 다른 죽음에 앞서 우는 자가 저입니다."[407]

405   자신에게 무릎을 꿇고 경의를 표하지 않은 유대인 모르드개에 분노한 하
      만이 모든 유대인을 죽이려 하자, 페르시아 왕 아하스에로스를 왕비인
      에스텔이 설득하여 그녀의 숙부인 모르드개를 위해 마련된 십자가 위에
      서 하만을 처형하고 망명 중의 유대인들을 살렸다 (에스텔 3-9).

406   물 속에서 만들어진 거품이 수면 위로 올라오면 수분이 부족해 터진다.

407   라비니아의 청혼자였던 루툴리의 왕 투르누스가 죽었다고 믿고 (다른 죽
      음) 라티움을 침입한 아이네아스에게 딸 라비니아를 빼앗길 것에 분노
      하여 자살한 어머니 아마타에 비통해하는 라비니아의 말이다 (베르길리
      우스,《아이네이스》 12.595 이하 참조).

40	새로운 빛이 감긴 눈을 갑자기 치면,
	깬 잠이 완전히 사라지기 전에
	꿈틀거리는 것처럼,

43	보통보다 훨씬 밝은
	빛이 내 얼굴에 부딪히자마자,
	내 상상이 아래로 쓰러졌다.

46	내가 어디에 있는지 보려고 돌아보자,
	"여기로 올라가오"라고 말하는 목소리가
	다른 모든 의도로부터 나를 되돌렸고,

49	보지 않고는 다시 가라앉지 않는
	내 바람이 누가 말했는지
	보기 위해서 완전히 곤두서 버렸다.

52	하지만 해가 압도적인 모습으로
	우리 눈을 무겁게 내리듯이,
	내 힘은 여기서 역부족이었다.

55	"자신의 빛으로 자신을 숨기는 신의 정신이[408]
	묻지 않아도 우리가 올라갈

408	하느님의 천사.

길을 가리켜 준다.

58   우리가 우리 자신에게 하듯 그분이 우리에게 한다.
      필요한 도움을 보며 묻기를 기다리는 자는
      이미 인색한 거절을 시작한 것이기 때문이다.

61   그 큰 초대에 이제 우리의 발길을 맞추며
      어둡기 전에 앞으로 올라가자. 어두워진 후
      해가 다시 뜨기 전에는 갈 수가 없기 때문이다."

64   그렇게 말하신 내 스승님과 함께
      우리의 발길을 계단으로 돌려
      내가 첫 계단에 오르자마자,

67   내 곁에서 날개같이 움직이는 것이
      내 얼굴을 스치며 말하는 것을 들었다.[409]
      '잘못[410] 분노하지 않는 평화로운 이들이 복되도다!'[411]

70   이미 우리 위로 마지막 빛들이
      멀어져가 밤이 따라왔고,
      사방으로 별들이 나타났다.

---

409   순례자가 세 번째 죄(Peccato)에서 벗어난다.

410   악에 대한 "바른" 분노와 구별된다.

411   마태복음 5.9.

73   '오, 왜 내 힘이 없어지는가?'
      다리의 기운이 빠지는 듯해서,
      나 혼자 말하고 있었다.

76   더 이상 위로 올라갈 곳 없는 계단에서,
      바닷가에 닿은 배처럼,
      우리가 멈춰서 있었다.

79   새로운 둘레 속에서 무슨 소리가
      들리는지 조금 주의를 귀 기우린 후,
      스승님께 돌며 내가 말했다.

82   "다정한 내 아버지, 우리가 있는 둘레 안에서
      무슨 죄를 씻어내는지 말해 주세요.
      발은 멈추어도 스승님의 말은 멈추지 마세요."

85   그가 내게 말했다. "사랑해야 할 만큼
      선을 사랑하지 못하여, 늦어 잘못된 노를
      다시 저으며 여기서 반성한다.[412]

88   허나, 네가 더 이해하기 위해 내게
      네 마음을 돌리면, 우리가 머무르는 동안

---

412 나태를 반성하고 늦은 만큼 따라잡기 위해 빨리 젓는 노를 상기시킨다.

네가 몇몇 좋은 열매를 따게 될 것이다.”

91   “창조자도 창조물도,” 그가 시작했다.
      “아들아, 본성적인 사랑이든 지성적인 사랑이든,
      사랑 없이는 존재할 수 없다는 것을 네가 안다.[413]

94   본성적인 사랑은 항상 실수가 없으나,
      다른 사랑은 대상이 나쁘거나
      지나치거나 모자라서 그르칠 수 있다.[414]

97   그 사랑이 첫 번째 선으로 향하고,
      두 번째 선에서 자신을 조절하면,
      그릇된 기쁨의 근거가 있을 수 없으나,[415]

100   사랑이 악에 쏠리거나, 선을 향해도
      이상이나 이하로 쫓아가면,
      조물주에 반하는 일을 피조물이 하는 것이다.

---

413 아리스토텔레스의 최초의 원동자와 그리스도교의 사랑이신 하느님(요한
     1서 4.16)이 중세 스콜라 철학에서 접목되어 이해되었다. 창조물 중 유
     일하게 인간만이 지성적인 사랑으로 행위할 수 있다.
414 잘못된 대상을 사랑하는 교만, 시기, 분노와 지나치게 사랑하는 탐욕, 탐
     식, 정욕과 모자라게 사랑하는 나태.
415 하느님(첫 번째 선)을 사랑의 대상으로 삼고, 세상의 선(두 번째 선)을
     중용으로 사랑하면 죄를 짓지 않는다.

103   사랑이 너희의 모든 덕의 그리고
      고통 당해 마땅한 모든 행동의
      씨앗인 것을 네가 이해할 수 있다.[416]

106   사랑이 자신의 보존을 외면할 수
      없기 때문에, 자신을 미워하는
      것으로부터 보호되어 있다.[417]

109   첫 번째에서 벗어나서 스스로
      존재할 수 없는 것을 아는 모든
      결과물은 원인을 미워할 수 없다.[418]

112   내가 잘 나누었다면, 이웃의 잘못을
      사랑하는 것이 남고, 이 사랑은 진흙으로
      빚어진[419] 너희 속에서 세 가지 방식으로 나타난다.

115   이웃이 억눌려져서 자신이 탁월해지길[420]
      원하며, 오직 그 이유로 대단한 이웃이 아래에 놓이길

---

416 사람의 모든 미덕과 악덕의 씨앗인 사랑.

417 사랑하는 자신을 사랑하며 존재하는 것이 당연하다.

418 하느님(첫 번째)이 창조한 창조물이 창조자를 사랑하며 존재하는 것이
     당연하다.

419 창세기 2.7.

420 교만은 이웃보다 자신의 탁월함만을 사랑해서 생긴다.

원하는 사람이 있다.

118   다른 사람이 우월해지는 것을 슬퍼하고
         그 반대를 사랑하여,[421] 자신의 권력과 특권과
         영광과 명성을 잃을까 두려워하는 사람이 있다.

121   받은 상처에 원한을 품고,
         복수를 지나치게 열망하여,
         다른 사람을 해칠 준비가 된 사람이 있다.[422]

124   이 세 가지 사랑이 여기 아래에서 운다.[423]
         이제 선에 무질서하게 달리는 다른 사랑을
         네가 이해하길 내가 원한다.

127   각자가 영혼이 쉴 수 있는 선(善)을
         혼란스럽게 이해하고 원하며
         그것에 닿기 위해 누구나 노력한다.

---

421 시기는 이웃의 우월함에 대한 미움, 즉 그 반대에 대한 잘못된 사랑에서
     생긴다.
422 분노는 자신에게 해를 끼친 이웃에 대한 미움으로 불타는 사랑에서 생
     긴다.
423 교만, 시기, 분노가 아래 세 둘레에서 씻겨지고 있다.

130   그것을 보고 얻기 위해 너희를
       끌어 당기는 사랑이 너무 느리면, 옳은 참회 후,
       이 둘레가 너희를 괴롭힌다.[424]

133   다른 선은 사람을 행복하게 할 수 없다.
       그것은 모든 선한 열매와 뿌리의
       진실한 본질도 행복도 아니다.[425]

136   그것에 지나치게 빠진 사랑이
       우리 위 세 둘레에서 운다.[426]
       그러나 어떻게 세 부분들을 나누는지

139   네 자신이 찾도록 내가 말하지 않겠다."

---

424 나태는 네 번째 둘레에서 씻긴다.
425 모든 선의 열매(결과, 끝)와 뿌리(원인, 시작) 즉 진실한 본질인 하느님
     만이 사람을 행복하게 할 수 있다.
426 탐욕, 탐식, 정욕은 다섯 번째, 여섯 번째, 일곱 번째 둘레에서 씻는다.

연옥 18곡

1   말씀을 마친 지고하신 학자께서
내가 만족했는지 내 얼굴을
살피시며 들여다 보셨다.

4   새로운 갈증에 시달리던 나는
겉으로는 조용하나 속으로 말했다.
'아마 내가 지나친 질문으로 그에게 짐을 지운다.'

7   하지만 입을 떼지 못하는 수줍은 소원을
알아챈 진정한 아버지께서
말하라고 나를 북돋우셨다.

10   그래서 내가, "스승님의 빛 속에서
내 시야가 살아나고, 논리정연하게
나누고 설명하신 것을 분명히 분별합니다.

13   그런데, 다정하고 인자한 아버지,
모든 선한 행위와 그 반대되는 행위의
근본이라는 사랑을 내게 설명해 주세요."

16   그가 말했다. "지성의 날카로운 눈을

19   내게 돌리면, 눈먼 길잡이들의[427] 잘못이
        네게 드러날 것이다.

19   잠재적으로 사랑하도록 창조된 영혼이
        실제로 사랑하도록 깨어나게 되면,
        기쁨을 주는 모든 것으로 재빨리 움직인다.[428]

22   실재를 너희가 이해하게 되면
        생기는 모습이 너희 속에 스며들면
        그것에 영혼이 눈을 돌린다.

25   그것에 돌아서서 쏠리는 것이
        사랑이고, 그것이 너희가
        사랑으로 맺어지는 첫 상태이다.

---

427 "그들은 눈먼 길잡이들이다. 소경이 소경을 인도하면 둘 다 구렁에 빠진
    다"(마태복음 15.14).

428 정욕의 죄를 정당화하던 프란체스카의 말을 상기시킨다: "다정한 가슴을
    얼른 사로잡는 사랑"(지옥 5.100). 정욕의 죄를 참회하는 연옥의 둘레
    에서 성령과는 다른 사랑에 사로잡혀 노래하던 "감미롭고 새로운 문체
    (dolce stil novo)"의 결점이 드러난다 (연옥 24. 55-57). 이성을 상징하
    는 베르길리우스 이전에 단테를 이끌던 시인들 즉 "눈먼 길잡이들의 잘
    못이" 드러날 것이다.

28   자신의 물질이 가장 오래 지속하는 곳으로
        올라가게 태어난 불이 본질적으로
        위로 움직이듯이,

31   정신적인 움직임에 사로잡힌 영혼은
        원하는 상황으로 들어가서, 사랑하는 대상이
        환희하게 할 때까지 결코 쉬지 않는다.

34   모든 사랑 자체는 찬양할 만한 것이라는
        진리를 주장하는 사람에게서 얼마나 큰
        진리가 숨겨져 있는지가 이제 네게 드러날 수 있다.

37   아마 밀랍의 재료가 언제나 좋아
        보일 수 있으나, 찍히는 모양이
        모두 좋지는 않기 때문이다.”

40   내가 그에게 대답했다. “스승님의 말씀에
        내 마음이 따라가며 사랑을 발견했지만,
        내 마음은 의심으로 더 가득 채워졌습니다.

43   사랑이 우리 밖에서 제공되고
        영혼이 다른 발길을 따라 가지 않으면,
        옳거나 그른 길은 제 탓이 아니기 때문입니다.”

46   그가 내게, "이성이 여기서 보는 만큼
      내가 네게 말할 수 있다. 그것을 넘어서는
      신앙의 일은 베아트리체에게서 기대하여라.

49   질료와 나누어지면서 결합되어 있는
      모든 실체적 형상 속에
      모여 있는 특정한 힘은

52   살아 있는 풀의 푸른 잎처럼
      결과로 드러나지 않고
      작동하지 않으면 지각될 수 없다.[429]

55   그래서 근본적 진리의 지성과
      원초적 욕구의 성향이 나오는
      근원을 사람이 알 수 없다.[430]

---

429 질료와 나뉘어진 실체적 형상인 천사와 실체적 형상과 나뉘어진 질료인
     물질과 달리 세상에서 유일하게 질료와 나뉘어진 실체적 형상이 질료와
     결합된 즉 영혼이 결합된 인간 육체의 행동에서 영혼의 힘이 지각될 수
     있다.

430 이성을 상징하는 베르길리우스 즉 사람의 이성에 의지하는 철학은 인간
     지성과 의지의 원천인 하느님을 믿는 신학을 상징하는 베아트리체에 아
     직 미치지 못한다.

58   벌이 꿀을 만들려고 애쓰는 것과 같은
    너희의 애초의 의지는
    칭찬도 비난도 받을 수 없다.

61   그에 따르는 다른 의지를 견제하고
    문 안으로 허락하지 않는 힘을[431]
    너희가 타고 났다.

64   선하고 악한 사랑을 모으고 가려내는
    이 힘이 너희를 칭찬할
    이유를 묻는 원인이다.

67   이성을 통해 근본에 도달한 이들이
    이 타고난 자유를 인식하여
    윤리를[432] 세상에 남겼다.

70   그래서, 너희 안에서 불붙는 모든 사랑이
    필연적으로 솟아오른다 가정하여도,
    그것을 붙잡는 힘이 너희에게 있다.

73   그 고귀한 힘이 베아트리체가 말하는
    자유의지이니 그녀가 말할 때

---

431 자유의지.

432 아리스토텔레스의 윤리학.

그것을 염두에 둘 것을 명심하여라.”

76   아직 불타는 바가지 같던 달이[433]
      거의 한밤중 늦게까지 우리에게
      별들을 희미하게 보이게 했다.

79   로마에서 보는 사르덴냐와 코르시카 사이에서
      지는 해가 불태우는 길을 타고
      하늘 반대 방향으로 달이 달리고 있었다.[434]

82   피에톨레를[435] 만토바의 다른 어디보다
      더 유명하게 만든 고결한 그림자가
      내가 진 짐을 내렸다.

85   내 질문들 위로 펼치고 채워
      내가 모은 대답들로, 잠에 취해
      헤매는 사람처럼 서 있었다.[436]

---

433 부활절의 보름달에서 닷새를 지난 하현.
434 해가 지는 서쪽에서 동쪽으로 떠오르는 달.
435 베르길리우스의 고향.
436 많은 질문과 대답 후에 내가 피곤했다.

88   하지만 우리 등 뒤에서 벌써
        우리 쪽으로 도는 사람들 때문에 갑자기
        내 졸음이 달아나 버렸다.

91   테베인들이 바쿠스의 도움이 필요할 때마다,
        이스메노스와 아소포스 강을 따라
        밤에 날뛰는 무리를 보듯이,[437]

94   그 둘레를 따라 낫처럼 휘어진 다리로,
        내가 보던 바로, 선한 의지와 옳은 사랑의
        채찍에 의해 그들이 오고 있었다.[438]

97   그 큰 군중 전체가 달려가며
        벌써 우리를 지나칠 때,
        앞선 두 명이 울면서 외쳤다.

100   "마리아가 서둘러 산으로 달려갔다."[439] 그리고
        "카이사르는 일레르다를 정복하기 위해
        마르세이를 벌하고 스페인으로 뛰었다."[440]

---

437 그리스 보이오티아 지역의 도시 테베의 수호신 디오니소스(로마의 바쿠스)를 섬기는 축제 때 두 강변을 따라 뛰어나니던 테베인들.

438 채찍에 빠르게 달리는 말의 긴 다리가 낫처럼 휘어진 모습.

439 엘리사벳을 방문하기 위해 서두르는 마리아가 첫 번째 모범이다 (누가복음 1.39).

440 마르세이를 정복하자마자 스페인으로 번개처럼 내려가 일레르다 시를

103   "빨리, 빨리, 사랑이 부족해 시간을 낭비하지 말고,"
        다른 사람들이 가까이에서 소리쳤다.
        "선을 행하는 열의가 은총을 다시 피우길."

106   "선을 행할 때 성의없이 혹시 피우던
        게으름과 지체를 이제 절실한 열성으로
        갚는 사람들이여,

109   이 살아 있는 사람이, 참으로 거짓을 말하지 않으니,
        해가 다시 비치면, 위로 올라가려 하니,
        어디에 가까운 통로가 있는지 가리켜 주시오."

112   내 길잡이의 이런 말에
        한 영혼이 말했다.
        "우리 뒤로 오면, 입구를 발견할 것이오.

115   여기서 움직이려는 의지로 가득찬 우리가
        쉴 수 없으니, 우리의 정의를 무례함으로
        여긴다면 용서하시오.

정복한 카이사르가 로마의 모범이다.

118   밀라노가 아직도 아파하며 말하고 있소,
       나는 선한 바르바로사 황제 치하에 있던[441]
       베로나의 산 제노 수도원장이었소.[442]

121   무덤 안에 이미 한 발을 들여놓은 자가
       곧 그 수도원을 한탄하고,
       행사했던 힘을 후회할 것이오.

124   전신이 잘못되고, 정신은 더 잘못되고,
       잘못 태어난 그의 아들을
       진실한 목자의 자리에 세웠기 때문이오."[443]

127   우리를 이미 지나 저리로 가버린 그가
       말을 더 했는지 그쳤는지 모르나,
       내가 들었던 이것을 담아두고 싶었다.

---

441 1162년 밀라노의 반란을 진압한 프리드리히 1세(재위: 1155-1190)를
     지상에서 유일하게 정당한 권위인 황제로서 단테가 옹호하고 있다.

442 수도원 내의 전반적 나태를 대변하고 있다.

443 망명 중인 단테를 보호했던 베로나의 칸그란데의 아버지 알베르토 델라
     스칼라(Alberto della Scala)는 자신의 아들들 중 몸과 마음이 바르지
     못한 주제페를 산 제노 수도원장으로 임명했다. 1301년에 죽은 후 (무
     덤 안에 이미 한 발을 들여놓은 자) 자신의 실수를 후회할 것이라 예언
     한다.

130   필요할 때마다 나를 도와주었던 그가[444]

말했다. "여기서 돌아라.

나태를 나무라며 오는 둘을 보아라."

133   무리 뒤에서 그들이 말했다. "그들을 위해

바다가 열렸으나, 사람들이 요르단이

승계자를 보기도 전에 죽었다."[445]

136   그리고, "안키세스의 아들과

끝까지 고난을 견디지 않은 자들은

불명예로운 삶의 고통을 자신에게 안겨주었다."[446]

139   우리에게서 멀리 떨어져버린

그림자들을 더 이상 볼 수 없게 되자,

새로운 생각이 내 안에 떠올랐고,

---

444   베르길리우스.

445   열린 홍해를 건너 모세를 따르던 유대인들이 사막에서 지치고 병들어 여호수아와 갈렙을 제외한 후손들이 요르단을 건너 약속된 땅에 닿지 못했다 (민수기 14.1-38).

446   아이네아스를 더 이상 따르지 않고 시칠리아에서 안주한 트로이인들은 로마를 건국하는 하느님이 내리신 영광의 사명을 저버린 치욕을 자신들에게 안겨주었다 (베르길리우스, 《아이네이스》 5.604-751).

142   거기서 더 다른 생각들이 따라나와,
        이 생각 저 생각으로 뒤척이던
        내 눈이 몽롱해지더니 감겼고,

145   생각이 꿈으로 변해버렸다.

연옥 19곡

1   날의 온기가 땅에 꺼져
       달과, 때때로 토성의, 냉기를
       더 이상 데울 수 없는 시간에,

4   동트기 조금 전 어두운 길을 타고
       동쪽에서 솟아오르는 큰 길조 자리를
       땅 점쟁이가 보는 때에,[447]

7   꿈에서 창백한 피부의 한 여자가
       말을 더듬고 발을 절뚝거리며
       사팔뜨기 눈과 잘린 손으로 내게 왔다.

10   바라보는 내 눈길을 그녀가 알아채자,
       밤이 움추러들게 하는 차가운 사지를
       해가 위로하는 듯이,

13   혀와 모든 것을 순식간에

---

447 하늘에 나타나는 길조의 별자리를 점쟁이가 땅에 그려넣던 새벽 4시경.
     아랍의 영향을 받은 땅점쟁이들이 이탈리아에서 르네상스 시대까지 존
     재했다.

바로 폈고, 칙칙했던 얼굴을
사랑이 바라는 색깔로 치장했다.

16   말이 풀려나오자 노래하기 시작한
그녀에게서 좀처럼 내 주의를
돌리기가 힘들 지경이 되었다.

19   "바다 사람들을 바다 한가운데에서
홀리는 나 세이렌은[448] 듣기에
달콤한 소리로 가득하오!"라고 노래했다.

22   "울리세스가 가는 길에서 내 노래를
듣고 돌아섰고,[449] 나에게 푹 젖은 사람은
드물게 떠나니, 모든 것을 내가 만족시키지요!"

25   아직 입도 다물지 않은 그녀를
혼란시키기 위해, 한 신성하고 신속한
여인이 내 옆에 나타났다.

448   울리세스와 선원들을 바다에서 달콤한 소리로 유혹하던 물고기 혹은 새
가 반인 여인.
449   세이렌이 아니라 키르케의 유혹에 빠진 울리세스가 한 해도 넘게, 가던
길을 멈추었다.

28   "오, 베르길리우스여, 이자가 누구요?"
      그녀가 노하며 말했고, 그는 오직 그 진실한 여인에게만
      눈을 고정하며 왔다.

31   그가 다른 여자를 붙잡고, 옷을 찢어
      앞을 열어, 내게 배를 보여주었고,
      같이 나온 악취가 나를 깨웠다.

34   내가 눈을 뜨자, 인자한 스승님이 말했다.
      "적어도 세 번 너를 불렀다. 일어나 오너라.
      네가 들어갈 통로를 찾아보자."

37   내가 일어나니, 이미 신성한 산의
      모든 둘레들이 높은 태양 빛으로 가득했고,
      새로운 햇빛을 어깨에 맞으며 우리가 갔다.

40   굽은 다리 반쪽의 자세로⁴⁵⁰
      생각에 잠겨 무거운 고개를 숙이고
      내가 그를 따라가고 있었을 때,

43   내가 들었다. "오시오. 여기서 건너가오."
      이 필멸의 영역에서 들을 수 없는

---

450   아치교 반처럼 등이 굽은 자세.

자상하고 인자한 말소리였다.

46   백조같이 날개를 펼치고 말하던
        그가 우리를 위에 있는
        단단한 두 암벽 사이로 인도했다.

49   그리고 깃털을 흔들어 우리에게 부치며,
        '우는 이들이' 위로를 받을 영혼이니,
        축복받았다고 확언하였다.[451]

52   천사 둘을 막 지나친 후,
        내 길잡이가 내게 말하기 시작했다.
        "무엇 때문에 땅만 바라보고 있느냐?"

55   내가, "조금 전 본 것이 많은 의심을 지게 하여
        내가 그 생각에서 벗어나지 못하고,
        그쪽으로 끌려갑니다."

58   그가 말했다. "우리 위쪽에서 지금 혼자
        우는 늙고 사악한 여자를 네가 보았다.
        어떻게 그녀에게서 사람이 풀려나는지도 보았다.

451 마태복음 5.5: "Beati qui lugent quoniam ipsi consolabuntur." 천사가 라
     틴어로 ("qui lugent") 말한다.

61   충분하니 너의 굽으로 땅을 쳐라.
      영원한 왕이 커다란 바퀴들을
      돌리며 부르는 노래로 눈을 돌려라.”

64   처음에는 자기 발을 쳐다보던 매가,
      사냥꾼의 소리침에 몸을 돌려, 자신을 끌어당기는
      먹이를 갈망하며 앞으로 뻗어 나가듯이,

67   갈라진 바위 길을 따라
      위로 갈 수 있는 한, 둘레가
      시작되는 데까지 내가 그렇게 갔다.

70   다섯 번째 둘레로 내가 빠져 나왔을 때,
      땅에 모두 머리를 대고 우는 사람들을
      온 둘레에서 내가 보았다.

73   ‘땅에 내 영혼이 달라 붙었다’[452]를
      그들이 깊은 탄식과 함께 말해,
      내가 겨우 그 말을 알아들었다.

76   “아, 하느님께 선택된 사람들이여,
      정의와 희망이 그대들의 고초를 덜어주오.

____

452 “내 영혼이 먼지 속에 파묻혔다(adhesit pulveri anima mea: 시편
     118.25)”를 “adhaesit pavimento anima mea”로 바꿔 라틴어로 말한다.

올라가는 다른 계단들로 우리를 안내해 주시오.”

79   “엎드리지 않토록 온
        그대들이 지름길을 찾으려면,
        오른손을 언제나 바깥쪽에 두시오.”[453]

82   시인이 질문하자, 우리 조금 앞에서
        대답이 들려왔고, 그 말을 통해
        숨겨진 다른 것을 내가 알아내었다.[454]

85   내 눈을 내 선생님의 눈으로 돌리자,
        바라는 얼굴이 묻는 것에
        기쁜 표정으로 승낙하셨다.

88   내 판단대로 할 수 있게 되자,
        내가 먼저 말로 알아본 그 모습에
        내가 가까이 다가가서

91   말했다. “정신 속에서 울어 익는 것 없이
        하느님께 돌아갈 수 없는 영혼이여,
        그대의 가장 큰 근심을 나를 위해 조금 멈추시오.

---

453 연옥에서 순례자들이 언제나 오른쪽으로 돈다.
454 엎드리고 있어서 볼 수 없었던 사람을 말에서 알아내었다.

94   그대가 누구였고, 그대들은 왜 위로

        등을 돌리고 있는지, 내가 살아 움직이는

        그곳에서 그대가 무엇을 바라는지 내게 말해 보시오."

97   그가 내게 말했다. "하늘이 왜 자신을 향해

        우리 등을 돌리게 하는지 알 것이오. 하지만

        내가 베드로의 후계자였음을 우선 아시오.

100   세스트리와 키아바리 사이에서 흘러내리는

        아름다운 강의 이름으로 내 핏줄의

        칭호가 칭송되었소.[455]

103   진흙에 닿지 않게 하는 일이 얼마나

        무거운지, 모든 다른 무게가 깃털같은,

        그 큰 망토를 한 달 남짓 내가 입어보았소.

106   아, 내가 늦게 뉘우쳤소.

        하지만, 로마의 목자가 되고나자,

        거짓된 삶이 드러났소.

---

455 제노바 지역의 세스트리 레반테(Sestri Levante)와 키아바리(Chiavari)
     사이 라바냐(Lavagna)의 피에스키(Fieschi) 백작 가문 출신 교황 아드리
     아누스 5세(재위: 1276년 7월 11일–1276년 8월 18일)는 교황으로 선출
     된 후 한 달 남짓 후 병으로 사망한다.

109   거기서 마음이 가라앉지 않음을 알았소.
        그 삶에서 더 이상 오를 수도 없어서,
        이 삶에 대한 사랑이 내게 피어났소.[456]

112   하느님으로부터 떨어져 그때까지 비참했던
        내 영혼이 모든 것을 탐하여 여기에서 이제
        내가, 그대가 보듯이, 벌을 받고 있소.

115   탐욕이 하는 것을 엎드린 영혼이
        여기서 씻으며 명백히 하오.
        산에서 아무 고난도 더 쓰지[457] 않소.

118   우리 눈을 위로 올리지 않고,
        지상의 것에만 고정시켜서,
        정의가 눈을 여기 땅에 묻었소.

121   탐욕이 모든 선에 대한 사랑을
        탕진하여 선행의 기회를 잃어서,
        정의가 우리를 여기에 단단히 묶고 있소.

---

456   교회의 최고 자리에 앉자 뒤늦게 이전의 죄를 죽기 한 달 남짓 전부터
        뉘우쳤다.
457   땅에 엎드리고 있는 모욕의 쓴 맛("amara").

124 발과 손이 꼼짝없이 붙잡혀,
     정의로운 군주께서 원하시는 만큼,
     우리는 움직이지 않고 엎드려 있을 것이오.”

127 무릎을 꿇었던 내가 말을
     시작하자, 오직 들으면서
     내 경의를 알아차린 그가

130 말했다. “무슨 이유로 아래로 굽히시오?”
     내가 그에게 대답했다. “당신의 존엄 앞에
     바로 서는 것을 내 양심이 허락하지 않았습니다.”

133 “다리를 펴고 위로 바로 서시오, 형제여!”
     그가 답했다. “오해 마시오. 그대와 나는
     다른 사람들과 함께 전능하신 분의 종이오.

136 ‘그들이 결혼하지 않을 것이다’ 라고 말하는[458]
     성스러운 복음의 소리를 그대가 이해했다면,
     내가 왜 이런 말을 하는지 그대가 잘 알 수 있소.

---

458 마태복음 22.30: “부활하면 결혼을 하지도 결혼이 되지도 않고 하느님
    의 천사처럼 하늘에 있다 (in resurrectione enim neque nubent neque
    nubentur sed sunt sicut angeli Dei in caelo).” “Neque nubent”를 라틴어
    로 인용한다.

139   더 이상 지체없이 이제 가시오.

       그대가 말하던 것을 성숙시키는

       내 눈물이 그대가 머물러서 멈추기 때문이오.

142   알라자라고 불리는 심성이 선한

       조카딸이 저기에 있소.[459] 우리 가문이 전례로[460]

       그녀를 악하게 만들지 않는다면,

145   그녀가 내게 유일하게 거기에 남아 있소."

---

459   망명길의 단테에게 선의를 보여준 교황의 조카딸에 대한 시인의 경의의
       표현이다.
460   라벤나의 대주교 보니파치오 데이 피에스키는(Bonifazio dei Fieschi, 재
       위: 1274-94) 다음 둘레에서 탐식의 죄를 참회하고 있다(연옥 24.29).

연옥 20곡 목차 (탐욕)

연옥 20곡

1   더 나은 의지에 맞서 의지가 겨루는 것은 잘못이므로,
     내 만족에 반해서 그를 만족시키기 위해,
     흡족하지 않은 해면을 물에서 내가 꺼내었다.[461]

4   좁은 성벽 위에서 가장자리를 따라가는
     사람처럼, 여지가 남은 자리로 바위를 따라
     나와 내 스승님이 움직였다.

7   온 세상을 점령한 죄를 한 방울 한 방울
     눈에서 녹여내는 사람들이 맞은편에서
     밖으로 지나치게 진입해 있었기 때문이었다.[462]

10   저주받을 늙은 암늑대여,[463]
     네 한없이 원하는 허기로
     다른 모든 짐승보다 더 많이 먹어 치우는구나!

---

461 탐욕을 참회하고 있는 교황으로부터 더 많은 호기심을 채우고 싶었던 순
     례자의 절제.
462 너무 많은 사람들로 넘쳐나 있었다.
463 탐욕을 상징하는 동물(지옥 1.51).

13   오, 돌면서 여기 아래 상태를 바꾼다고
        믿어지는 하늘이여, 이것을 몰아낼
        그는 언제 옵니까?[464]

16   우리가 서서히 간신히 걸어갔고,
        불쌍히 울고 부르는 소리를 듣는 나는
        조심히 그림자들 사이로 발길을 옮겼다.

19   "자애로운 마리아여!" 마치 해산 중의
        여인이 울 때처럼 마침 우리 앞에서
        이름 부르는 것을 내가 들었다.

22   잇달아, "당신이 거룩한 분을 낳으신
        거처를 보면 알 수 있는 것처럼,
        그렇게 당신이 가난하셨습니다."

25   이어서 들었다. "오, 선한 파브리키우스여,[465]
        커다란 부와 악보다는
        가난과 덕을 소유하길 원했소."

----

464 "사냥개"(지옥 1.101).

465 적의 뇌물에 굴하지 않았던 로마 공화국의 청렴함의 예, 가이우스 파브
     리키우스 루스키누스 (Gaius Fabricius Luscinus, 집정관 위임: 기원전
     282, 278).

28   나를 그렇게 기쁘게 만든 말을
        말한 듯한 영혼을 알아보기 위해
        내가 더 다가갔다.

31   처녀들을 고결한 젊음으로 이끈
        니콜라스의 자비에 대해[466]
        아직 그가 말하고 있었다.

34   "오, 크나큰 선을 이야기하는 영혼이여,"
        내가 말했다. "그대가 누구였고 왜 혼자
        이 귀중한 찬양을 되읊는지 말해주시오.

37   끝을 향해 날아가는 이 짧은 삶의 발걸음을
        마무리하러 내가 돌아가면,
        그대의 말에 보답이 없지 않을 것이오."

40   그가 답했다. "거기서 위로를 기대해서가 아니라,
        그대가 죽기도 전에, 커다란 은총이 그대 안에
        비치고 있기 때문에 내가 말하리다.

---

466 4세기의 성인 니콜라스가 밤에 몰래 세 번 돈주머니를 한 가난한 집에
     두고 와 그 집의 세 딸이 팔려가는 대신 좋은 집안으로 시집을 갈 수 있
     었다는 전설이 전해지고 있었다.

43   그리스도교 땅 전역을 그늘지게 하고
        선한 열매를 거의 딸 수 없는
        사악한 나무의 뿌리가 나였소.[467]

46   두에이, 리을, 겐트, 브루지가
        힘이 있다면, 곧 복수가 있기를
        모든 것을 심판하시는 그분께 내가 청하오.[468]

49   거기에서 위그 카페로 내가 불렸소.[469]
        내게서 필립들과 루이들이 태어났고,
        최근에 그들이 프랑스를 다스렸소.[470]

52   파리의 한 백정의 아들이었던 내가,[471]
        잿빛 바지를 입은 하나를 제외하고
        모든 오랜 왕들이 전멸했을 때,[472]

---

467 카롤링거 왕조의 뒤를 이은 카페 왕가의 첫 번째 왕.
468 프랑스와 플랑드르의 전쟁에서 (1297-1299) 배반한 프랑스 왕 필립 4세
     에 대한 복수로, 1302년 쿠르트레 전투에서 프랑스가 플랑드르에게 패
     배한다.
469 Hugues Capet(재위: 987-996).
470 네 필립과 다섯 루이가 위그 카페를 승계해 이후 프랑스를 다스린다.
471 프랑스 왕가를 멸시하는 허위 소문이었다.
472 후손 없이 어린 나이에 죽은 카롤링거 왕조의 마지막 왕 루이 5세의 (재
     위: 986-987) 숙부인 로렌의 공작 샤를은 수도원이 (잿빛 바지 속에 바
     쳐진) 아니라 위그 카페에 의해 갇힌 감옥에서 죽었다.

55   왕국을 다스리는 고삐를 내 손에

        단단히 쥐었고, 많은 새로운

        힘과 사람들을 힘차게 붙잡아,

58   과부가 된 왕관에 내 아들의[473] 머리를

        언약시켜, 그로부터 신성한

        왕가의 뼈가 시작되었소.

61   프로방스의 엄청난 지참금이[474]

        내 핏줄의 수치를 앗아가기까지, 내 핏줄은

        보잘것없었으나 사악하지도 않았소.

64   거기서 강제와 거짓으로 강탈을

        시작했소. 게다가, 그 대가로

        퐁티유, 노르망디, 갸스콘느를 약탈했소.[475]

473   로베르 2세(재위: 987-1031).

474   1246년, 루이 8세의 아들 샤를 1세가 백작 레몽 베랑제 4세의 딸 베아트
      리스와 결혼하여 그녀가 가져온 지참금인 프로방스가 프랑스의 통치 하
      에 들어가게 된다.

475   퐁티유와 가스콘느는 필립 4세가 기만으로 차지했고, 노르망디를 둔 영
      국과의 분쟁은 지속되었다.

67   샤를이 이탈리아에 온 대가로

코라디노를 희생시켰고, 게다가,

그 대가로 토마스를 하늘로 밀어 보냈소.[476]

70   머지 않아, 다른 샤를이 자기와

자기 사람들을 더 알리기 위해

프랑스를 빠져나올 때를 내가 보오.

73   그가 무기 없이, 유다가 휘두르던 창만

가지고 나와 찌르니 피렌체의

배는 터질 것이오.[477]

76   땅이 아니라, 죄와 수치를,

더 가볍게 가해를 여길수록

더 무겁게 그가 벌 것이오.

79   벌써 잡혀서 배에서 나오던 다른 샤를은

---

476 1266년, 교황 클레멘스 4세의 요청으로 이탈리아에 온 샤를 1세는 시칠리아의 왕 만프레디를 (재위:1258-1266) 죽인 후 호엔슈타우펜의 마지막 후손이며 기벨리니의 희망이었던 16세의 코라딘을 (1252-1268) 처형한다. 1274년에 샤를 1세가 성 토마스 아퀴나스를 독살했다는 소문을 단테가 믿고 있다.

477 교황 보니파티우스 8세가 정쟁의 중재를 위한다는 기만으로 피렌체에 보낸 발루아의 백작 샤를과 함께 도모한 흑색당이 단테를 포함한 백색당을 피렌체에서 쫓아내었다.

해적들이 남의 노예들에게 하는 것처럼
자신의 딸을 팔고 계약하는 것을 내가 보오.[478]

82   아, 탐욕이여, 자기 살붙이도 돌보지 않는
내 핏줄을 네게 그리 끌어들이고 나서
너는 무얼 더 할 수 있느냐?

85   과거와 미래의 악행이 대수롭지 않도록,
아나니에 백합이 들어가 그리스도를
대리인 안에서 가두는 것을 내가 보오.[479]

88   다시 한 번 수모 당하고, 식초와 쓸개로
되살리려는 그를[480] 살아 있는 도둑들 사이에서
살해되는 것을 내가 보오.

91   이에 충족되지 않은 이 새로운 필라투스가
성전에 탐욕의 돛을 잔인무도하게
들여놓는 것을 내가 보오.[481]

---

478 1284년, 나폴리 만에서 있었던 해전에서 아라곤 해군에 의해 자신의 배
안에 갇혔던 나폴리 왕 샤를 2세는 (재위: 1285-1309) 이후 자신의 어
린 딸을 결혼시켜 상당한 지참금을 챙긴다.

479 1303년, 필립 4세의 명으로 보니파우티스 8세가 아나니의 거처에서 감
금되고 고문당한다. 한 달 후 교황은 사망한다.

480 "예수께 쓸개를 탄 포도주를 마시라고 주었으나" (마태복음 27.34).

481 예수의 수난을 관장했던 유대 지방의 로마 총독 폰티우스 필라투스처럼,

94   오, 내 주여, 당신의 깊은 뜻 속에 숨겨진,

        당신의 분노를 달래는 복수를 내가

        언제쯤 보고 기뻐하렵니까?

97   성령의 유일한 새신부에[482] 대해

        내가 말하고, 해석을 위해

        내게 그대를 돌게 한 것은

100   날이 밝은 동안 우리가 드리는 기도에 대한

        화답이나,[483] 밤이 되면 우리는

        그 대신 반대의 소리를 내오.

103   황금에 눈이 멀어

        친척을 배반하고 훔치고 살해한

        피그말리온과,[484]

106   탐욕의 요구를 따르다가,

        웃음거리가 된 미다스의[485]

____

        필립 4세는 성전 기사단을 해산시키고 그 재산을 가로챈다.

482   마리아.

483   미사에서와 같이 기도와 그에 대한 화답을 영혼들이 주고받는다.

484   티로스의 왕 피그말리온은 누이 디도의 남편이자 숙부인 시카이우스를
      죽이고 그의 부를 차지한다 (베르길리우스,《아이네이스》 1.340 이하
      참조).

485   바쿠스에게서 만지는 것마다 모두 금으로 변하게 하는 능력을 받고 오히

비통함을 그때 우리가 되읊소.

109   전리품을 훔쳐, 여호수아의 분노가
        여기서도 아직 생생한 듯하니,
        모두가 여전히 무모한 아간을 기억하오.[486]

112   사피라를 남편과 같이 우리가 비난하고,[487]
        헬리오도로스가 걷어차인 것을 찬양하오.[488]
        폴리도로스를 죽인 폴림네스토르의[489]

115   불명예가 온 산을 돌고, 여기서
        마지막으로 외치오. '크라수스여, 알고 있으니
        우리에게 말하시오. 황금의 맛이 어떠하오?'[490]

        려 비통에 빠진 프리기아의 왕 미다스.

486 전리품을 훔친 죄로 돌에 맞아 죽은 아간 (여호수아 7).

487 땅을 판 돈 일부를 빼돌리고 나머지만 사도들에게 바친 사피라와 그녀의
     남편 아나니아스 (사도행전 5.1-11).

488 예루살렘의 금고 안에 모인 돈을 몰수하러 온 헬리오도로스가 갑자기 나
     타난 기사가 탄 말에 걷어차인다 (마카베오하 3).

489 프리암의 아들이 들고 온 트로이의 황금에 탐이 난 트라케의 왕 폴림네
     스토르가 폴리도로스를 보호하는 대신 죽인다 (베르길리우스,《아이네
     이스》 3.22-48).

490 카이사르와 폼페이우스와 함께 삼두정치를 이끌었던 마르쿠스 리키니우
     스 크라수스의(Marcus Licinius Crassus, 기원전 115-53) 잘린 머리 입
     속을 파르티아 왕이 금을 녹여 채우며 크라수스의 탐욕을 조롱했다고
     한다.

118   때때로 더 크고 더 작은 행보로

    우리를 가도록 격려하는 애착에 따라,

    한 사람은 높게 다른 사람은 낮게 말하오.

121   그래서 조금 전 낮 동안에 여기서 선에 대해

    말했던 사람은 나 혼자가 아니었소. 여기 가까이에서

    다른 사람이 목소리를 높여 말하지 않았을 뿐이오.”

124   우리가[491] 이미 그를 떠났고,

    힘이 허락하는 한

    길을 가려 애쓰고 있었을 때,

127   무엇이 무너지듯이,

    산이 떨리는 것을 내가 느끼고

    죽을 사람같이 등골이 오싹해졌다.

130   하늘의 두 눈들을 낳을 둥지를

    라토나가 만들기 전에 델로스도

    그렇게 심하게 흔들리지 않았을 것이다.[492]

---

491 교황 아드리아누스 5세와 반대로 위그 카페는 말을 계속하려는 탐욕을
     보이나 순례자들이 먼저 떠나버린다.

492 유노의 눈을 피해 라토나가 아폴로와 디아나를 낳을 수 있도록, 넵투누
     스가 바다에서 올라오게 한 델로스 섬이 폭풍 때마다 흔들렸으나, 아폴
     로가 태어나서 진정시켰다고 한다 (베르길리우스,《아이네이스》 3.73
     이하; 오비디우스,《변신》 6.189 이하).

133 그리고 온 사방에서 소리치기 시작하자,
스승님이 내 가까이에 오시며 말했다.
"내가 인도하는 한 의심하지 말아라."

136 내 가까이에서 이해할 수 있었던
말소리로는, 모두가 '하늘에 계신
하느님께 영광'을 외치고 있었다.[493]

139 그 찬송을 처음 듣던 양치기들처럼,[494]
노래가 끝나고 진동이 가라앉기까지
우리가 놀라서 꼼짝하지 않고 서 있었다.

142 그리고 벌써 다시 돌아와 울며
땅에 엎드린 영혼들을 보며,
거룩한 발걸음을 우리가 다시 옮겼다.

145 내 기억이 틀리지 않으면,
내가 그런 고통에 시달리면서 그토록
모르는 것을 알고 싶어 해 본 적이 없었다.

---

493 누가복음 2.14: "Gloria in altissimis Deo." 예수가 태어나자 천사들이 찬
양한 말이다.

494 누가복음 2.10: "목자들이 겁에 질려 떠는 것을…"

148   그때 그런 고통 속에서 생각하고 있었다.
        서둘러 가야해서 감히 묻지 못했고,
        거기서 홀로 헤아릴 수 없어서,

151   두려워하고 고민하며 내가 가고 있었다.

연옥 21곡

1   사마리아 여인이 은총을 염원하던
       물이 아니면 절대 해소할 수 없는
       타고난 갈증이[495] 나를

4   애태웠고, 길잡이 뒤로 어수선한 길을
       서둘러 가며 안타까워했고, 정당한 복수를
       내가 안쓰러워 했다.

7   그러자 그때, 그리스도가 무덤 속에서
       밖으로 일어나, 길을 가는 두 사람에게
       나타났다고 루가가 썼듯이,[496]

10   한 그림자가 우리에게 나타나 우리 뒤에 왔다.
       발 사이에 누워 있는 무리를 바라보느라
       알아보지 못한 우리에게 그가 먼저 말했다.

495　예수께서 사마리아 여인에게 베푸시고자 하시던 물은 하느님의 은총을
　　　의미한다: "이 우물물을 마시는 사람은 다시 목마르겠지만 내가 주는 물
　　　을 마시는 사람은 영원히 목마르지 않을 것이다" (요한복음 4.13-15).
　　　인간이 "타고난" 알고자 하는 "갈증"은 "우물물" 즉 인간의 지성만으로가
　　　아니라 하느님의 은총으로 비로소 가득 채워질 수 있다는 말이다.

496　누가복음 24.13-17.

13   "아, 내 형제들에게 하느님이 평화를 주시길!"
      우리가 곧바로 뒤로 돌았고, 베르길리우스가
      그에게 올바르게 인사했다.

16   그리고 시작했다. "나를 영원한 망명 안에
      매어놓은 진정한 법정이 그대를
      축복된 모임 속에 평화로이 두시길."

19   그동안 완강히 가고 있던 우리에게 그가 말했다.
      "하느님이 위로 허락하지 않은 그대들의 그림자들을
      하느님의 계단을 타고 누가 이토록 멀리 안내했소?"

22   내 선생님이, "천사가 새기고
      이 사람이 지닌 자국들을 그대가 보면,
      선한 사람들에게 속할 그를 알아볼 것이오.

25   클로토가 각자에게 부과한 감고 푸는
      실꾸러미를 밤낮으로 돌리는 그녀가[497]
       아직 그를 위해 실을 다 뽑지 않았기 때문에,

---

497 라케시스가 단테의 명대로 실을 다 풀어내지 않아 아직 살아 있는 단테
   를 의미한다. 클로토가 만든 실꾸러미에서 라케시스가 사람의 명대로
   실을 다 뽑아내면 아트로포스가 실을 잘라 목숨이 끊어진다는 그리스
   신화 속의 운명의 세 자매들을 가리킨다.

28   그대와 내 영혼에게 누이인 그의 영혼이[498]
        우리 방식대로 볼 수 없어서,
        홀로 올라올 수 없었소.

31   그래서 내가 지옥의 광대한 목구멍
        밖으로 불려나와 그에게 보여 주었고,
        내 학식이 이끌 수 있는 한, 더 보여줄 것이오.

34   그런데 왜 앞서 산이 그리 진동했고,
        젖은 기슭까지[499] 모두 일제히 외쳤는지,
        그대가 알면 내게 말해 주시오."

37   그 질문이 내 갈망의 바늘귀를
        뚫어서, 희망만으로도 내 갈증이
        조금 해소되었다.

40   그가 시작했다. "산의 신성함이
        질서나 관습에서 벗어나는 것은
        아무것도 허용하지 않소.

43   모든 변화에서 벗어난 이곳에는
        하늘 스스로 받는 것을 제외한

---

498 하느님 아버지 안에서 모두 형제자매인 영혼들을 말한다.
499 연옥 아래 해변까지.

다른 영향이 있을 수 없소.

46   그래서 비도, 우박도, 눈도,

이슬도, 서리도 작은

세 계단[500] 위로 내리지 않소.[501]

49   짙거나 옅은 구름도, 번쩍임도,

거기서 자리를 자주 바꾸는

타우마스의 딸도[502] 나타나지 않소.

52   마른 공기도[503] 내가 말한

베드로의 대리자가[504] 발을 딛고 있는

세 계단보다 더 높이 위로 오르지 않소.

55   땅 속에 숨은 바람 때문인지는 내가 모르나,

아마 더 아래는 다소 떨리나,

여기 위는 절대 떨리지 않았소.

---

500 연옥 9.76-77: "한 문에 들어가기 위한 아래 다른 색의/ 세 계단들."

501 지상에서 증발된 수증기 때문에 생기는 변동이 천사가 열어준 연옥의 문을 넘어 이 높은 산까지 미치지 못한다는 말이다.

502 타우마스와 엘렉트라의 딸 이리스 즉 무지개.

503 바람.

504 천국의 열쇠를 쥐고 있는 성 베드로를 대신해 연옥의 문을 연 천사.

58   어떤 영혼이 깨끗해진 것을 느껴,

        일어나거나 위로 오르려고 움직이고,

        함성이 뒤따를 때 여기가 떨리오.

61   수도원을 옮기도록 완전히 자유로워진

        의지만으로 증명된 정화에

        영혼이 놀라고 의지에 기뻐하오.

64   처음 선한 의지를, 의지에 반해서

        죄를 짓던 것처럼, 하느님의 정의로

        벌을 받는 본능이 내버려 두지 않소.[505]

67   이 고난에 오백 년을 넘게 굴복했던[506]

        내가 이제야 더 나은 문지방을

        넘으려는 자유의지를 느껴서,

70   주님이 곧 위로 보내 주시길 바라는

        독실한 정신들이 드리는 찬송의

        울림과 산의 떨림을 그대가 들었소.”

---

505 죄지은 만큼 정당한 벌을 받고 풀려난 후, 오르고 싶은 선한 의지를 자유
     롭게 펼칠 수 있다.

506 로마 시인 푸블리우스 파피니우스 스타티우스(Publius Papinius Statius,
     약45-96)가 96년에 사망한 후 당시 1300년까지 1200년이 넘는 세월 중
     500년 남짓 이 둘레에 있었다.

73   갈증이 큰 만큼, 마시면 더 시원해지듯이,
        그렇게 그의 말을 내가 얼마나 반겼는지
        이루 말로 다할 수 없을 것이다.

76   지혜로운 길잡이가 말했다. "여기에서 잡혀있던
        덫을 빠져나와서, 흔들리고 기뻐하는 것을
        이제 내가 알겠소.

79   그대가 누구였는지 내게 알려주며 기뻐하고,
        그대가 왜 여기서 그 많은 세월동안 누워 있었는지
        그대의 말로 나를 사로잡아 주시오."

82   "지고하신 군주의[507] 도움으로, 선한 티투스가
        유다에게 팔렸던 피가 나오던 구멍들을
        복수하던 때에,"[508] 그 영혼이 답했다.

85   "아직 믿음이 아니라, 가장 오래
        지속되고 가장 명예로운 이름으로[509]
        거기에서 내가 상당히 유명했소.

---

507 하느님.

508 그리스도를 인간의 원죄에 분노한 하느님께 바쳐 죽게한 벌로 티투스
     (재위: 79-81) 황제가 헤브라이 사람들의 예루살렘을 황폐화시켰다고
     그리스도인들이 믿었다.

509 시인으로.

88   내 읊는 목소리가 너무나 감미로워,

        나 툴루즈인을[510] 로마가 불러

        내 이마를 도금양으로 장식할 수 있게 했소.

91   아직 거기 사람들이 나를 스타티우스라 부르오.

        테베를, 다음엔 위대한 아킬레우스를 노래했으나,

        두 번째 짐을 지고 가다가 길에 쓰러졌소.[511]

94   수천 명을 밝힌 신성한 불의

        불꽃들이 나를 불태웠고, 그것들은

        내 열정의 씨앗들이었소.[512]

97   시를 쓰던 내게 엄마와 유모였던,

        내가 말하는 《아이네이스》가 없었더라면,

        내 가치는 존재하지도 않았을 것이오.

100   베르길리우스가 살았을 때 거기서 살 수 있었다면,

        유배지에서 나오지 못하는 시기를

        한 해 더 늦추는 것에 내가 동의했을 것이오.”

510 당시 잘못 알려진 것으로, 스타티우스는 나폴리 출신이다.

511 서사시 《테바이스(Thebais)》와 미완성의 《아킬레이스(Achilleis)》의 저자.

512 다른 수천명들 중 하나인 시인 스타티우스의 열정을 불태웠던 씨앗 즉
     《아이네이스》를 말한다.

103   이 말들에 내게 돌아선 베르길리우스가
        침묵하는 표정으로 “침묵하라”고 말했으나,
        의지만큼 힘이 다 닿지 않았다.

106   웃음과 울음은 감정에서 나와 그것을
        밀접하게 따르기에, 사람이 더 진실할수록
        의지를 덜 따르기 때문이다.

109   단지 의미있는 미소를 내가 띄우자,
        그림자가 말을 멈추고 마음이 가장 잘
        드러나는 내 눈 속을 들여다보며

112   말했다. “그대가 노력한 일이 잘
        맺어지길. 지금 왜 그대의 얼굴이
        미소의 빛을 내게 보였소?”

115   그때 내가 한쪽과 다른 쪽에 붙잡혔다.
        한쪽은 내가 침묵하기를 다른 쪽은
        내가 말하기를 설득해 내가 한숨을 쉬자,

118   내 스승님이 이해하시며 말했다.
        “두려워하지 말고 그가 그렇게
        애태워하며 묻는 것을 말해 주어라.”

121   그래서 내가, "오래된 영혼이여,
        아마 내 미소에 의아해하지만,
        내가 그대를 더 놀라게 하렵니다.

124   내 눈을 저 높은 곳으로 이끄시는 이분이
        그대가 신과 사람을 노래할 때
        힘을 얻었던 베르길리우스입니다.

127   그대가 내 웃음에서 다른 이유를 믿었다면,
        그건 진실이 아니니 떨쳐 버리고, 그에 대해 말하던
        그대의 말들이 내 미소의 이유였음을 믿으시오."

130   이미 무릎을 꿇고 발을 끌어안으려 하던
        그에게 내 선생님이 말했다. "형제여,
        멈추시오. 그림자인 그대가 그림자를 볼 뿐이오."

133   그가 일어나며 말했다. "그림자를 견고한 것으로
        간주하고서 우리의 공허함을 잊는 나를
        뜨겁게 불태우는 당신의 크나큰 사랑을

136   이제 당신이 이해하실 수 있습니다."

연옥 22곡

1   내 이마에 새겨진 한 죄를 지우고,
우리를 여섯 번째 둘레로 안내한
천사가 이미 우리 뒤에 남아서,

4   정의를 갈망하는 이들은 축복받았다고
말했다. 목소리들이 다른 말 없이
'갈증나다'로[513] 그 뜻을 전했다.

7   다른 입구들을 통할 때보다 더 가볍게
걸어가던 나는 아무런 어려움 없이
저 위로 민첩한 영혼들을 따라갔다.[514]

10   그때 베르길리우스가 말을 시작했다.
"덕으로 불붙은 사랑은, 그 불꽃이
밖으로 피어나면, 항상 다른 사랑을 불붙이오.

---

513 "정의에 배고프고 목마른 자들은 복되도다(Beati qui esuriunt et sitiunt iustitiam)"(마태복음 5.6)를 "그들이 목마르다(sitiunt)"만으로 라틴어로 말한다.

514 베르길리우스와 스타티우스의 영혼들을 한 죄가 더 지워진 순례자가 더 가볍게 따라갈 수 있었다.

13   지옥의 림보 속의 우리 사이로 내려온

        유베날리스가 그대의 애정을 내게

        명백히 했을 때부터,[515]

16   만난 적 없는 그대를 향한 나의 선의가

        그 누구에게보다도 더 컸기에,

        이제 이 계단들마저 내게 짧아 보이는구려.[516]

19   너무 친해 내 고삐를 늦추면,

        친구로서 나를 용서하고, 이제

        친구로서 나와 얘기하고 내게 말해 주시오.[517]

22   그대의 노력으로 그렇게 덕으로

        가득한 그대의 가슴속에

        탐욕이 어떻게 자리를 찾을 수 있었소?”

25   이 말들에 조금 미소 지은 다음

        스타티우스가 대답했다. “내게 그대의

        말 한마디 한마디가 사랑의 소중한 징표요.

---

515 도덕심을 상기시키던 로마 시인 데키무스 유니우스 유베날리스가
     (Decimus Junius Juvenalis, 약 47-130) “풍자 7”에서 찬미하는 동시대
     시인 스타티우스의 생애와 미덕.

516 지상낙원까지 올라가는 동안만 함께 있을 수 있기 때문이다.

517 친근히 말하는 친구를 용서하는 친구처럼 스타티우스가 베르길리우스에
     게 이제 말하기를 바란다.

28   진정, 참된 이유들이 숨어 있기에,
        매번 드러나는 것들이
        거짓된 의심을 하게 하오.

31   아마 내가 들어 있던 둘레 때문에,
        다른 세상에서 내가 탐욕스러웠을 것이라고
        믿는 그대를 질문에서 내가 확인하오.

34   탐욕은 내게서 너무 멀리 있어서,
        부절제를 수천의 뜨고 지는
        달들이 벌하였소.[518]

37   인간의 본성을 염려하는 듯,
        '황금을 향한 신성한 허기여, 필멸자들의
        식욕을 왜 다스리지 않느냐?' 라고

40   그대가 소리치는 그 대목을 알아들었을 때,
        내 근심을 바로잡지 않았었더라면, 돌면서[519]

---

518 탐진의 죄로 오백년 남짓 (연옥 21.67) 즉 육천 달 남짓 벌받았다.

519 "황금의 흉악한 허기여, 필멸의 마음을 어디로 돌리지 못하겠느냐?(quid
     non mortalia pectora cogis, auri sacra fames?)"(베르길리우스, 《아이네
     이스》 3.56-57). 베르길리우스가 부정적으로 사용한 "흉악한 (sacra)" 허
     기를 스타티우스가 긍정적으로 곡해한 "신성한(sacra)" 허기는 아리스토
     텔레스의 중용과 절제의 허기로 이해된다.

비참한 비명 소리들을 듣고 있을 것이오.[520]

43   그때 손이 너무 크게
        낭비할 수 있다는 것을 깨닫고,
        그 죄와 다른 죄들을 뉘우쳤소.

46   살 때도 죽을 때도 얼마나 많은 자들이
        무지로 이 죄를 깨닫지 못해서,
        벗겨진 머리로 다시 깨어날 것인가![521]

49   어떤 죄에 정반대로 쪼아대는
        새파란[522] 잘못이 여기서 똑같이
        시들어 버리는 것을 알아 두시오.[523]

52   탐욕 때문에 통곡하는 자들 틈에서,
        대조되는 죄를 씻기 위해,
        내가 있었던 것이오.”

---

520 지옥에서 탕진의 죄를 벌받고 있을 것이오.

521 지옥에서 탕진으로 벌받는 자들은 최후의 심판에 “머리털이 잘려”(지옥
     7.56) 부활한다.

522 혈기 왕성한.

523 정반대로 절제를 잃고 죄를 짓는 혈기 왕성한 탐욕과 탕진이 함께 벌을
     받고 시들어 버린다.

55   "이오카스테의 이중의 비애의
        잔인한 전쟁을 그대가 읊었을 때,"524
        전원 시인이 말했다.525

58   "클레이오가526 그대와 그것을 다루었지,
        선행으로는 부족한 신앙이527 아직
        그대를 믿게한 것 같지 않았소.

61   그렇다면 어떤 햇빛이나 어떤 촛불들이528
        그대를 밝혀, 그 뒤로 고기잡이529 뒤로
        그대의 돛을 펴게 되었소?"530

64   그리고 그가 그에게 말했다. "그대가 처음 나를
        파르나소스 산 동굴 속에서 마시도록 보내 주었고,
        하느님 곁에서 처음 나를 밝혀 주었소.

----

524 테베의 왕좌를 두고 두 아들들이 벌인 전쟁으로 이중으로 괴로워하던 어
     머니 이오카스테를 묘사한 스타티우스의 서사시 《테바이스》.

525 《전원시(Eclogae)》의 저자 베르길리우스.

526 역사의 뮤즈.

527 하느님의 은총 없이 인간 스스로의 선행만으로는 부족한 그리스도교.

528 신의 은총이나 사람의 가르침.

529 "예수께서 그들에게 '나를 따라 오너라. 내가 너희를 사람 낚는 어부로
     만들겠다'"(마태복음 4.19).

530 사도들 뒤를 따르는 그리스도교인.

67   밤에 등불을 뒤에 들고 자신이 아니라

        뒤에 오는 사람들을 일깨우는 이와 같이

        그대가 가며 말했소.

70   '새로운 세상이 온다.

        정의와 인류의 첫 시대가 돌아온다.

        새로운 자손이 하늘에서 내려온다.'[531]

73   그대 때문에 나는 시인이었고 그리스도인이었소.

        그대가 내가 그려내는 것을 더 잘 보도록,

        내 손을 들어 색칠해 보겠소.

76   영원한 왕국의 사신들이[532] 심은

        진실한 믿음으로 세상은 벌써

        완전 만삭이었고,

---

531 "위대한 세기가 우주의 질서에서 태어난다. 동정녀가 돌아오고 황금시대
     가 돌아와 지고한 하늘에서 새로운 세대가 보내진다 (magnus ab integro
     saeclorum nascitur ordo. iam redit et Virgo, redeunt Saturnia regna; iam
     nova progenies caelo demittitur alto)" (베르길리우스, 《전원시》 4.5-7).
     베르길리우스가 그리스도의 탄생을 예언한 것으로 중세에 해석된 구절
     을 읽고 스타티우스가 그리스도교인이 되었다고 말한다. 고대 로마 시
     인에 대한 중세인 단테의 해석이다.

532 사도들.

79   위에서 언급한 그대의 말이
        내가 방문한 새로운 설교사들과
        화음을 이루었소.

82   그리고 내게 너무나 신성한 모습으로
        다가온 그들을 도미티아누스가 박해할 때,[533]
        내가 그들과 함께 눈물을 흘렸고,

85   저 세상에서 살아 있는 한, 내가
        그들을 도왔고, 그들의 올바른 방식들 때문에
        다른 모든 종파들을 내가 경시했소.

88   시를 쓰며 테베의 강물들로 그리스인들을
        내가 이끌기 전에 세례를 받았으나,[534]
        무서워서 숨었던 그리스도인으로

91   오랫동안 이교도 행세를 했소.
        이 미적지근함이 네 번째 둘레를[535]
        네 세기를 넘게 나를 돌게 했소.

---

533 네로 다음으로 그리스도교를 가장 박해한 로마 황제 티투스 플라비우스
     도미티아누스 (Titus Flavius Domitianus, 재위: 81-96).
534 《테바이스》 9권에서 테베의 강물들에 이르는 그리스인들을 쓰기 전에,
     즉 《테바이스》의 집필을 마치기 전에 스타티우스는 그리스도인이 되었다.
535 나태의 죄를 벌하는 둘레.

94   내가 말하는 이렇게 좋은 것을[536]

        숨기던 덮개를 들어 올린 그대여 ,

        우리가 올라갈 길이 남아 있는 동안,

97   우리 옛적 테렌티우스,[537] 카이킬리우스,[538]

        플라우투스,[539] 바로가[540] 어디에 있는지,

        벌을 받고 있는지, 어떤 길목에서인지 말해 주시오.”

100   “그들과 페르시우스와[541] 나와 다른 많은 이들이,”

        내 길잡이가 대답했다. “뮤즈들이 다른 누구보다

        더 젖을 먹인 그 그리스인과[542] 같이,

536   진정한 믿음.

537   로마 희극 작가 푸블리우스 테렌티우스 아페르(Publius Terentius Afer,
      기원전 약 195/185-159).

538   로마 희극 작가 카이킬리우스 스타티우스(Caecilius Statius, 기원전 약
      220-166).

539   로마 희극 작가 티투스 마키우스 플라우투스(Titus Maccius Plautus, 기
      원전 약 254 — 184).

540   베르길리우스의 친구이자 시인이었던 루키우스 바리우스 루푸스(Lucius
      Varius Rufus, 기원전 약 74-14).

541   로마 시인 아울루스 페르시우스 플라쿠스(Aulus Persius Flaccus, 34-62).

542   호메로스.

103   깜깜한 감옥의 첫째 둘레 속에서,[543]
       우리의 유모들이 상주하는 산에[544] 대해
       우리가 자주 이야기를 나누오.

106   에우리피데스, 안티폰, 시모니데스, 아가톤,[545]
       그리고 월계관으로 이마를 장식한 다른 더 많은
       그리스인들이 우리와 거기에 같이 있소.

109   그대의 사람들 중, 안티고네, 데이필레,
       아르게이아, 그리고 아직도 슬픈 이스메네를
       거기서 본다오.

112   랑기아 샘을 보여준 그녀를 거기서 본다오.[546]
       테이레시아스의 딸과[547] 테티스를, 그리고
       데이다메이아를 그녀의 자매들과 함께."[548]

543   림보.

544   파르나소스 산.

545   그리스 비극 작가들.

546   스타티우스의 서사시 《테바이스》에 등장하는 비극적인 다섯 여인들.

547   지옥 넷째 악구덩이에서 점쟁이로 벌받는 "테이레시아스(Tiresia)"의 딸
      만토가 아니라 (지옥 20.42, 56 참조), "네레우스(Nereo)"의 딸 테티스를
      가리키는 필사본의 오류로 간주된다.

548   스타티우스가 미완성한 《아킬레이스》에 등장하는 아킬레우스의 어머니
      테티스와 연인 데이다메이아.

115   계단들과 벽들에서 나와,
        다시 주변에 주의를 기울이며,
        두 시인이 이제 조용했다.

118   해의 네 시녀들이 벌써 뒤로 쳐졌고,
        수렛대의 다섯째 시녀가
        타오르는 불길을 위로 치켜 들 때,[549]

121   내 길잡이가 말했다. "산을 돌면서 하던 대로,
        오른쪽 어깨를 밖으로 돌려야[550]
        한다고 내가 믿는다."

124   그렇게 습관이 하던 대로 우리가 따라갔고,
        고귀한 영혼이[551] 함께하는 길을
        조금의 의심도 없이 우리가 택했다.

127   그들이 앞에 가며 이야기하는 것을
        혼자 뒤에 가며 들으면서,
        시 쓰는 것을 내가 깨쳤다.

---

549 처음 네 시간이 지난 다섯 번째 시간으로 정오가 가까워지는 오전 10시
     와 11시 사이.
550 산을 오른쪽으로 돈다.
551 하늘로 가게 되어 있는 스타티우스.

130 하지만 달콤한 이야기들이 이내 끊어졌다.
     길 한복판에서 만난 나무 한 그루 때문이었다.
     과일들이 은은하고 좋은 향기를 풍겼다.

133 전나무가 가지에서 가지로 높아지듯,
     그렇게 낮아질수록 그것이 좁아진다.
     사람이 오르지 못하도록 그런 것 같다.

136 우리의 길이 막힌 쪽의
     높은 암벽에서 맑은 물이 떨어지더니
     저 위 잎들 사이로 퍼지고 있었다.

139 두 시인들이 나무에 다가가자,
     한 목소리가 잎새들 사이에서 외쳤다.
     "너희에게 이 음식이 부족하게 될 것이다."

142 그리고 말했다. "마리아는 자신의 입보다
     명예롭고 부족함이 없는 혼례를 염려하였다,
     이제 너희를 위해 응답한다.[552]

---

552 혼인잔치에서 물을 포도주로 바꾸도록 요청한 마리아가 이제 우리를 위
     해 예수께 요청하신다.

145   고대 로마 여인들은 마실 것으로는
         물로 만족했고,[553] 다니엘은
         음식을 멀리하고 지식을 얻었다.[554]

148   황금처럼 아름다웠던 첫 세기는,
         배고픔이 도토리를 맛있게 했고,
         목마름이 냇물을 달게 만들었다.

151   복음이 너희에게 열려있는 한
         가장 영광스럽고 위대한[555]
         세례자는 사막에서

154   꿀과 메뚜기를 먹으며 연명했다."[556]

---

553 포도주를 멀리하고 물로 만족했다.

554 " …야채와 물만 먹게 해주십시오… 하느님의 도우심으로 글공부를 잘
    해서 전문지식을 갖추게 되었다"(다니엘 1.12-17).

555 "일찌기 여자의 몸에서 태어난 사람 중에 세례자 요한보다 더 큰 인물
    은 없었다"(마태복음 11.11).

556 "요한은 낙타 털옷을 입고 허리에 가죽띠를 두르고 메뚜기와 들꿀을 먹
    으며 살았다"(마태복음 3.4).

연옥 23곡

1   새들을 뒤쫓으며 자신의 삶을 허비해버리는
    사람처럼[557] 내가 푸른 잎들 사이로
    눈들을 고정시키고 있을 때,

4   아버지보다 더하신 분이[558] 내게 말했다.
    "아들아, 이제 오너라. 주어진 시간을
    더 쓸모있게 쪼개서 써야한다."

7   현인들을 뒤쫓아 바로 내 얼굴과 걸음을 돌렸다.
    그들이 나누는 말들이 내가 걸어가는데
    아무런 애도 쓰지 않게 만들었다.

10   '내 입술들을, 주여'를 들었다.[559]
    그렇게 울며 노래하면서
    기쁨과 고통을 함께 자아내었다.

---

557 사냥꾼처럼.

558 베르길리우스.

559 "나의 주여, 내 입술을 열어 주소서. 이 입으로 주를 찬양하리이다"(시편
     51.15).

13   "아, 다정하신 아버지, 제가 듣는 것은 무엇입니까?"
        내가 묻기 시작하자 그가 대답했다. "아마도 의무의
        매듭을 풀며 가는 그림자들인 듯하다."

16   생각에 사무친 순례자들이
        길에서 낯선 사람들과 부딪힌 후
        쳐다보고 멈추지 않는 것처럼,

19   침묵하고 헌신하는 영혼들이 뒤에서 함께
        우리보다 더 빨리 움직여서 오더니
        우리를 놀라 쳐다보며 지나갔다.

22   그들의 어두운 눈들이 창백한 얼굴 속에
        움푹 들어가 있었고, 너무나도 말라
        살가죽이 뼈에 붙어 있었다.

25   에리식톤이 가장 굶주림에 질렸을 때도,[560]
        그렇게 뼈에 가죽만 남아
        말라 비틀어지진 않았을 것이다.

28   나 혼자 생각하며 말했다.
        '마리아가 아들을 부리로 쪼아댔을 때,

---

560 케레스의 신성한 나무를 자른 후, 자신의 몸을 잘라 배를 채울 때까지 허
     기에 지는 벌을 받은 에리식톤 (오비디우스,《변신》 8.739-878).

예루살렘을 잃었던 사람들을 보아라!'561

31   눈구멍이 보석 빠진 반지같이 보였다.
        사람의 얼굴에서 '사람'562을 읽는 사람은
        여기서 그 글자를 잘 알아 보았을 것이다.563

34   사과와 물의 향기가 식욕을 북돋으며,
        그렇게 고갈시켰다는 것을, 이유를 알지 못한다면,
        누가 믿었을 것인가?

37   기아로 야위고 살껍질이 비늘처럼
        비참하게 벗겨지는 이유를 아직 알지 못하여
        내가 벌써부터 놀라 쳐다보고 있었을 때,

40   머릿속 깊은 곳에서 한 그림자가
        내게 돌린 눈을 고정시키고 바라보다
        크게 소리쳤다. "이게 내게 무슨 은총인가?"

---

561 티투스가 이끌던 로마군대에 포위되어 기아에 허덕이던 예루살렘의 한
     마리아라 불리던 어머니가 자식을 잡아먹었다고 한다.

562 'omo': 이탈리아어로 '사람'이다.

563 코를 가운데 두고 양쪽 두 눈들을 싸는 글자 m과 양쪽 두 눈들에서 글자
     o들을 읽을 수 있었을 것이다.

43   얼굴로는 절대 알아보지 못했을 것이다.
        얼굴 속에서 지워진 것이 그래도
        목소리 속에서는 확연했다.

46   그 불꽃이 내 기억을 다시 불지피니,
        변한 입술에서 포레제의
        얼굴을 내가 다시 보았다.

49   그가 청했다. "내 피부를
        변색시키는 마른 딱지도,
        빠진 내 살도 개의치 마시오.

52   그대의 진실을 내게 말해 주시오.
        그대를 안내하는 두 영혼이 누구인지도
        내게 머뭇거리지 말고 말해 주시오."

55   "그대가 죽었을 때 내 눈물이 적신
        그대의 얼굴이 상한 것을 보니, 지금 나를
        울게 하는 아픔이 더 적지 않소." 내가 대답했다.

58   "하느님의 이름으로, 무엇이 그대에게 그런 상처를
        주는지 내게 말해 주시오. 내가 놀란 동안 말하게
        하지 마시오. 다른 소망에 사로잡힌 사람은 말을 못하니."

61   그러자 그가 내게, "영원한 뜻에서부터 힘이
        저 뒤에 남은 물과 나무에 떨어져
        이렇게 나를 여위게 하오.

64   울면서 노래 부르는 이 모든 사람들이
        목구멍을[564] 지나치게 따랐기 때문에,
        여기서 배고픔과 목마름을 겪으며 다시 신성해지오.

67   사과와 푸른 잎들 사이로 퍼지는
        물살에서 나오는 향기가
        마시고 먹고 싶은 욕구를 불지르오.

70   단 한 번이 아니라, 이 장소를
        돌며, 우리의 고달픔을 되풀이 하오.
        고달픔이라 말하지만 위로라고 해야 하오.

73   우리를 나무들로 이끄는 욕구가
        그리스도께서 기꺼이 '하느님'을 외치도록 이끌어
        당신의 핏줄로 우리를 자유롭게 하셨기 때문이오."[565]

---

564 식욕.

565 인간의 속죄를 위해 자유의지로 십자가에서 고통당하신 그리스도처럼,
     연옥의 영혼들도 자신의 속죄를 위해 자유의지로 고통을 택한다.

76   그리고 내가 그에게, "포레제여, 그대가
        더 나은 삶으로[566] 세상에서 떠난 그날부터
        이제까지 다섯 해가 채 되지 않았소.[567]

79   하느님께 우리가 되돌아가는 선한 슬픔의
        시간이 찾아오기 전에, 죄를 더 짓던 그대의
        기력이 끝나버렸는데도,[568]

82   어떻게 그대가 이 위로 이미 와 있소?
        시간이 시간을 다시 보충하는[569] 저 아래에서
        그대를 찾을 것이라 내가 믿었소."

85   그러자 그가 내게, "내 넬라가 하염없이
        흘린 눈물이 나를 데려와 수난으로
        달콤한 쑥을 이렇게 일찍 마시도록 했소.[570]

88   그녀의 경건한 기도들과 탄식들이
        기다리고 있던 산기슭에서 나를 꺼내,

---

566 영원한 삶.

567 단테의 고향 친구 포레제 도나티(Forese Donati)는 1296년 피렌체에서
     죽었다.

568 죄지을 기력을 잃을 때까지 참회를 미루었는데도.

569 죄지은 시간만큼 채우며 벌을 받는.

570 과부가 된 포레제의 부인이 드린 기도로 벌써 이곳에 올라와 있다.

다른 둘레들에서 나를 해방시켰소.

91   내가 그토록 사랑했던 내 과부가

        선행하여 더 외로울수록,

        하느님께 더 소중하고 애중하오.

94   그녀를 내가 두고 온 바르바자에서보다

        사르덴냐의 바르바자에서

        여인들이 더 겸손하기 때문이오.[571]

97   아, 정다운 형제여, 내가 무슨 말을 하길 바라오?

        지금이 아주 옛날이 아닐

        미래의 시간이 이미 내 시야에 있소.

100   그때 피렌체의 파렴치한 아낙네들이

        가슴의 젖을 내놓고 다니는 것을

        설교단에서 금지시킬 것이오.

103   사라센이나[572] 그 어떤 야만인 여자들을

        가리고 다니게 하기 위해

        정신적인 징계나 다른 징계들이 필요했었겠소?

---

571 음탕하기로 유명한 사르덴냐 바르바자 여인들을 피렌체의 여인들이 능
     가하기 때문이오.
572 난잡한 정사(情事)를 일삼는 것으로 알려졌다.

106   그 뻔뻔한 부인네들이 자기네들을 위해
       빠른 하늘이 준비하고 있는 것을 확인했었다면,
       벌써 비명을 지르려고 입을 벌렸을 것이오.

109   여기서 선견이 나를 속이지 않는다면,
       지금 자장가로 위로받는 아이의 턱에 수염이
       나기 전에 그녀들이 슬퍼할 것이기 때문이오.

112   어서, 형제여, 이제 더 이상 그대를 감추지 마시오!
       나뿐만이 아니라 여기 모든 사람들이
       해가 가려진 곳을 놀라 쳐다보는 것을 보시오.”

115   그래서 내가 그에게 대답했다. “그대가 나와 그리고
       내가 그대와 어떠했는지 그대가 돌아보면,[573]
       지금 기억하는 것마저도 아직 무거울 것이오.”[574]

118   그저께[575] 그의[576] 누이가[577] 둥글게 떴을 때,
       내 앞에 가는 그분이 나를
       그런 삶에서부터 돌아서게 하셨소.”

---

573 모욕을 장난삼아 시(tenzone)에 담아 주고 받던 젊은 시절.
574 죄와 죄책감으로 힘들 것이오.
575 5일 전.
576 아폴로.
577 디아나.

121   해를 내가 가리켰다. "그를 따르는
       이 진짜 몸인 나를 진짜 죽은 자들의
       깊은 밤 속으로 그가 이끌었소.

124   그곳에서부터 나를 달래주며 위로,
       세상에서 비틀어진 그대들을 바로 잡아주는
       산을 오르고 돌며 꺼내주었소.

127   베아트리체가 있는 곳, 그가 없이
       내가 남아 있어야 하는 곳까지
       나를 동반한다고 그가 말하오.

130   베르길리우스가 내게 그렇게 말한다오."
       그를 내가 가리켰다. "앞서 그대들 왕국의
       온 산비탈들이 흔들리며 풀어준

133   그림자가 바로 이 다른 분이오."[578]

---

578 스타티우스.

연옥 24곡

1   말이 발걸음을, 발걸음이 말을 늦추지
       않으니, 순풍에 밀려가는 배처럼,
       말하며 거침없이 걸어가고 있었다.

4   다시 한번 죽은 듯이[579] 보였던 영혼들이,
       내가 살아 있는 것을 알아차린 눈구멍들을 통해,
       나에 대한 놀라움에 사로잡혀 있었다.

7   내가 하던 말을 이어가며 말했다.
       "그 그림자가[580] 다른 분[581] 때문에 아마
       뜻하지 않게 더 늦게 위로 가고 있소.

10   그런데, 피카르다가 있는 곳을 안다면 말해 주시오.
       나를 바라보는 이 사람들 중에서
       내가 주목해야 할 사람이 있다면 말해 보시오."

---

579   두 번 죽은 듯 비참해 보이는 영혼들.

580   스타티우스.

581   베르길리우스.

13   "더할 나위 없이 아름다웠고 선했던
       내 누이는 높은 올림포스에[582] 개선하여
       이미 왕관을 쓰고 기뻐하고 있소."[583]

16   그렇게 먼저 말한 다음, "단식으로
       이렇게 수척한 우리의 모습 때문에,
       이곳에서 각자 명명하는 것이 금지되어 있지 않소."

19   그리고 그가 손가락으로 가리켰다.
       "이 사람이 보나준타 다 루카이고,[584]
       다른 얼굴들보다 더 찌든 얼굴의

22   저 사람은 거룩한 교회를 품에 안고 있었소.
       투르 출신으로, 볼세나의 뱀장어들과
       베르나차 포도주를 단식으로 씻어 내고 있소."[585]

---

582 그리스 신들이 사는 산.

583 청화천에서 축복받고 있는 피카르다 도나티는 천국에서 단테가 처음 만
     나게 될 영혼이다 (천국 3 참조).

584 토스카나 시인 보나준타 오르비차니 다 루카 (Bonagiunta Orbicciani da
     Lucca, 약 1220-1290).

585 비테르보 주변에 있는 볼세나 호수에서 잡은 뱀장어를 산 채로 베르나차
     포도주에 넣어 익사시킨 후 구워먹었다는 프랑스 출신 교황 마르티누스
     4세 (재위: 1281-1285).

25   하나하나 많은 사람들을 지명했고,

        모두가 지명되어 만족한 듯하여,[586]

        하나도 어두운 기색을 내게 보이지 않았다.

28   지팡이로[587] 많은 사람들을 먹였던

        보니파치오와[588] 우발디노 델라 필라가[589]

        허기로 허공을 씹는 것을 내가 보았다.

31   갈증이 덜하여도[590] 포를리에서 이미

        마음껏 마시고도 결코 충족되지 않았던

        후작님을 내가 보았다.[591]

34   살펴보다가 한 사람을 다른 사람보다

        더 총애하는 사람처럼, 나는 나한테서

        더 충족되고 싶어 보인 루카 사람에게 주목했다.

---

586 지상에 알려져 기도 속에서 기억되기를 바라기 때문이다.

587   대주교 지팡이.

588 라벤나의 대주교 보니파치오 데이 피에스키 (Bonifazio dei Fieschi, 재위:
     1274-94).

589 지옥에 있는 대주교 루지에리의 (지옥 33.1-36) 아버지 우발딘 달라 필
     라 (Ubaldin da la Pila).

590 연옥에서보다 덜한.

591 과음으로 잘 알려졌던 포를리의 후작 (Marchese degli Argugliosi).

37   그들을 가차없이 황폐하게 만드는 정의의 고통을
      가장 절실히 느끼며 그가 중얼대는 소리에서
      "젠투카"를 내가 들었는지 모르겠다.

40   내가 말했다. "나와 말하고 싶어 보이는
      영혼이여, 나를 이해시켜, 그대의 말로
      그대와 나를 충족시켜 주시오."

43   그가 말을 시작했다. "태어나 아직 머리를 틀지 않은
      여인이 사람들이 싫어하는 내 도시를
      그대가 좋아하도록 만들 것이오.[592]

46   이 예언을 염두에 두고 그대는 가시오.
      내 중얼거림 속에 오해가 있었다면,
      사실들이 그대를 더욱더 밝힐 것이오.

49   '사랑의 지성을 지닌 여인들'이라고
      시작하며 새로운 시를[593] 써낸 사람을
      여기서 내가 보고 있는지 말해 보시오."

52   그러자 내가 그에게, "사랑이 내게 불어 넣으면,

---

592 아직 어린 젠투카(Gentucca)라는 루카 여인이 후에 망명길에 오른 단테
     에게 선의를 베풀 것이다.
593 〈새로운 삶〉에서 지성을 찬양하던 단테의 시.

받아서, 안에서 불러주는 대로

적어가는 사람이 나입니다.”[594]

55   “아, 형제여,” 그가 말했다. “내가 듣는

감미롭고 새로운 문체로부터 여기에 공증인과[595]

구이토네와 나를 얽어맨 매듭을 이제 내가 보오![596]

58   그대들의 붓들이 어떻게

불러주는 대로 바로 따라가는지

내가 잘 보오. 우리는 전혀 그렇지 않았소.

61   그 이상 가보면 더 이상

하나의 문체와 다른 문체가 달리 보이지 않소.”[597]

그리고 충족된 듯 그가 침묵했다.

64   나일강을 따라 겨울을 나는 새들이,

때가 되면 공기 중에 떼를 만들어서,

더 빨리 줄을 지어 날아가듯이,

---

594   성령의 서기와 같은 그리스도교 시인.

595   프리드리히 2세 (재위: 1220-1250) 궁정의 공증인이었던 시칠리아 학
       파의 시인 야코포 다 렌티니 (Jacopo da Lentini).

596   성령과는 다른 사랑에 사로잡혀 노래하던 “감미롭고 새로운 문체 (dolce
       stil novo)”의 결점을 이제 본다.

597   성령에 충실한 점 외에 다른 것에서 서로 다르지 않았다.

67   거기 있던 모든 사람들이 얼굴을 돌리고는,
      여위어서 그리고 의지로 날렵하게
      그들의 발길을 재촉했다.

70   또 뛰다가 지친 사람이
      같이 가던 사람들을 보내고 나서,
      숨찬 가슴이 풀릴 때까지 걸어가듯이,

73   거룩한 양떼를 지나가게 한
      포레제가 뒤에서 나와 함께 가며
      말했다. "언제 그대를 다시 보게되겠소?"

76   "얼마나 오래 살지 내가 모르오." 내가 그에게 답했다.
      "하지만 아무리 일찍 내가 돌아와도,
      내 소원이 먼저 강둑에 와 있을 것이오.[598]

79   내가 살도록 정해진 곳이[599]
      나날이 더 좋은 살점을 빼앗기고,
      슬프게 사라질 것이기 때문이오."

82   그가 말했다. "죄가 가장 큰 자가

---

598 단테가 영원한 곳으로 돌아오고자 하는 소원만큼 빨리 올 수는 없을 것
     이다.
599 피렌체.

절대 사죄받지 못하는 계곡 속으로[600]
짐승 뒤에 끌려가는 것을 내가 보오.[601]

85   점점 더 계속해서 빨리 달리는 짐승이
결국 그를 쳐내고, 시체를
흉측하게 썩게 내버려 두오.

88   내 말이 더 이상 밝힐 수 없는 것이
그대에게 분명해질 때까지," 눈을
하늘로 향하며, "돌릴 바퀴들이 많이 없소.[602]

91   이제 그대는 남으시오. 그대와 나란히
가는 것은 내게 너무 큰 손실이오.
이 왕국에서는 시간이 소중하오."

94   때때로 말탄 병사들 사이에서
빠져나와 질주하는 기사가,
첫 공격의 영예를 위해 가듯이,

---

600 영원히 벌받는 지옥 속으로.

601 포레제 도나티의 형제이며 단테를 추방시킨 흑색당의 수장이었던 코르
소 도나티(Corso Donati, 약 1250- 1308)는 말에서 떨어져 말에 묶인채
끌려가다 죽었다고 전해진다.

602 코르소 도나티는 1308년에 죽는다.

97   큰 발걸음으로 그가 우리를 떠났고,
         나는 세상의 위대한 두 장군들과
         함께 길에 남았다.

100   우리 앞에서 전진하는 그를
         내 눈이 따라가면서,
         내 마음이 그가 한 말들을 쫓아가고 있을 때,

103   또 다른 나무에 주렁주렁 달리고
         생생한 가지들이 그때 내게 나타나,
         멀지 않게 와 있던 내가 그쪽으로 고개를 돌렸다.

106   손들을 들어 올리며 잎새들을 향해 뭐라고
         소리치는 사람들을 그 아래에서 내가 보았다.
         소용없이 떼를 쓰는 어린애들 같았다.

109   막상 애원하는 것은 대답이 없고,
         더 절실히 애원시키기 위해,
         더 높이 들어 올리고 숨기지 않는 것과 같았다.

112   그러고 나서 납득한 듯 그들이 떠나가자,
         그 많은 기도들과 눈물들을 외면하는
         그 큰 나무 곁으로 우리가 다가갔다.

115   "가까이 오지말고 지나가시오.

　　　이브가 깨물었던 나무는 더 위에[603] 있소.

　　　그 나무에서 이 나무가 자라 나왔소."

118   그렇게 나뭇가지 사이에서 누군가 말해서,

　　　베르길리우스와 스타티우스와 나는 서로 붙어서

　　　높은 벽쪽에 붙어서 넘어 지나갔다.

121   누가 말했다. "구름 속에서 만들어졌고,

　　　술에 취해 두 개의 가슴으로 테세우스와

　　　싸웠던 사악한 자들을 기억하시오.[604]

124   미디안을 향해 언덕을 내려갈 때,

　　　기드온이 함께 데려가지 않으려 했던,

　　　마실 때 나약했던 헤브라이인들을 기억하시오."[605]

---

603 지상 천국.

604 구름 모습을 한 유노와 라피테스의 왕 익시온 사이에서 태어난 켄타우로
　　스들이 페이리토오스의 혼인잔치에서 술에 취해 여인들을 겁탈하려 하
　　자 테제우스에 의해 제압되었다 (오비디우스,《변신》 12.210-535).

605 무릎을 꿇지않고 물을 마신 삼백 명만으로 미디안을 섬멸한 기드온(판
　　관기 7).

127   비참한 처벌들이 벌써 따르는
        목구멍의 죄들을 들으며, 우리는 그렇게
        두 가장자리들의[606] 하나를 따라갔다.

130   그리고 홀로된 길에서 뚝 떨어져,
        각자 홀로 말없이 생각에 빠져,
        천 보를 넘게 걸어갔다.

133   "셋이 혼자서 무슨 생각에 잠겨 가는가?"
        라는 갑작스런 목소리가, 안주하던 짐승을
        놀래키는 것처럼, 나를 떨쳐 흔들었다.

136   누구인지 보려고 머리를 바로 들어 올렸다.
        그렇게 벌겋게 빛나는 유리나 쇳덩어리를
        도가니 속에서 아직 한 번도 본 적이 없었다.

139   내가 보자 말했다. "위로 올라가길 원하면,
        여기에서 돌아야 한다. 평화를 위해 가려면,
        여기에서 가야한다."

142   그 모습이 내 시야를 앗아가서,[607]
        듣고 따라가는 사람처럼,

---

606 둘레의 두 가장자리들.
607 눈이 부셔서.

내 스승들을 따라 내가 돌았다.

145   새벽을 알리는 오월의
       산들바람이 풀냄새와 꽃향기를
       가득 싣고 불듯이,

148   이마 한가운데를 스치는 바람을
       내가 느꼈다. 그리고 암브로시아의 미풍을
       느끼게 하는 깃털의 움직임을 느꼈다.

151   그리고 들었다. "가슴속이 지나치게
       입맛에 연연하는 욕심의 연기로 가득하지 않고,
       항상 적당하게 정당한 것에 굶주리는

154   축복된 사람들은 은총으로 가득히 빛난다."

연옥 25곡 목차 (정욱)

1-9: 한낮에 좁은 길을 줄서서 가는 순례자들
10-21: 없는 몸이 마를 수 있는지 묻는 단테
22-30: 베르길리우스가 스타티우스에게 대답을 청한다.
31-60: 아버지의 힘이 질료와 결부되어 사지를 형성한다.
61-78: 하느님이 이성을 사람에게 불어넣는다.
79-108: 육신에서 풀려난 신적 (이성) 인간적 (동물적 식물적)
영혼의 힘이 각인되어 있는 그림자
109-139: 불에 타며 비는 영혼들

연옥 25곡

1 해는 자오선에서 황소자리로
   밤은 전갈자리로 떠나서, 오르는데
   방해될 것이 없는 시각이었다.[608]

4 그래서 뭐가 나타나도 머물지 않으며,
   필요의 자극에 재촉되어
   자기 길을 가는 사람처럼,

7 좁은 길을 우리가 들어섰다.
   좁아서 한 사람이 다른 사람 앞으로
   줄을 서서 계단을 타고 올라갔다.

10 황새 새끼가 날고 싶어 날개를 드나,
   둥지를 떠날 만큼 단호하지 못해,
   아래로 날개를 접는 것처럼,

13 준비하다가 말할 때가 오자,
   질문하고 싶어 불타던
   내가 꺼져 버렸다.

---

608 오후 2시.

16   다정한 내 아버지가, 빠른 걸음에도 불구하고,
        멈추지 않고 말했다. "화살촉까지 당긴
        말(言)의 활시위를 놓아라."

19   그래서 내가 자신있게 입을 열고
        말을 시작했다. "먹을 필요가 없는 곳에서
        어떻게 몸이 마를 수 있습니까?"

22   "멜레아그로스가 나무 한 토막이
        다 타자 죽었던 것을 생각해 보면,"[609]
        그가 말했다. "그렇게 어렵지 않을 것이다.

25   너희가 움직이는 대로 따라 움직이는
        거울 속의 모습을 생각해 보면,[610] 네게
        힘들어 보이는 것이 쉽게 보일 것이다.

28   그러나 네 안의 염원을 가라앉히기 위해,
        스타티우스를 내가 부르니, 이제 네 상처를
        치료하도록 그에게 청해 본다."

---

609 멜레아그로스가 태어나자 화로 안의 나무토막이 다 탈 때까지만 살 것
     이라고 예언한 운명의 여신들의 말을 들은 어머니 알타이아가 나무토막
     을 화로에서 꺼내 숨겼으나, 아들이 어머니의 형제들을 죽이자 나무토
     막을 화로에 다시 집어넣어 멜레아그로스가 죽었다 (오비디우스,《변신》
     8.445-546). 외부에서 이미 정해진 운명을 말하고자 한다.

610 마음이 가는 대로 몸이 따라 움직인다는 말이다.

31   "영원한 시야를," 스타티우스가 대답했다.
        "당신이 있는 곳에서 내가 그 앞에 펼치니,
        당신을 거절하지 못하는 나를 용서하십시오."611

34   그리고는 시작했다. "내 말들을,
        아들아, 네 마음이 헤아려 듣고 새겨두면,
        네가 말한 의문에 빛을 발할 것이다.

37   식탁에서 덜어낸 음식처럼
        손에 닿지 않고, 목마른 핏줄들이
        마시지도 않는 온전한 피가,

40   인체의 모든 부분들을 형상하는 힘을
        심장 속에서 획득한다. 핏줄들로
        흘러나가 인체의 부분들이 되는 피처럼.

43   더 맑아진 피는, 말하는 것보다 하지 않는 것이
        더 좋은 그곳으로 내려가, 자연의 그릇 안의
        다른 피 위로 방울져 떨어진다.

---

611 베르길리우스 앞에서 감히 말하는 저는 스승님의 청을 거절할 수 없기
    때문일 뿐입니다.

46   거기서 하나와 다른 피가 함께 어울린다.
      하나는 받게 되어 있고, 다른 것은
      완벽하게 짜낸 곳을 통해 만들게 되어 있다.[612]

49   결부된 후, 먼저 응결 작동을
      시작한 후, 결합된 질료를
      생동하게 한다.

52   항구에 아직 닿지 않고 항해 중인,
      식물의 영혼이 된 후,
      능동적 힘이

55   완강히 작용하여, 해파리처럼,
      움직이고 감각하여, 씨의 잠재력을
      기관들에 심는다.

58   자연이 모든 부분들을 위해 의도하는,
      생산자의[613] 가슴속에서 나오는 힘이,
      아들아, 이제 펼쳐지고 뻗어나간다.

61   그러나 어떻게 동물이 말하게 되는지[614]

---

612 심장에서 획득한 형상하는 힘을 발휘하게 되어 있다.
613 아버지.
614 어떻게 이성적 동물이 생성되는지.

네가 아직 보지 못하고 있다. 너보다 더 훌륭했던
현인도 이미 헤맸던 점이니,

64   그가 가능적 지성을 수납하는 기관을
보지 않아, 자신의 가르침에서 그것을
영혼과 분리시켰다.[615]

67   와닿는 진리에 가슴을 열고
알아라. 태아의 뇌가
완성되자마자,

70   제일 원동자가[616] 그를 향해,
자연의 뛰어난 기술에 대해 기뻐하며,
새롭고 힘찬 정신을 불어넣는다.

73   그곳에서 찾은 능동적인 것을[617]
자신의 실체[618] 속으로 끌어당겨, 한 영혼이 되어,
살고 느끼고 자신을 자신 속에서 성찰한다.

---

615 아리스토텔레스의 중세 아랍 해석자 아베로에스(Averroes, 1126-1198)
는 지성을 담을 수 있는 몸의 기관을 발견할 수 없어 지성을 감각과 같
은 개인의 영혼으로부터 분리시켜 영혼의 불멸성을 부정하여 이단으로
간주되었다.

616 하느님.

617 아버지의 씨앗에서 온 식물적 동물적 영혼.

618 이성적 영혼.

76   내 말에 덜 놀라도록,

        포도 덩굴에서 짜낸 즙과 합해져,

        포도주가 되는 뜨거운 햇볕을 보아라.

79   락세시스가 더 이상 실이 없으면,

        영혼은 육신에서 풀려,

        인간과 신의 힘을 들고 떠난다.

82   다른 모든 잠재력들은 둔해지고,

        기억과 지성과 의지는 이전보다

        훨씬 더 예리한 현실이 된다.[619]

85   쉬지도 않고, 스스로 신비롭게도

        강변들 중 하나에[620] 떨어져,

        자신들의 길을 처음으로 알게 된다.

88   그 공간이 영혼을 둘러싸자마자,

        살아 있는 사지 속에서 그렇게 그리고

        그만큼 형상하는 힘이 영혼 주변으로 발한다.

91   빗방울로 가득찬 공기가,

        그 속에서 반사되는 햇살로,

619 이성의 세 가지 능력, 기억, 지성, 의지는 몸에서 풀려나와 더 왕성해진다.
620 죄인들의 아케론이나 구원된 이들의 테베레 강변.

가지각색으로 장식되듯이,[621]

94   강변 주변의 공기가
        당도한 영혼이 공기 속에 힘으로
        각인한 형상을 입는다.

97   불이 변하는 대로 불꽃이
        따라가듯이, 새로운 형상은
        영혼을 따라다닌다.

100   보이기 때문에 그림자라[622] 불린다.
        보는 것까지 모든 감각기관을
        보유하게 된다.

103   그래서 우리가 말하고 웃는다.
        그래서 네가 산에서 들었듯이
        우리가 울고 탄식한다.

106   우리가 시달리는 욕망들과
        다른 애착들에 따라, 그림자가 그려지니,
        이것이 네가 놀란 이유이다."

---

621 무지개가 생기듯이.
622 물질없는 형상.

109   이미 마지막 고비가[623] 우리에게 와 있었다.
       오른손 쪽으로 돌아선 우리가
       다른 염려에 주의를 기울이고 있었다.

112   저기 절벽이 밖으로 쏘아대는 불꽃이
       벼랑 끝에서 위로 불어오는 바람에
       사그라들다가도 다시 활활 타오른다.

115   그래서 열린 쪽으로 한 명씩 한 명씩
       우리가 가야했다. 여기서는 불에,
       저기서는 아래로 떨어질까 나는 두려웠다.

118   내 길잡이가 말했다. “이곳을 지나면서,
       조금도 실수가 없도록,
       눈에서 고삐를 늦추지 말아라.”

121   ‘지극히 자비로우신 하느님’을[624]
       거대한 열기의 가슴속에서 노래하는 것을
       들은 나는 그에 못지 않은 열정으로 돌아서서,

124   불꽃 속을 걷고 있는 영혼들을 보았다.
       그들과 내 걸음들을 바라보는 눈길을

---

623 마지막 단계.
624 정욕을 불태워 없애 주시기를 하느님께 비는 기도.

127   찬송가를 마치자
        '나는 남자를 모릅니다'를[625] 높게 소리친 후,
        찬송가를 낮게 다시 시작했다.

130   다시 마친 후 외쳤다. '숲에 숨은
        디아나는 베누스의 독을 맛본
        헬리케를 내쫓았네.'[626]

133   다시 노래로 돌아갔고, 다시
        덕과 혼인의 요구에 따라 순결했던
        부인들과 남편들을 높이 찬양했다.

136   불이 그들을 태우는 내내
        이 방식대로 그들이 지내리라 믿는다.
        그런 치료와 그런 음식으로[627]

139   마침내 상처가 아물어지기 마련이다.

---

625   "virum non cognosco"(누가복음 1.34). 잉태를 알리는 천사 가브리엘에
      게 한 마리아의 말을 라틴어로 영혼들이 외친다.
626   순결의 여신 디아나는 유피테르에 의해 유혹된 님프 헬리케를 숲에서 쫓
      아낸다(오비디우스,《변신》 2.401 이하 참조).
627   불에 타고 빌며.

연옥 26곡

1 벼랑 끝을 한 사람이 다른 사람 앞에 서서
우리가 걸어가고 있을 때, 내 좋은 선생님이
내게 거듭 말했다. "당부하건데, 조심하여라."

4 내 오른쪽 어깨 위로 내리치던
해가 파란 서쪽 하늘을 온통
하얗게 변하도록 비추고 있었다.[628]

7 그리고 내 그림자는 불꽃을 더 붉게 보이도록
했고, 그런 미미한 변화에 많은 그림자들이
걸어가며 신경을 쏟고 있는 것을 내가 보았다.

10 그들이 나에 대해 말하기 시작한 이유였다.
그들이 말하기 시작했다.
"공기로 만들어진 몸이 아닌 듯해."

13 불타지 않는 곳으로 나오지 않으려고
계속 주의하며, 할 수 있는 한,
몇몇이 내 쪽으로 향했다.

---

628 오후 4시경.

16   "아, 늦장을 부려서가 아니라, 아마도
     존경심에서, 다른 이들의 뒤를 따라가는
     그대여, 목마르고 애태우는 내게 답하시오.

19   그대의 대답은 나만이 아니라,
     인도인이나 에디오피아인보다 더
     찬물에 갈증 난 이 모든 이들에게 필요하오.

22   죽음의 그물 안으로 아직 들어오지
     않은 것처럼, 그대가 어떻게
     해를 가로막는지 우리에게 말해 주시오."

25   그렇게 그들 중 하나가 내게 말했고, 내게
     그때 새로이 나타난 다른 것에 신경쓰지
     않았더라면, 벌써 내가 명백히 밝혔을 것이다.

28   불타는 길 한복판으로
     이들을 마주보고 오고 있던 사람들을
     내가 멈칫하여 바라보고 있었다.

31   거기서 거침없이 짧은 만남을 반기며
     흔쾌히 양쪽의 모든 영혼들이
     하나씩 하나씩 입을 맞추는 것을 내가 본다.

34   그렇게 새까만 무리 속에서,

　　마치 서로의 길과 안부를 묻는 것처럼,

　　한 개미가 다른 개미의 주둥이를 문지른다.

37   정다운 인사를 마치자마자,

　　거기서 한 걸음을 떼기도 전에,

　　제각기 목이 쉬도록 목청껏 외친다.

40   새로운 사람들은 "소돔과 고모라"를[629]

　　다른 사람들은 "황소를 자신의 음욕으로 유혹하러

　　파시파에가 암소 안으로 들어간다."[630]

43   이 학 떼가 추위를 피해,

　　저 학 떼가 더위를 피해,

　　사막과 리페산으로[631] 각각 날아갔을 것처럼,

46   한 무리는 가고, 한 무리는 온다.

　　처음 노래들로 그리고 그들에게 더 잘 맞는

　　외침으로 울면서 돌아간다.

---

629 자연과 반대되는 사랑을 벌하는 하느님의 불에 탄 구약성서의 두 도시들
　　　(창세기 18-19).

630 크레타 미노스 왕의 부인이 다이달로스가 나무로 만든 암소 모양 안에서
　　　황소로부터 황소 반 사람 반의 미노타우로스를 잉태한다(지옥 12.13 참
　　　조). 동물적 정욕을 상징한다.

631 언제나 눈으로 덮힌 가장 북쪽에 있는 산으로 고대인들이 상정했다.

49   처음처럼, 내게 청하던 같은 사람들이
        내게 가까워지면서
        들으려고 노력하는 모습이었다.

52   그들의 간청을 두 번이나 알아본 내가
        말하기 시작했다. "언젠가 만끽할
        평화를 확신하는 영혼들이여,

55   미숙하지도 성숙하지도 않은 내 사지가[632]
        저기에 남아 있지 않소. 피와 살이
        여기에 나와 함께 있소.

58   여기 위로 올라가 더 이상 눈멀지 않으려고요.
        위에 있는 여인에게서 내가 은총을 얻어,
        그대들의 세상에 필멸의 몸으로 옵니다.

61   사랑이 가득하고 가장 광대히 펼쳐진
        하늘이[633] 그대들을 포용하여, 가장 커다란
        그대들의 소망이 속히 성사되길 바랍니다.

64   그대들이 누구이고, 그대들 등 뒤로 가는
        그 군중이 누구인지 내게 말해주면,

---

632 젊지도 늙지도 않은 내 몸.
633 청화천.

그것도 종이에 내가 옮기려 합니다.”

67   산골짜기에서 내려와 도시에 들어온
        시골 사람이, 말할 수 없이 깜짝 놀라,
        멍히 바라보고 있는 것과 다름 없이,

70   그런 표정을 그림자들이 지었다.
        그러나 놀라움이 가시자,
        고귀한 가슴들이 이내 가라앉았다.

73   이전에 내게 묻던 사람이 다시 말을 시작했다.
        “더 나은 죽음을 위해, 우리 삶의
        체험에 착수하는 축복받은 그대여,

76   우리와 함께 오지 않는 이들은,
        카이사르가 개선할 때 적의로,
        “여왕”이라 불린 죄를 지었소.[634]

79   그래서 그대가 들었듯이 자신을 질책하며
        “소돔”이라 외치고 가며, 수치심으로
        불타는 고통을 돕소.

____

634 율리우스 카이사르의 동성연애 관계를 암시한다.

82   우리의 죄는 헤르마프로디토스였소.[635]

        인간의 법도를 지키지 않고,

        동물적 식욕을 따랐기 때문에,

85   우리가 우리를 나무라며 떠날 때,

        우리를 겨냥하며, 짐승같은 나무껍질 속에서

        짐승이 된 그녀의 이름을 소리치오.

88   이제 우리의 행위와 죄를 알고 혹은

        우리의 이름들을 알고 싶어 해도,

        말할 시간도 없고, 나도 모른다오.

91   나에 대해서는 그대의 소원을 들어 주겠소.

        나는 구이도 구이니첼리라오. 마지막 전에

        뉘우쳐서 벌써 내 죄를 씻고 있소.”[636]

94   리쿠르고스의 울분 속에서 되찾은

        어머니를 향해 두 아들이 하듯이

        내가 그만큼 그 속으로 뛰어들진 않았다.[637]

---

635 헤르메스와 아프로디테의 아들은 여자 님프 살마키스와 한 몸이 되어 두
     성을 한 몸에 지니게 된다(오비디우스,《변신》 4.288-388). 양성애의
     정욕을 상징한다.

636 “새로운 형식”(Stil Novo)의 시의 “아버지”는 (99) 죽음에 임박했을 때 참
     회하여 이미 여기에 와 있다.

637 아들을 잃고 분노한 리쿠르고스 왕이 죽이려 하던 순간 어머니 힙시필

97   감미롭고 우아한 사랑의 운들을 읊던
        나와 나보다 더 나은 다른 누구나의
        아버지의 이름이 당신 스스로에게서 내게 들려오자,

100   듣지도 말하지도 않고 생각에 잠겨
        오랫동안 그를 바라보며 걸어갔으나,
        불 때문에, 그에게 더 가까이 다가가진 않았다.

103   재회의 맛을 만끽한 후,
        믿음을 자아내는 단호함으로
        그를 위해 내 모든 것을 바쳤다.

106   그러자 그가 내게 말했다. "그대의 말로 내 안에
        그대가 남긴 흔적이 너무나 확연해,
        레테가 지울 수도 뿌옇게 덮을 수도 없소.

109   그대의 말이 진실이라 맹세한다면,
        나를 바라보고 말하면서 내게 사랑을
        입증하는 그대의 이유를 내게 말해 보시오."

레를 발견한 두 아들들이 다가가 안고 구한 것처럼, 아버지 같은 시인을
알아본 단테가 껴안으려 하다 불 때문에 제재되었다.

112   그래서 내가 그에게, "근대의 관례가
계속되는 한,[638] 그 잉크마저도 애중하게 할
당신의 감미로운 운문입니다."

115   앞의 한 영혼을 가리키며 그가 말했다.
"아, 형제여, 내 손가락으로 구별해내는
이분이 모국어의 더 좋은 대장장이었소.[639]

118   사랑의 시와 이야기의 산문 모두에
뛰어났소. 리모즈 사람이[640] 더
앞선다고 믿는 바보들을 내버려두시오.

121   예술과 이성에 귀기울이기에 앞서
진실보다 소문에 더 기울여,
의견이 굳어져 버리오.

124   진실과 더 많은 사람들이 그를 이기기
전에, 많은 사람들이 소리 소리치며
귀또네만 그렇게 칭찬했소.[641]

---

638   고대의 라틴어 대신 근대의 이탈리아어로 시를 쓰는 관례가 계속되는 한.

639   12 세기의 음유시인 아르노 다니엘(Arnaut Daniel).

640   13 세기 초의 음유시인 지로 드 보르넬(Giraut de Bornelh).

641   구이토네 다레초(Guittone d'Arezzo, 약 1235-1294) 세대 사람들이 그
만 칭찬했지만, 구이도 구이니첼리와 단테 같은 다음 세대의 더 많은 시
인들과 진실이 그를 이겼다는 말이다.

127   그리스도가 수도원장으로 계신 수도원에[642]
       그대가 가도록 허락받는
       커다란 특권을 지니고 있다면,

130   죄짓는 것이 더 이상 우리의 것이 아닌
       여기서 우리에게 필요한 만큼만, 나를 위해 거기서
       '하늘에 계신 우리 아버지'를 읊어 주시오."[643]

133   그러고 나서 아마 옆에 있던 다른 이에게
       자리를 내주기 위해, 물속 깊이
       들어가는 물고기처럼, 불속으로 사라졌다.

136   보여진 분에게 조금 앞으로 나아간 나는,
       그분의 이름을 염원하는 마음이
       기꺼이 받을 자리를 마련했다고 말했다.

139   서슴없이 그가 말하기 시작했다.
       "그대의 정중한 요청에 내가 너무 기뻐,
       나를 숨길 수도 숨기고 싶지도 않습니다.

---

642 천국.

643 사랑을 노래하던 서정시인이었지만 운문보다 기도문을 읊어주길 바란
     다. 기도의 마지막 구절인 "유혹에 빠지지 않게 하시고 악에서 구하소
     서"는 유혹에 더 이상 빠지지 않는 연옥의 영혼들이 아니라 지상에 살아
     있는 사람에게만 필요한 기도이다.

142   울고 노래하며 가는 내가 아르노입니다.

        어리석었던 과거를 생각해 보고,

        앞에 희망하는 환희를 즐기며 봅니다.

145   계단 꼭대기까지 그대를 이끄는

        그 힘을 통해 때가 되면,

        내 고통을 덜어주길 그대에게 빕니다."[644]

148   그리고 나서 그는 속죄시키는 불속으로 숨었다.

---

644 구이니첼리와 다름 없이, 아르노도 자신을 위한 단테의 기도를 부탁한
     다. 아르노의 모국어인 프로방스어로 노래한다.

연옥 27곡

1   창조주가 피를 뿌렸던 저곳에
        첫 햇살들이 아른거리고,
        에브로 강이 높은 저울자리 아래로 흘러가고,

4   갠지스 강의 물결들이 정오에 불탈 때처럼,
        그렇게 해가 지고 있을 때,[645] 우리에게
        하느님의 천사가 기쁜 모습으로 나타났다.

7   불 밖 벼랑 위에서 '마음이 깨끗한 자
        복되도다'[646]를 우리보다 더 살아 있는
        목소리로 부르고 나자,

10   "불이 물지 않으면 더 이상 못갑니다.
        불속으로 들어가세요, 거룩한 영혼들이여.
        그리고 저 위의 노래를 귀담아 들으세요"라고,

---

645 서쪽 스페인 에브로 강이 아직 자정이고, 예루살렘에 해가 뜨고, 동쪽 갠
      지스 강이 정오에 불탈 때, 연옥의 해가 진다.
646 마태복음 5.8.

13   가까이 다가오는 우리에게 말했다.
        그것을 들은 나는 마치 무덤 속으로
        들어간 사람처럼 돼버렸다.647

16   모은 손들 위로 몸을 앞으로 뻗어서,
        불을 바라보며, 이미 보았던
        불에 타는 사람들 몸의 끔찍한 그림을 그려보았다.

19   좋은 길잡이들이 내게 돌아섰고,
        베르길리우스가 내게 말했다. "내 아들아,
        여기에 고난이 있을 수 있으나 죽음은 없다.

22   기억해 보아라! 게리온 위에서
        너를 구했던 내가, 이제
        하느님께 더 가까이 와서 뭘 하겠느냐?

25   천 년을 이 불구덩이 속에 들어가 있어도,
        네 머리카락 하나 건들이지 못할 것을
        굳게 믿어라.

---

647   놀라 창백해졌다.

28   혹시 내가 너를 속인다고 믿는다면,

        불 쪽으로 가서 네 손으로 직접

        네 옷자락을 잡아 너를 믿게 만들어라.

31   모든 두려움을 떨쳐버려라.

        이리로 돌아서 오너라. 안심하고 들어가거라!"

        이성을 거스르며 그냥 우두커니 내가 서 있었다.

34   고집스럽게 그저 굳어버린 나를 보고,

        조금 당황한 그가 말했다. "자, 보아라, 아들아,

        베아트리체와 너 사이에 이 벽이 있다."

37   뽕나무를 붉게 물들이며

        죽음 앞에 놓여 있던 피라무스가 티스베의

        이름에 눈을 뜨고 그녀를 바라보았던 것처럼,[648]

40   내 마음속에 항상 피어나는

        그 이름을 들으니 굳어짐이 풀어져서,

648 부모님의 반대 때문에 벽의 틈 사이로 사랑을 나누던 연인들이 하룻밤
     숲속에서 만나기로 약속한다. 먼저 도착한 티스베가 사자에 찢겨 죽었
     다고 착각한 피라무스가 그 자리에서 자신을 칼로 찔러 뿌려진 피가 뽕
     나무의 흰 열매를 붉게 변하게 한다. 하지만 죽기 직전 티스베의 이름을
     들은 피라무스가 눈을 간신히 떠 그녀를 바라본다. 티스베도 그를 따라
     목숨을 끊는다 (오비디우스,《변신》 4.55-166).

지혜로운 길잡이에게로 나를 돌렸다.[649]

43   그러자 그가 고개를 흔들며 말했다.
      "어찌할까! 여기에 서 있을까?" 그리고 그가
      사과로 달랜 아이에게처럼 미소 지었다.

46   이어서 불속으로 그가 나보다 앞서 들어섰고,
      이전에 긴 길을 따라 우리 사이에 있었던
      스타티우스에게 내 뒤에 오도록 당부했다.[650]

49   내가 안에 들어 갔을 때, 더할 수 없는 뜨거움에서
      나를 식히기 위해서라면, 끓는 유리 속으로도
      내가 뛰어들었을 것이다.

52   내 다정한 아버지는 나를 위로하기 위해,
      베아트리체만을 말하며 가고 있었다.
      "그녀의 눈들이 벌써 내게 보이는 듯하다."

55   우리를 이끌던 저편에서 노래하던
      목소리에 귀기울이며, 우리가
      산으로 올라가는 곳으로 나왔다.

---

649   이성으로 돌아왔다.
650   단테를 앞뒤에서 보호하는 두 현인들.

58   "내 아버지의 축복받은 자들아, 오너라."[651]
        그곳에 있던 한 빛 속에서 울렸다.
        나를 압도하여서 내가 볼 수 없었다.

61   "해가 지고 저녁이 온다.
        서쪽이 어두워지기 전에,
        쉬지말고 길을 서둘러라"라고 덧붙였다.

64   암석 안을 뚫은 길 위로 올라가니,[652]
        등 뒤에 져 이미 낮아진 햇살이
        앞쪽에서[653] 사라졌다.

67   몇 계단을 오르자, 사라지는 그림자로,
        뒤의 해가 떨어진 것을
        나와 내 현자들이 감지했다.[654]

70   끝없는 지평선이 온 사방으로
        구별할 수 없는 모습이 되고,
        밤이 골고루 찾아오기 전에,

---

651 마태복음 25.34. 최후의 심판 때 그리스도께서 복받은 자들에게 하실 말
     씀을 사도들에게 미리 알려주신 말이다.
652 서쪽으로 지는 낮은 햇살은 몸에 막히고, 동쪽으로 오르는 길은 암석을
     통해 간다.
653 동쪽.
654 앞에서 사라지는 그림자 쪽으로 셋이 몇 계단 오르는 동안 해가 졌다.

73   우리 각자는 한 계단씩을 침대로 만들었다.
       오르는 힘과 행복을 자연스럽게[655] 산이
       꺾었기 때문이었다.

76   점심 전에 산꼭대기 여기저기서
       재빨리 날뛰던 염소들이
       조용히 되새김질하며,

79   해가 뜨거울 때, 그늘에서 쉬고,
       지팡이 위에 기댄 목동이 쉬는
       그들을 지켜보는 것처럼,

82   짐승에 흩어지지 않도록,
       양떼 곁에서 조용히 지켜보며,
       밤새도록 밖에서 묶는 양치기처럼,

85   염소같은 나와 목자같은 그들
       셋 모두가 그때 같이 온 사방의
       높은 암벽으로 둘러싸여 있었다.

655 해가 지면 더 이상 오를 수 없는 산의 자연 법칙으로.

88 　거기서 밖을 조금 볼 수 있었다.
　　내게 조금이나마, 별들이 보통 때보다
　　더 밝고 크게 보였다.

91 　그렇게 되새기며 바라보다가,
　　잠이 들었다. 잠은 종종,
　　일어날 일을 미리 알려준다.

94 　사랑의 불꽃으로 끊임없이 타는 듯한
　　키테레아가[656] 산 동쪽에 처음
　　빛났을 때라고 내가 믿는다.

97 　젊고 아름다운 여인이 들판을 거닐며
　　꽃을 모우는 것을 꿈속에서 내가 보는 듯했다.
　　노래를 부르며 그녀가 말했다.

100 　"누가 내 이름을 물으면 내가
　　레아인줄 아세요. 아름다운 손들로
　　내 꽃관을 만들려고 움직이며 돌아다녀요.

---

656 거품에서 베누스가 태어난 바다 가까이에 있는 섬으로 새벽에 뜨는 샛별
　　을 말한다.

103   장식된 내가 비친 거울에 기뻐하니까요.
       하지만 내 동생 라헬은 자기 거울에서
       결코 떠나지 않고 하루 종일 앉아 있어요.[657]

106   손들로 나를 장식하는 것만큼, 자신의
       아름다운 눈들을 바라보는 것을 그녀가 바라지요.
       보는 것이 그녀를, 하는 것이 나를 만족시켜요."

107   귀향하는 순례자들이 고향에서
       멀지 않은 숙소에서 더욱 반기는
       여명의 빛이 떠올라,

112   어두움이 도처에서 달아났다.
       내 꿈도 마찬가지여서 일어나,
       이미 일어난 위대한 스승님들을 보았다.

115   "필멸자들의 근심이 수많은 가지들을 지나
       찾아 헤매는 그 달콤한 사과가
       오늘 네 허기를 달랠 것이다."

---

657 라반의 큰 딸 레아를 얻기 위해 야곱은 칠년을, 작은 딸 라헬을 얻기 위
     해 또 칠년을 일한다. 풍만한 레아는 인간의 실행하는 삶을, 아름다운
     라헬은 명상하는 삶을 상징하는 것으로 해석되었다 (창세기 29.16 이하
     참조).

118 　베르길리우스가 나를 보고 한
　　　이 엄중한 말들만큼 나를 기쁘게 한
　　　선물들은 단 한 번도 없었다.

121 　위로 오르려는 내 의지 위에 의지가 생겨나서,
　　　걸을 때마다 날아가려는 날개가
　　　내게 자라는 듯 느꼈다.

124 　우리가 계단을 모두 다 오르고 나서
　　　가장 높은 층계 위에 올라서자,
　　　베르길리우스가 내 눈 속을 들여다보며

127 　말했다. "유한하고 무한한 불을,[658]
　　　아들아, 네가 보았다. 그리고 더 이상
　　　내가 모르는 곳에 네가 왔다.

130 　재능과 예술로[659] 너를 여기까지 내가 이끌었다.
　　　이제 너의 기쁨을 너의 길잡이로 삼아라.
　　　가파르고 좁은 길에서 너가 벗어났다.[660]

---

658 유한하고 무한히 벌하는 연옥과 지옥.

659 지성과 기술.

660 모든 일곱 악덕들로부터 벗어나 순수하고 자유로워진 단테.

133   네 이마에 비치는 해를 보아라.
       이 땅에 저절로 자라나는
       풀들과 꽃들과 나무들을 보아라.

136   울면서, 네게 나를 오게한,
       아름답고 기쁜 눈들이 올 때까지,
       이곳에서 너는 앉아 있을 수도 걸을 수도 있다.[661]

139   내 말과 지시를 더 이상 기다리지 마라.
       네 의지가 자유롭고, 올바르고, 건전하니
       그 뜻을 따르지 않는 것이 그른 것이다.

142   내가 너 위에 왕관과 주교관을 씌운다.”[662]

---

661   자유의지에 따라 행동할 수 있다.
662   인간 스스로 성취할 수 있는 최상의 지성과 도덕에 이르렀다.

연옥 28곡

1   새아침을 눈에 온화하게 해주던[663]
       깊고 살아 있는 신성한 숲 안팎을
       살펴보고 싶어했던 나는 이미,

4   더 이상 기다리지 않고, 강변을 떠나,
       온 사방이 흙 향기로 피어나던
       들판으로 천천히 들어서고 있었다.

7   변함없이 감미로운 미풍이,
       부드러운 바람이 쓰다듬듯이,
       내 이마를 스쳤고,

10   그것에 떨리던 가지들이,
       성스러운 산이 첫 그림자를 드리우는
       그곳으로[664] 지체없이 기울어졌다.

---

663 새아침의 강한 햇살의 방패가 되어주는.

664 바람이 동쪽에서 불어오고 있을 때, 첫 햇살에 그림자가 지는 서쪽.

13   그러나 가지들은 똑바로 선 모습에서 많이

　　　벗어나지 않은 꼭대기에서[665] 새들이

　　　온갖 재주를 부리게 놔두었고,

16   새들의 운문에 음성을 맞추던

　　　잎사귀들 사이에서, 노래하며,

　　　가득찬 기쁨으로 그 첫 순간들을[666] 맞아들이게 했다.

19   아이올루스가 열풍을 밖으로 내보낼 때,[667]

　　　키아시 해변의 소나무 숲을[668] 가로질러

　　　가지에서 가지로 그렇게 소리가 들린다.

22   더딘 발길이 나를 이미

　　　오래된 숲속으로 옮겨놓아,

　　　내가 들어간 곳을 다시 볼 수 없었다.

25   그러자, 냇가에서 자라나는 풀을

　　　잔잔한 물결로 왼쪽으로 눕히는 시내가[669]

---

665 심하게 흔들리지 않고 우뚝선 나무 꼭대기 가지 끝에서.

666 해가 뜰 때 노래하는 새들.

667 아이올리아 섬의 왕이 굴 속에 모아둔 바람들 중 시로코(열풍)를 내보낼 때.

668 라벤나 근교의 소나무 숲 클라세 (Classe).

669 동쪽으로 가고 있는 단테의 왼쪽인 북쪽으로 즉 사람이 살고 있는 북반구로 흘러가는 레테강.

나를 더 이상 가지 못하게 했다.

28   아무것도 숨기지 않는 그 물에 비하면,
        이곳에서 가장 맑은 물 모두는
        그 속에 뭔가가 섞인 듯이 보일 것이다.

31   해도 달도 비치지 않는
        영구한 그림자 아래서
        어둡고도 어둡게 흘러가더라도.

34   오월에 가지각색으로 신선한 가지들을
        보기 위해, 발은 묶였으나 눈으로
        시냇물 저편으로 넘어갔다.

37   갑자기 다른 모든 생각을
        놀라움이 사라지게 하듯이,
        거기서 내게 나타났다.

40   그녀의 길을 온통 물들인
        꽃을 꽃에서 고르고 노래하며
        여인이 홀로 걸어가고 있었다.

43   "저, 아름다운 여인이여,
        마음을 드러내게 하는 모습들을 내가 믿는다면,
        사랑의 빛에 타고 있군요."

46   그녀에게 내가 말했다. "당신의 노래를
        내가 이해할 수 있도록, 이 냇물 쪽으로
        당신이 다가오는 것을 마다하지 마시오.

49   프로세르피나가 봄을, 어머니가 그녀를
        잃었던 시간의 장소와 그녀의 행동을[670]
        당신이 내게 생각나게 하오."

52   마치 춤추는 여인이 두 발로 나란히
        땅을 짚고 한 발을 다른 발 앞에
        놓으며 도는 것처럼,

55   그녀가 빨갛고 노란 꽃들 위에서,
        순결한 눈을 아래로 내리는 동정녀와
        다름없이 나를 향해 돌았고,

---

670 "봄이 변함없는 숲속에서 프로세르피나가 놀며 제비꽃과 하얀 백합들을
    꺾고 있었다(perpetuum ver est. quo dum Proserpina luco ludit et aut
    violas aut candida lilia carpit)"(오비디우스, 《변신》 5.391-392). 케레스
    의 딸을 플루토가 지옥으로 납치하여 지상이 봄을 잃었을 때, 프로세르
    피나도 그렇게 꽃을 모으고 있었다.

58   내 소원을 만족시키며, 그렇게

        가까이 다가와, 그 감미로운 목소리가

        그 의미와 함께 내게 와닿았다.

61   그 아름다운 냇물의 물결에

        풀이 젖는 곳에 이르자마자,[671]

        그녀가 내게 눈을 들어 올려 주었다.

64   전혀 뜻하지 않던 아들에게

        쏘인 베누스의[672] 속눈썹 아래에서도

        그런 빛이 발했으리라고 나는 믿지 않는다.

67   높은 땅이 씨 없이 낳은

        색색깔을[673] 손으로 섞으면서,

        시냇가 저편에서 바로 선 그녀가 미소 지었다.

671   강변까지 오자.

672   쿠피도의 화살에 실수로 찔려서 인간 아도니스를 사랑하던 베누스 여신
      (오비디우스,《변신》 10.525-530).

673   높은 산속 숲의 꽃들은 모두 하느님이 직접 자라나게 하셨다: "여호와 하
      나님이 그 땅에서 보기에 아름답고 먹기에 좋은 나무가 나게 하시니"
      (창세기 2.9).

70   시내가 우리를 세 걸음 멀리 있게 했다.
        하지만 인간의 모든 교만을 아직도 멈추게 하는,
        크세르크세스가 건넜던 헬레스폰토스도,[674]

73   세스토스와 아비도스 사이에서 치는 파도 때문에,
        그때 열리지 않아서 내게서 받은 미움보다,
        레안드로스에게서[675] 더 많은 미움을 사지 않았었다.

76   "당신들이 새로 왔고," 그녀가 말을 시작했다.
        "인류의 보금자리로 선택된 이곳에서,
        내가 미소를 지어서 혹시,

79   당혹하며 의심할 수 있어요.
        하지만, '주님이 기쁘게 하셨습니다'라는 시편의
        빛이 당신들의 지성에서 안개를 걷어낼 수 있어요.[676]

---

674   어마한 군사들을 이끌고 침략한 그리스에서 작은 배로 헬레스폰토스 해
      협을 건너 도주해야 했던 페르시아 왕 크세르크세스(재위: 기원전 486-
      465).

675   세스토스에 살던 헤로를 사랑하기 위해 아비도스에서 헬레스폰토스 해
      협을 헤엄쳐 건너가다 죽은 레안드로스.

676   "주님의 일에 제가 기뻐하고 주님의 손이 만드신 것을 제가 찬양할 것이
      기 때문입니다 (quia delectasti me Domine in factura tua et in operibus
      manuum tuarum exultabo)" (시편91.5; Psalmus 91.5). 하느님이 창조하
      신 것에 미소 짓고 노래하는 여인을 단테가 신화 속의 여신과 혼동하지
      말 것을 경고한다.

82   그리고 앞장 서서[677] 내게 청원한 당신이
       다른 것을 듣길 원하면 말하세요. 당신의
       모든 질문들에 충분히 준비되어 왔어요."

85   내가 말했다. "숲속의 물과 바람 소리가
       내가 들었던 것에[678] 대한 믿음에 반대하며
       내 안에서 논쟁하고 있소."

88   그러자 그녀가, "당신을 놀라게 하는 것이
       어떤 이유에서 생기는지 내가 말해,
       당신에게 해로운 안개를 걷어내겠어요.

91   오직 자신만으로 충만한 최상의 선이,
       선을 위해 선한 사람을 만들어, 이곳을
       영원한 평화의 담보로 그에게 주었어요.

94   그 자신의 잘못으로 여기서 짧게 지냈어요.
       그 자신의 잘못으로 순수한 웃음과 달콤한
       놀이가 울음과 고통으로 변했어요.

---

677 베르길리우스와 스타티우스보다 앞장선 단테.
678 지상에서와 같은 기상 변화를 연옥에서 찾아볼 수 없다고 스타티우스에
     게서 들은 말 (연옥 21.40-57 참조).

97   물과 땅에서 솟아나와
          열기를 따라갈 수 있는 한 가는
          그 아래의 변동이

100   사람에게 싸움을 걸지 않도록[679]
          이 산은 하늘로 아주 높이 치솟아서, 문을 걸어 잠근
          그곳으로부터 그것에서 자유로워요.[680]

103   어느 곳에서 그 순환이 방해받지 않는 한,
          순환할 수 있는 한, 원천적 순환과[681] 함께
          공기가 돌고 있기 때문에,

106   살아 있는 공기 속에서 완전히 자유로운
          이 높은 곳에서도, 깊은 숲에
          바람이 스치니 소리가 나요.[682]

109   바람에 흔들리는 나무들은 할 수 있는 한,
          그들의 힘으로 공기를 만삭시키고 공기는

---

679   평화의 담보이기 때문이다.

680   지상에서 증발된 수증기 때문에 생기는 변동이 천사가 열어준 연옥의 문
       을 넘어 이 높은 산까지 미치지 못한다는 말이 맞다.

681   원동천.

682   변화하는 지상의 공기가 아니라, 영원히 변함없이 동쪽에서 서쪽으로 도
       는 원동천에 따라 움직이는 이곳의 공기가 숲에 부딪히면 소리를 낸다.

그 후 돌면서 사방으로 흩어지지요.[683]

112   그리고 다른 땅이,[684] 자신과 하늘이 내린
       가치에 따라, 여러가지 힘을 갖는
       여러가지 가지들을 배고 낳아요.[685]

115   이 말을 듣고 나면, 씨는 모르지만
       저 아래에서 뿌리를 내리는 식물들이
       신기해 보이지 않을 거예요.

118   그리고 당신이 서 있는 신성한 들판이
       온갖 씨앗들로 가득하고, 저기에서[686]
       딸 수 없는 열매가 맺히는 것을 명심하세요.

121   당신이 보는 물은 힘을 잃었다 얻는
       강물처럼, 추위가 수증기를 물로 바꾸어
       다시 채워주는 물줄기에서 치솟지 않고,

---

683 나무들에서 받은 씨앗들을 공기가 사방으로 퍼지게 한다.
684 이 높은 곳과 다른 저 아래의 땅.
685 지상의 모든 식물들의 씨앗들이 지상낙원에서 내려왔다.
686 땅에서.

124   하느님이 원하시는 만큼 다시 차고,
        열린 두 줄기로부터[687] 흘러나가는,
        일정하고 확실한 샘에서 나와요.

127   이 물줄기는 죄의 기억을 다른 자들로부터[688]
        앗아가는 힘을 지니고, 다른 줄기는
        모든 선한 행위들의 기억을 되살려요.

130   이편이 레테, 저 다른 편이
        에우노에라 불려요.[689] 여기와 저기를
        먼저 맛보지 않으면 안돼요.

133   저[690] 맛은 그 어떤 다른 것보다도 뛰어나지요.
        내가 더 이상 밝히지 않더라도 갈증이
        많이 풀렸을 수 있지만,

136   선의로 작은 선물을 선사할게요.
        당신과의 약속을 넘어서더라도,
        내 말이 하찮지 않으리라 믿어요.

---

687   창세기는 지상낙원의 네 강들을 언급한다 (창세기 2.10-14).

688   세상의 모든 죄인들.

689   "레테"는 그리스어로 "망각"을, "에우노에"는 "좋은 기억"을 의미한다. 레
      테는 신화의 지옥(Avernus) 속에 흐르는 네 강들 중 하나이고, 에우노에
      는 단테가 지은 이름이다.

690   에우노에.

139   황금시대와 그 행복을

      태곳적에 읊었던 그들이 파르나소스에서

      아마 이곳을 꿈꾸었을 거예요.[691]

142   여기서 인류의 뿌리는 순결했고,

      여기에 언제나 봄과 모든 열매가,

      여기에 모두가 말하는 과즙이[692] 있어요.”

145   그때 완전히 몸을 돌린 내가,

      마지막 구절을 듣고 미소 짓는

      내 시인들을 보았다.[693]

148   그런 후 그 아름다운 여인에게 눈을 돌렸다.

---

691 파르나소스 산에 살던 뮤즈들의 영감으로 고대시인들이 읊었던 황금시
    대는 아마 이곳을 예언했던 것이었을 것이다.

692 신의 음료처럼 달콤한 에우노에.

693 베르길리우스와 스타티우스에 대한 경의의 표시.

연옥 29곡 목차 (지상낙원)

연옥 29곡

1   사랑에 빠진 여인같이,
      '죄가 가려진 복된자들!'을[694]
      노래하며 그녀는 말끝을 이었다.

4   숲속 그림자들 사이에서, 누구는
      해를 보려고, 누구는 피하려고,
      홀로 방황하던 님프들같이,

7   강을 거슬러[695] 강둑을 타고 걸어가던
      그녀의 작은 발걸음에
      내 작은 발걸음을 맞추었다.

10   그녀와 내 발걸음을 합해서 백을 세기도 전에,[696]
      강둑들이 나란히 굽어져,
      나는 해가 오르는 곳으로[697] 향했다.

---

694 "허물의 사함을 받고 자신의 죄가 가려진 자는 복이 있도다"(시편32.1).

695 남쪽으로.

696 각자 오십보 정도 걸었을 때.

697 강이 솟아나는 동쪽으로.

13   우리 길을 아직 그렇게 많이 가기도 전에,
        그녀가 나를 보고 완전히 돌아서서
        말했다. "내 형제여, 보고 들으세요."

16   그러자 그 거대한 숲의 온 사방으로
        갑자기 한 빛이 번쩍이며 가로질러서,
        아마도 번개일 거라고 내가 여겼다.

19   그러나 번개는 온듯이 사라지나,
        그것은 지속적으로 점점 더 빛나서,
        마음속에서 내가 말했다. '이것은 무엇인가?'

22   그리고 한 감미로운 선율이 섬광의
        공기를 타고 흘러서, 내 선한 열성이
        이브의[698] 무모함을 다시 탓하게 했다.

25   하늘과 땅이 따르는 곳에서,[699]
        갓 생긴 여인이 홀로
        베일[700] 아래 머물지 않았다.

---

698 그런 감미로운 낙원에서 인간이 추방된 원인이었던 여인.

699 온세상이 하느님을 따르는 곳에서.

700 그리스도교인은 그리스도의 새신부이다. 여기서 앞으로 펼쳐질 축제가
    하늘에서의 결혼식을 상기시킬 것이다.

28   그 아래에서 그녀가 순종했었더라면,
        그 말할 수 없는 행복을 내가
        이미 그리고 오랫동안 만끽했을 것이다.

31   영원한 행복의 그 많은 첫 산물들 사이에서
        만취되고도, 또 더 많은 행복을 바라며
        내가 걸어가고 있을 때,

34   우리 앞에, 불이 타오르듯,
        푸른 가지들 아래 대기가 물들었다.
        감미로운 소리는 이제 노래로 들려왔다.

37   아, 신성하고 성스러운 동정녀들이여,[701] 당신들을 위해
        내가 배고픔과 추위와 잠 못 이루는 밤들을 견뎠다면,
        당신들의 도움을 내가 청하는 것이 당연하오.

40   생각하기도 힘든 것들을 시로 옮기기 위해,
        헬리콘[702] 샘물이 나를 위해 솟구쳐야 하고,
        우라니아가[703] 합창단과 함께[704] 나를 도와야 하오.

701 뮤즈들이여.
702 뮤즈들의 영감이 넘치도록 하던 두 강들이 흐르는 보이오티아 지방의 산.
703 하늘과 별을 관장하는 뮤즈.
704 다른 뮤즈들과 힘께.

43   조금 더 지나자, 우리와 그들 사이의
        먼 거리로 인해 일곱 황금 나무들의
        모습으로 잘못 보였다.

46   그러나 내가 그들에게 가까워지자,
        거리 때문에 감각을 속이는 실제 사물이
        자신의 형태를 잃지 않았다.

49   이성이 분별하게 만드는 능력이
        그것들이 촛대임을 그리고 노래하는
        목소리들 속에서 '호산나'를[705] 확인했다.

52   그 아름다운 배열이 위에서
        한밤중의 청아한 하늘 속의
        보름달보다 훨씬 더 밝게 불타고 있었다.

55   놀라움에 가득찬 내가 돌아보자,
        너그러우신 베르길리우스가 그에 못지 않은
        경탄을 담은 눈으로 내게 대답했다.

---

705 "호산나, 다윗의 아들이시여, 주님의 이름으로 오시니 복되시도다(osanna
    filio David benedictus qui venturus est un nomine Domini)"(마태복음
    21.9).

58   그래서 그 높은 것들에 눈을 돌렸다.
      그것들은 서서히 우리 쪽으로 움직여,
      새 신부들에게도 뒤쳐졌을 것이다.

61   여인이 내게 소리쳤다. "왜 살아 있는
      빛들에만[706] 그대의 애착을 불태우고,
      그 뒤에 오는 것을 보지 않으세요?"

64   사람들을 그때 내가 보았다. 마치 촛대들에게
      이끌리듯 가까이 오고 있었다. 여기서는 절대
      있을 수 없는 순결한 흰 옷을 입고 있었다.[707]

67   물이 왼쪽에서 불타고 있었다.[708]
      들여다 보면 마치 거울처럼,
      내 왼쪽이 내게 보였다.

70   시냇물만이 나를 가로막는
      강둑 위에 도착하자,
      지나가는 것을 더 잘 보기 위해 멈춰 섰다.

---

706 촛불들에만.
707 "큰 무리가 나와 흰 옷을 입고"(요한 계시록 7.9).
708 촛불을 반사시키고 있었다.

73   불꽃들이 앞으로 나아가며
      뒤로 공기를 물들이며 지나가서
      붓자국들처럼 보였다.

76   그래서 그것들은 저 위에 일곱 줄로[709] 나뉘어
      남았다. 해가 무지개를, 델리아가[710]
      달무리를 만드는 모든 색들이었다.

79   그 깃발들이 내 시야보다 더 길게
      뒤로 늘어났고, 내 짐작으로
      가장자리들이 열 걸음쯤[711] 벌어져 있었다.[712]

82   내가 묘사하는 그렇게 아름다운 하늘 아래,
      스물네 명의 어르신들이,[713] 둘씩 둘씩,
      백합[714] 화관을 쓰고 오고 있었다.

---

709 칠개성사 혹은 성령칠은을 상징한다: 지혜, 지성, 의견, 지식, 강인함, 동
     정, 하느님 대한 경외.
710 델로스(Delos)에서 태어난 달의 여신 디아나.
711 십계명을 상징한다.
712 깃발들의 길이와 폭.
713 구약의 24권을 상징한다.
714 그리스도가 오실 것을 믿는 것을 상징한다.

85   "아담의 따님들 중 복되시며,

      당신의 아름다움은 영원히

      복되시나이다"[715]라고 모두 노래했다.

88   꽃들과 다른 신선한 풀들이

      나와 마주한 다른 강둑에서

      그 선택된 사람들로부터 풀려나자,

91   하늘에서 빛이 빛을 따르듯,

      푸른 이파리로[716] 모두 머리를 두른

      네 동물들이[717] 그들을 따라왔다.

94   각각에게 눈동자들로 가득찬

      날개들이 여섯 개가 달려 있었다. 살아 있었더라면,

      아르구스의 눈들이[718] 그러했을 것이다.

---

715 성모송을 상기시킨다: "여인중에 복되시며 태중의 아들 예수님 또한 복
     되시나이다."

716 희망을 상징하는 색.

717 신약의 사복음서: 사람(마태복음), 사자(마가복음), 황소(누가복음), 독
     수리 (요한복음).

718 유피테르의 여인을 백개의 눈으로 감시하던 아르구스를 유노의 명령으
     로 메르쿠리우스가 잠재운 후 죽인다. 오비디우스에 의하면, 유노는 아
     르구스의 눈들을 공작의 날개 속에 영원히 남겨 놓았다고 한다(오비디
     우스,《변신》 1.568-746).

97   독자여, 다른 데 쓰려고 아껴야 해서,

        내가 여기서 관대할 수 없소.

        그들의 모양을 묘사하려 더 이상 운을 달지 않겠소.

100   하지만, 바람과 구름과 불과 함께

        추운 곳에서 오는 그들을 본 대로 그린

        에제키엘을 읽어 보시오.[719]

103   그의 글 속의 그것들에서 여기 이것들을

        발견할 것이오.[720] 다만 날개에 관해서는

        그와 다르고 요한이 나와 함께 하오.[721]

106   그들 넷 안의 자리를, 두 바퀴 위로,

---

719 "그 순간 북쪽에서 (추운 곳에서) 폭풍이 (바람) 불어오는 광경이 눈앞에
    펼쳐졌다. 구름이 (구름) 막 밀려오는데 번갯불이 번쩍이어 사방이 환해
    졌다. 그 한가운데에는 불이 (불) 있고 그 속에서 놋쇠 같은 것이 빛났
    다. 또 그 한가운데는 짐승 모양이면서 사람의 모습을 갖춘 것이 넷 있
    었는데 각각 얼굴이 넷이요 날개도 넷이었다" (에제키엘 1.4).

720 에제키엘이 본 것처럼 짐승 모양이면서 (사자, 송아지, 독수리가 한 몸에
    섞인) 사람의 모습을 갖춘 넷이나, 요한이 본 것처럼 날개는 넷이 아니
    라 여섯이다.

721 "그리고 옥좌 한가운데와 그 둘레에는 앞뒤에 눈이 가득 박힌 생물이 네
    마리 도사리고 있었습니다. 첫째 생물은 사자와 같았고 둘째 생물은 송
    아지와 같았으며 셋째 생물은 얼굴이 사람의 얼굴과 같았고 넷째 생물
    은 날아 다니는 독수리와 같았습니다. 그 네 생물은 각각 날개를 여섯개
    씩 가졌고, 그 몸에는 앞뒤에 눈이 가득 박혀 있었습니다" (요한 계시록
    4.6-8).

한 개선 전차가 차지하고 있었고,
한 그리펀의 목에 이끌려오고 있었다.

109   그리펀은 하나와 다른 날개를 저 위로
셋과 셋 사이로 아무 깃발도
방해하지 않고 펼치고 있었다.[722]

112   보이지 않을 정도로 높이 올라갔다.
새의 부분은 황금빛이었고
다른 부분은 하얗고도 붉었다.[723]

115   로마가 아프리카누스를, 아, 참으로 아우구스투스도[724]
그렇게 아름다운 전차로 기쁘게 하지 않았을 것이다.
태양의 전차도 이에 비해 초라할 것이다.

118   테라의 경건한 기도에
유피테르가 신비롭게 정의를 행했을 때,
태양의 전차는 길을 잃고 불에 탔다.[725]

---

722 일곱 촛불들이 만든 깃발들 중간으로 아무 깃발도 방해하지 않고 위로
    펼치는 두 날개들은 신성과 인간성이 서로 방해되지 않고 공존하는 그
    리스도의 본질을 상징한다.

723 독수리의 황금 머리와 날개는 그리스도의 신성을, 사자의 하얗고 붉은
    살과 피는 인간성을 상징한다.

724 로마 최고의 장군 스키피오 아프리카누스와 최초의 황제 아우구스투스.

725 궤도를 벗어나 태양에 타버린 파에톤의 전차는 바른 길에서 벗어난 교회

121 세 여인들이 오른쪽 바퀴에서 돌며

춤을 추며 오고 있었다. 한 여인은

불 속에서 거의 알아볼 수 없게 붉었다.

124 다른 여인은 마치 살과 뼈가

에메랄드로 만들어진 듯했고,

세 번째 여인은 방금 내린 눈 같았다.[726]

127 그녀들은 때로는 흰 여인에 때로는 붉은 여인에

이끌려 보였고, 그 여인의[727] 노래에 맞춰

다른 여인들이 느리고 빠른 걸음들을 옮겼다.

130 왼쪽 바퀴에서 네 여인들이 축제를

즐기고 있었다. 자주색 옷을 입고, 그녀들 중

머리에 세 눈을 지닌 한 여인 뒤를 따랐다.[728]

133 방금 묘사한 무리 뒤로

를 경고한다.

726 사랑 (불처럼 붉은), 희망 (에메랄드처럼 초록), 믿음 (눈처럼 하얀)의 세 신학적 미덕을 상징한다.

727 믿음에서 희망이 희망에서 사랑이 나오며 사랑이 가장 중요한 미덕이다.

728 그리스도가 땅에 오기 전 고대부터 인간 스스로 성취할 수 있어왔던 네 가지 주요 덕목들, 절제, 용기, 정의, 지성 중 가장 높은 미덕인 지성은 좋은 기억력, 지식, 예견의 세 요소를 (세 눈) 갖추고 있다. 네 미덕의 여인들 모두 사랑을 상징하는 자주색을 입고 있다.

복장은 다르나, 똑같이 정중하고 근엄한

두 노인들을 내가 보았다.

136   자연이 가장 소중히 여기는

동물들을 위해[729] 만든 고귀한 히포크라테스에

친숙한 면을 한 분이 보였고,[730]

139   다른 분은 날카롭게 번쩍이는 칼로

정반대에 관심을 보이며,

강둑 이쪽의 나도 두렵게 만들었다.[731]

142   다음으로 소박한 차림의 네 사람들과,[732]

모든 사람들 뒤에서 졸면서 홀로 오는

예리한 인상의 한 노인을 보았다.[733]

---

729 인간을 위해.

730 사도행전의 저자 루카는 의사였다 (골로사이 4.14).

731 서신들의 저자 바오로가 에페소에서 쓴 말이다: "구원의 투구를 받아쓰
     고 성령의 칼을 받아 쥐십시오. 성령의 칼은 하느님의 말씀입니다"(에페
     소 6.17). 바오로는 하느님의 정의를, 루카는 자비를 대변하고 있다.

732 야고보, 베드로, 요한, 유다의 짧은 서신들을 상징한다.

733 신약의 유일한 예언서인 요한 계시록은 나이든 요한이 꿈꾸는 모습으로
     재현되고 있다.

145   이 일곱 분들이 이전 어르신들처럼
        입으셨으나, 백합들로 머리를 둘러
        꽃밭을 만들지는 않으셨고,

148   장미들과 다른 붉은 꽃들이어서,
        조금만 멀리서 보았다면,
        눈썹 위가 다 탄다고 맹세했을 것이다.[734]

151   전차가 내 앞에 이르자, 한
        천둥 소리가 들렸고, 그 존엄하신 분들은
        나아가는 것이 금지된 듯 보였고,

154   처음 깃발들과 함께 그곳에서 멈춰 섰다.

---

734 구약 24권과 4 복음서를 제외한 신약 7권의 책들을 재현하는 분들은 모
     두 하얀색 차림을 하고 있다. 구약의 24명은 믿음을 상징하는 하얀 백합
     으로, 신약 7명은 사랑으로 불타는 듯한 붉은 장미와 다른 꽃들로 된 화
     관을 쓰고 있다. 그리스도의 삶을 알리는 4 복음서를 재현하는 네 모습
     들은 푸른 머리띠로 인류의 희망을 상징하고 있다.

연옥 30곡 목차 (지상낙원)

1-12: 24명이 전차를 향해 아가서 구절을 노래한다.
13-21: 100명의 천사들이 신약과 아이네이스 구절을 가마 위에서 읊는다.
22-33: 동녘에서 떠오르는 해처럼 나타난 베아트리체
34-54: 베르길리우스가 사라져 슬퍼하는 단테
55-81: 해군대장과 엄한 어머니같은 베아트리체
82-99: 천사들의 노래에 참회의 눈물을 흘리는 단테
100-108: 단테의 참회를 대변하는 베아트리체
109-117: 단테의 새로운 삶의 좋은 시작
118-135: 베아트리체의 죽음 후 바른 길을 벗어난 단테
136-145: 지옥을 거쳐야 했던 단테

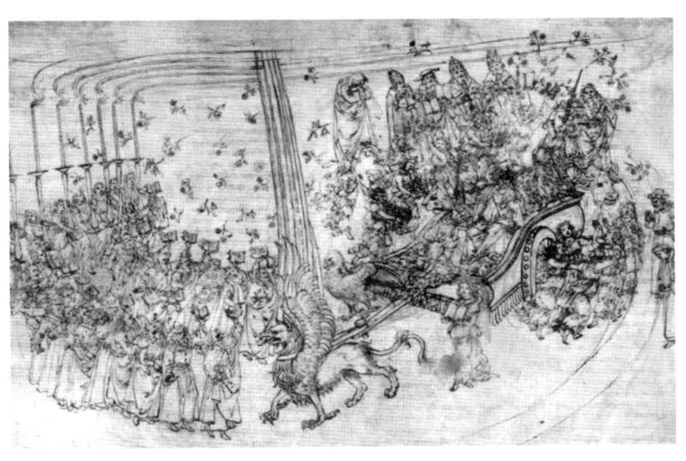

연옥 30곡

1 죄가 아닌 다른 안개로는
   지고 뜨는 것도 모르는[735]
   첫 하늘의 일곱 황소들이,[736]

4 항구에 닿도록 뱃사공을
   이끄는 가장 낮은 별자리처럼,[737]
   거기에서 모두가 해야 할 일을 알려주며

7 멈춰 섰을 때, 그것과 그리핀 사이에서
   처음 온 진실한 사람들이[738] 전차를 향해,
   마치 그들의 평화를 향하듯, 돌아섰다.

---

735 인간의 죄가 아니라면 다른 어떤 구름에도 가리지도, 져서 사라지지도
   않는.

736 청화천의 (첫 하늘의) 성령(칠은)을 상징하는 북두칠성 같은 일곱 촛불
   들. 일곱 황소들이 끄는 수레처럼 보이는 북두칠성.

737 북극성.

738 진리의 구약의 스물넷 책들의 스물넷 어르신들.

10   마치 하늘에서 내려온 듯한 그들 중 하나가,[739]
        "오시오, 새신부여, 레바논에서"를[740] 노래하며
        세 번 외치자, 다른 모두가 뒤따랐다.

13   최후의 나팔 소리에 축복받은 이들이
        무덤에서 벌떡 일어나,
        새로 입혀진 목소리를 찬양할 것처럼,[741]

16   그처럼 큰 어르신의 목소리에 따라,
        영원한 삶의 사절단 백 명이[742]
        신성한 가마 위로 올라왔다.

19   모두가 말했다. "오시는 당신이 복되십니다!"[743]
        또 꽃을 위로 주위로 던지며
        "오, 백합을 손 가득히 채워주소서!"[744]

---

739 아가서.

740 불가타(Vulgata) 아가서의 라틴어 원문 ("veni de Libano sponsa": 아가
     4.8)이 어순만 바뀌어 인용된다("veni, sponsa, de Libano").

741 최후의 심판 후 부활된 복된자들의 몸이 기뻐 노래할 것처럼.

742 백명의 천사들.

743 라틴어 원문 ("osanna benedictus qui venit in nomine Domini":요한복음
     12.13)이 "Benedictus qui venis"로 2인칭으로 인용된다.

744 라틴어 원문 ("manibus date lilia plenis": 베르길리우스, 《아이네이스》
     6.883)이 "manibus, oh, date lilia plenis"로 인용된다.

22   날이 밝아 오르는 동녘이 온통
       장밋빛으로 물들고, 다른 하늘녘이
       맑게 치장되는 것을 본 적이 있다.[745]

25   떠오르는 해의 얼굴이
       뿌연 안개에 덮여서 내 눈이
       한참을 참아내곤 했다.

28   그렇게 천사들의 손에서 솟아오르고
       다시 저 아래 안팎으로 내려앉는
       꽃들의 구름 속에서,

31   하얀 너울 위에 올리브 관을[746] 두르고
       초록색 망토 아래 살아 있는 불꽃색의 옷을
       입은 여인이 내게 나타났다.[747]

34   이미 오랜 시간 동안 그녀의 존재에
       전율을 느끼며 황홀에 빠지지
       않았던 내 정신이,

---

745 동쪽에서 뜨는 해가 온 하늘을 밝힌다.

746 지혜의 여신 미네르바를 상징한다.

747 세 신학적 미덕을 상징하는 세 색의 옷을 입었다.

37   더 이상 눈으로 알아보지 못해도,
        그녀가 풍기는 신비한 풍채로,
        옛사랑의 거대한 힘을 감각했다.

40   어린시절이 채 지나기도 전에[748]
        나를 꿰뚫었던 그 고귀한 힘이
        내 눈을 뚫고 들어오자마자,

43   두렵거나 다쳤을 때,
        엄마에게 달려가는 아이처럼,
        내 왼쪽을 향했다.

46   베르길리우스에게 말하려고 했다.
        '떨지않는 피 한 방울도 내게 남아 있지 않습니다.
        옛 불꽃의 흔적을 알아봅니다.'[749]

49   베르길리우스가 하지만 우리를 남기고 가셨다.
        베르길리우스, 더할 나위 없이 인자하신 아버지,
        베르길리우스에게 나를 내 구원을 위해 바쳤었다.

---

748 단테가 9살 때 8살의 베아트리체를 처음 보았다.

749 베르길리우스의 말("agnosco veteris vestigia flammae":《아이네이스》
     4.23)을 단테가 인용한다("conosco i segni de l'antica fiamma"). 남편 시
     카이우스가 죽은 이후 되살아난 아이네아스에 대한 사랑을 표현하는 디
     도의 말이다.

52   옛 어머니가 잃었던 그 모든 것들도,[750]
        이슬로 씻어낸 내 뺨들이 다시 눈물로
        얼룩지는 것을 막지 못했을 것이다.

55   "단테여,[751] 베르길리우스가 떠났다 하여
        아직 울지 마라, 아직 울지 마라.
        다른 칼에 네가 울어야 하기 때문이다."

58   마치 해군 대장이 이물과 고물을 오가며
        다른 배들을 위해 일하는 이들을 보고
        그들을 북돋아 주는 것처럼,[752]

61   반드시 여기에 기록해야 하는
        내 이름 소리에 내가 돌아섰을 때,
        전차의 왼쪽에서,

64   앞서 내게 천사들의 축제 속에서
        나타났던 그 여인이 물 건너 이쪽의 내게
        눈길을 보내는 것을 내가 보았다.

---

750 단테가 지상낙원에 들어서자 그것을 잃게 한 이브를 탓한다 (연옥
     29.22-30).

751 《희극》 전체에서 유일하게 단테의 이름이 불린 곳이다.

752 해전을 지휘하며 다른 작은 배들을 모는 이들도 지도하는 장군 같은 베
     아트리체.

67   미네르바의 잎새들에[753] 둘려
      머리에서 내려오는 너울이
      명백하게 그녀를 드러내지 않았지만,

70   여전히 여왕같이 당당한 모습 속에서
      가장 뜨거운[754] 말은 뒤에 남겨둔
      사람처럼 말을 이어갔다.

73   "여기를 잘 보아라! 내가 진정 베아트리체이다!
      어떻게 산에 올라 왔느냐?
      여기서는 사람이 행복하다는 것을 몰랐느냐?"

76   내 눈들이 저 아래 맑은 물 속으로 떨어졌다.
      나를 그 속에서 보았지만, 풀밭으로 눈을 피했다.
      그런 부끄러움이 내 이마를 짓눌렀다.

79   어머니가 아들에게 근엄하게 보이듯이,
      그녀가 내게 그렇게 보였다. 엄격하신
      어머니의 사랑의 맛은 쓰기 때문이다.

753 올리브 나뭇가지 (31).
754 중요한.

82   그녀가 침묵하자마자, 천사들이
        '주님, 당신 안에서 내가 희망했습니다'를
        노래했지만, '내 발들'을 넘어서지 않았다.[755]

85   이탈리아의 등줄기에 살아 있는
        서까래들[756] 사이의 눈이 슬로베니아에서
        불어오는 바람에 얼어붙듯이,

88   그러다가 그림자를 잃는 땅이[757]
        숨을 쉬자, 불이 초를 녹이듯이,
        물이 되어 줄줄 흘러내리듯이,

91   영원한 회전들의 음표를 항상 따르는
        그들이 노래하기 전에
        나는 눈물도 한숨도 없이[758] 얼어붙어 있었다.

---

755 단테를 위한 베아트리체의 자비를 비는 천사들이 시편을 라틴어로 "in te
     Domine speravi" (Psalmus 30.2) 에서 "pedes meos" (Psalmus 30.9)까지
     노래한다.

756 살아 있으나 서리가 들어 서까래들처럼 뻣뻣해진 나무 가지들.

757 정오에 그림자를 잃는 적도에 가까운 아프리카.

758 하느님의 뜻에 따르는 천사들의 노래에 이전에 귀기우리지 않았던 단테
     가 이제 참회를 시작한다.

94   그러나, '여인이여, 왜 그렇게 그를 애태우십니까?'
        라고 나를 보다 더 연민하는 듯한 그 감미로운
        조율의 말소리를 내가 알아듣자마자,

97   내 굳은 심장을 둘러싸고 있던 얼음이,
        숨이 되고 물이 되어, 입과 눈을 타고
        고통스럽게 가슴속에서 흘러나왔다.

100   언급한 전차의 편에 여전히 굳건하게
        서 있던 그녀가 동정하는 실체들에게[759]
        그리고는 이렇게 말을 건넸다.

103   "너희는 영원한 낮 속에 깨어있으니,
        세기가 길을 가며 내딛는 발걸음을
        밤과 잠이 앗아가지 않는다.[760]

106   그래서 저기서 울고 있는 이를
        더 이해시키려고 내가 답한다.
        그의 죄와 고통의 무게를 같게 하기 위해서이다.

---

759 천사들에게.
760 하느님의 빛 속에서 천사들이 항상 인간의 역사를 본다.

109   각각의 씨앗을 동반하는 별들에 따라
       어떤 주어진 목적지로 이끄는
       거대한 바퀴들의 운행뿐만이 아니라,

112   우리의 시야가 미치지 못하는
       그 높은 수증기들이 비가 되어 내리는
       하느님의 넓으신 은총이 충만히

115   잠재되어 있던 새로운 삶 속의
       바른 본성이 그에게서
       기적의 증거를 만들었을 것이다.[761]

118   그러나 더 비옥한 땅일수록,
       씨앗을 잘못 뿌리고 돌보지 않으면,
       더 흉악하고 황량해진다.

121   어느 정도 내 얼굴로 그를 지탱했다.
       젊은 눈빛들을 그에게 보내며,
       나와 함께 그를 바른 방향으로 이끌었다.

124   그러자, 내 둘째 시절의 문턱에서

____

761 아직 어렸던 단테의 바른 본성에 내린 하느님의 은총과 별의 영향력이
     기적의 증거를 만들었을 것이다.

생을 바꾸자마자,[762] 그는 내게서

벗어나 다른 여인에게 헌신했다.[763]

127   육신에서 정신으로 올라갔을 때,

더 아름답고 더 강해진 나를, 그는

덜 소중하고 덜 기쁘게 여겼고,

130   헛된 약속으로

좋게 꾸며진 모습들을 따라,

거짓된 길로 그의 발길을 옮겼다.

133   꿈속에서 내가 간청한 영감들로도

또 다른 식으로[764] 그를 다시 불러도

소용이 없었다. 조금도 관심이 없었다.

136   너무나 깊이 저 아래로 떨어져,

길 잃은 자들을[765] 그에게 보여주는 것 외에는

그를 구하기에 모든 질책들이 모자랐다.

762 베아트리체는 1290년 24세의 나이로 죽었다.

763 하느님으로 향하는 바른 길에서 벗어났다.

764 베아트리체와의 사랑을 다룬 단테의 작은 책(libello), 《새로운 삶》은 한
      꿈 장면으로 시작하여 한 예견 장면으로 끝난다.

765 지옥에서 벌받고 있는 자들.

139   그래서 내가 죽은 자들의 문을[766] 방문했고,
       너를 여기 위로 인도한 이에게,
       내 기도들을, 울면서, 전했다.

142   눈물을 흘리는 참회의
       값을 치루지 않고 레테를
       건너면서 물을 맛보았다면,

145   하느님의 높은 뜻을 그르쳤을 것이다."

766 지옥의 문.

연옥 31곡 목차 (지상낙원)

연옥 31곡

1   "오, 거룩한 강 저편에 서 있는 네가,"
      칼날만으로도 내게 날카롭게 보였던
      그녀의 말의 칼끝을 내게 들이대며,

4   거침없이 연달아 그녀가 다시 시작했다.
      "이것이 진실인지 말해 보아라. 이렇게 큰
      질책에 네 고백이 결부되어야 한다."

7   내 기력이 너무나 혼돈되어,
      시작하던 목소리가 기관들을
      빠져 나오기도 전에 꺼져 버렸다.

10   조금 참은 후 그녀가 말했다. "뭘 생각하느냐?
      네 안의 슬픈 기억들이 아직 강물로
      씻겨지지 않았으니 내게 대답하여라."

13   혼돈과 두려움이 뒤섞여
      눈으로만 알아볼 수 있는 그런 "네"를,
      내 입 밖으로 밀어냈다.

16   지나치게 팽팽한 활시위와 활에서
      화살을 쏘면, 활이 부러지고 화살이
      힘없이 과녁에 닿듯이,

19   무거운 짐 아래 그렇게 내가 짓눌려,
      눈물과 한숨을 밖으로 쏟아내며,
      목에서 목소리가 사그라들었다.

22   그러자 그녀가 내게, "그 넘어서는 더 이상
      추구할 것이 없는 최상의 선을 사랑하도록
      너를 이끌었던 내 소망들 속에서,

25   어떤 웅덩이들을 건너고 어떤 사슬들을
      보았기에, 앞으로 나아가는 희망을
      그렇게 저버려야 했느냐?

28   어떤 편의와 어떤 이익들이
      다른 것들의 표면에 나타났기에,
      그것들 앞에서 서성거려야 했느냐?"

31   쓰라린 한숨을 내쉰 후,
      겨우 답할 목소리가 생겼고,
      입술이 힘겹게 그것을 움직였다.

34   울면서 내가 말했다. "당신의 얼굴이
       숨어버리자마자, 현세의 것들이
       거짓된 즐거움으로 내 발길을 돌렸습니다."

37   그리고 그녀가 말했다. "네가 고백하는 것을
       침묵했거나 부인했어도, 네 죄를
       심판관이 죄다 알고 있다.

40   그러나 죄의 잘못이 죄인 스스로의
       입에서 터져나오면, 우리 법정의
       숫돌이 칼날 반대 방향으로 돌아간다.[767]

43   그럼에도, 네가 언젠가 세이렌의 소리를
       다시 들어도,[768] 더 강해지도록, 지금
       네 잘못의 부끄러움을 타도록,

46   울음의 씨앗을[769] 잘 거두고 내 말을 들어라.
       내 파묻힌 몸이 너를 왜 정반대쪽으로
       움직여야 했었는지 들을 것이다.

---

767 칼을 무디게 한다.

768 울리세우스의 항로가 바른길에서 벗어나도록 유혹하는 노래를 부르던
     세이렌.

769 "눈물을 흘리며 씨뿌리는 자, 기뻐하며 거두어 들이리라. 씨를 담아들
     고 울며 가는 자, 곡식단을 안고서 노랫소리 흥겹게 들어오리라"(시편
     126.5).

49   내가 들어 있었고, 땅에 흩어져 있는

       그 아름다운 육신만큼, 자연도 예술도

       결코 네게 그런 기쁨을 선사하지 않았다.

52   내 죽음으로 인해 최상의 기쁨이

       너를 떠난 다음에, 어떤 필멸적인 것이

       네가 그것을 원하도록 이끌었어야 했느냐?

55   너는 허무한 것들의 첫 화살을 맞고,

       더 이상 그렇지 않은 나를 따라⁷⁷⁰

       너를 위로 들어 올렸어야 했다.

58   계집아이나 짧게 쓰는 새 것에

       더 맞기를 기다리며, 저 아래로

       날개를 무겁게 놓지 않았어야 했다.

61   갓난 새끼 새는 두 번 세 번 기다린다.

       그러나, 깃털이 난 새들의 눈앞에서

       그물을 치고 화살을 쏘는 것은 헛되다.”⁷⁷¹

---

770 허무하게 사라지는 육체를 깨닫고, 영원히 살아 있는 순수 정신이 된 그
     녀를 따라.

771 “새가 보는 데서, 그물을 치는 것은 헛된 일이다”(잠언 1.17). 베아트리체
     가 죽었을 때 25세였던 단테는 이미 성숙했었어야 했던 “깃털이 난 새”
     였다.

64 　부끄러워서 말없이 눈길을 땅에 두고
　　서서 들으며 자각하고 참회하는
　　어린아이들처럼 그렇게

67 　내가 서 있자, 그녀가 말했다.
　　"듣고 괴로우면, 턱수염을 들어 올려라.
　　그러면[772] 더 괴로울 것이다."

70 　참으로 우뚝한 참나무가 북풍이나
　　이아르바스의 땅에서 불어오는 바람에[773]
　　뽑히는 것보다 더 적게 저항하며,

73 　그녀의 명령에 내 턱을 들어 올렸다.
　　수염으로 얼굴을 물었을 때,
　　그 말 속의 뼈를 내가 잘 알고 있었다.[774]

76 　내가 얼굴을 들어 올리자,
　　최초의 피조물들이[775] 꽃세례를
　　멈추는 것을 내 눈이 알아보았다.

772　더 나이가 든 얼굴을.

773　디도를 연모하던 누미디아 왕의 아프리카 땅에서 불어오는 남풍.

774　수염을 가리키며 성숙해야 할 나이를 꼬집어내는 의도를 알고 있었다.

775　천사들.

79   확신이 아직 부족하던 내 눈빛이,

       두 가지 본성을 지닌 유일한 인격체인

       짐승을[776] 향해 있는 베아트리체를 보았다.

82   그녀는 강 건너편 너울 아래에서도,

       여기 다른 여인들을 압도하던

       옛날 자기 자신을 더 압도하는 듯이 내게 보였다.

85   참회의 쐐기풀이 그때 나를 깊게 찔러,

       나를 돌아서게 했던 다른 모든 것들이

       더 사랑했을수록, 더 큰 적이 돼버렸다.

88   너무나 큰 양심의 가책에 찔려,

       내가 쓰러졌다. 그리고 내가 어떻게 되었는지,

       내가 그렇게 된 이유인 그녀가 안다.

91   나중에 심장이 내 사지를 소생시키자,

       내가 홀로 있는 것을 발견한 그 여인이

       내 위에서 "날 꼭 잡으세요"라고 말하는 것을 보았다.

---

776 그리스도를 상징하는 그리핀.

94   그녀가 내 목까지 강물 속에 담그고 나서,
      뒤에 있는 나를 끌며 물 위로
      가벼운 조각배처럼 나아갔다.

97   축복의 강둑에 내가 가까워지자,
      '내게 뿌릴 것입니다'가[777] 너무나 감미롭게 들렸는데,
      그것을 기억해낼 수도 써낼 수도 없다.[778]

100   그 아름다운 여인이 팔을 벌려
      내 머리를 끌어안고는
      물을 마시도록 담그었다.

103   그리고 그녀가 젖은 나를 꺼내어,
      아름다운 네 여인들의 춤 속으로 데려갔고
      그녀들의 팔들이 나를 덮었다.[779]

106   "여기서 우리는 님프들, 하늘에서는 별들이에요.
      베아트리체가 세상에 내려오기 전,

---

777 "우슬초를 내게 뿌려 내가 순수해지고 나를 씻어 내가 눈보다 더 하얗
     게 될 것입니다(asparges me hysopo et mundabor lavabis me et super
     nivem dealbabor)"(시편51.9; Psalmus 50.9).
778 사람이 상상할 수도 표현할 수도 없을 정도로 감미로운 선율.
779 네 팔이 속죄된 단테 위에 십자가 모양을 만들었다.

그녀의 시녀들로 정해졌어요.⁷⁸⁰

109   우리가 당신을 그녀의 눈앞으로 데려가겠어요.
그러나 그 환희의 눈 속에서 당신의 눈을,
더 깊이 보는 저 세 여인들이[781] 더 섬세히 만들거예요."

112   그렇게 노래하며 그녀들이 시작했다. 그러고 나서,
나를 그리핀의 가슴 쪽으로 데려갔다.
베아트리체가 우리 쪽으로 향해 있었다.

115   그녀들이 말했다. "아낌없이 바라보세요.
사랑의 화살을 당신에게 벌써 쏘았던
그 에메랄드 앞에 당신을 나두었어요."

118   불꽃보다 더 뜨거운 수천의 소망들이
내 눈을 그리핀에 고정되어 반짝이는
눈에 꽉 묶어 놓았다.

---

780 베아트리체가 상징하는 그리스도가 오기 전에 인간 스스로 성취할 수 있
었던 네 덕목들.
781 세 신학적 미덕.

121   거울782 속의 해와 다름 없이,
       그 이중의 짐승이 다른 모양으로
       바뀌며783 그 속에서 비치고 있었다.

124   독자여, 물체가 그 자체는 가만히 있는데,
       반사되는 모습 속에서 변하는 것을784
       보고 내가 얼마나 놀났는지를 생각해 보시오.

127   놀라움과 즐거움으로 가득찬
       내 영혼이 충족될수록 더 목 마르는
       그 양식을 맛보고 있을 때,

130   더 높은 신분임을 행동에서 보이며,
       다른 세 여인들이 천사들의 노래를
       부르고 춤추며 앞으로 나아갔다.

133   "베아트리체여, 당신을 보려,"라고 노래했다.
       "그 먼길을 걸어온, 당신에게 충실한
       그에게 거룩한 눈을 돌리세요!

---

782 베아트리체의 눈.

783 이중의 짐승이 사자와 독수리의 모양을 번갈아가며 번복한다. 그리스도
     의 인성과 신성이 아직 분리되어서만 순례자에게 이해되고 있다.

784 순례자의 부족한 눈이 변질시킨 그리스도의 변함없는 본질.

136   은총을 우리에게 베푸시어, 당신이

       감추고 있는 두 번째 아름다움을 그가

       알아보도록, 당신의 입을 드러내세요.”

139   오, 영원히 살아 있는 빛의 빛남이여,[785]

       파르나소스의 그늘 아래에서 창백해지도록[786]

       그곳의 샘물을 마신 자라 할지라도 누가,

142   당신을 감싸는 하늘에 어우러지며,

       열린 대기 속으로 풀려 나타난[787]

       당신을 그려내길 시도하며,

145   꽉 막힌 마음을 지니지 않은 듯 보이겠습니까?

---

785 “영원한 빛의 순결함이며 위대하신 하느님의 흠집 없는 거울이며 그의
     선의 모습이다 (candor est enim lucis aeternae et speculum sine macula
     Dei maiestatis et imago bonitatis illius)” (지혜서 7.26). 지혜의 하느님
     을 반사하는 거울 속의 모습으로 나타나는 베아트리체.
786 뮤즈들의 산그늘에서 창백해지도록 노력하는 시인.
787 베일을 걷어내고.

연옥 32곡 목차 (지상낙원)

연옥 32곡

1   십 년의 갈증을 풀기 위해,
          내 눈들이 너무 고정하고 집착하여,
          내 다른 감각들이 모두 사라져 버렸고,

4   신성한 미소가 오래된 그물로 그렇게
          내 눈을 끌어당겨, 그물로 쳐진 벽 밖의
          여기저기에 관심이 사라져 버렸을 때,

7   "너무 고정되었어요"라는 그녀들의 말을 듣고,
          내 왼쪽의 여신들에게[788] 억지로
          내 얼굴을 돌리자,

10   햇살을 맞아 눈이 부셔
          잠시 시력을 잃은 듯,
          나는 볼 수가 없었다.

13   하지만 억지로 외면한 그 강렬한
          빛에 비해 약한 빛에
          내 눈이 익숙해지고 나자,

---

788   세 신학적 미덕들.

16   영광의 군대가 오른쪽으로 돌아서서,
        해와 일곱 불꽃들이 앞장서서
        되돌아가는 것을 내가 보았다.

19   군사들이 살아남기 위해
        방패들 아래서 돌고, 돌린 깃발을 따라,
        모두가 물러날 수 있듯이,

22   천국의 전사들 모두가
        우리를 지나 앞으로 나아가자,
        전차가 굴러가기 시작했다.

25   바퀴 쪽으로 여인들이 돌아갔고,
        그리핀이 깃털 하나 꼼짝하지 않고
        거룩한 무게를[789] 움직였다.

28   강을 건너 나를 이끈 아름다운 여인과
        스타티우스와 나는 작은 동그라미를
        그리며 도는 바퀴를 따라갔다.[790]

---

789 교회를 상징하는 전차.
790 오른쪽으로 도는 전차의 오른쪽 바퀴를 따라갔다.

31   뱀을 믿었던 여인의 죄로
        비어 있던 높은 숲을 지나던
        발길들을 천사의 음이[791] 조절했다.

34   아마도 세 번 쏜 화살이 날아간
        공간만큼 우리가 움직였을 때,
        베아트리체가 내려왔다.

37   "아담"이라고 모두가 수근대는 것을 내가 들었다.
        그리고는 가지마다 잎이 지고 앙상한 나무[792]
        주위를 그들이 에워쌌다.

40   더 높을수록 더 넓게 퍼지는 그 나무
        꼭대기의 키는 인도의 숲속에서도[793]
        감탄을 자아냈을 것이다.

43   "맛은 달콤하나 배를 쓰라리게 할
        이 나무를 주둥이로 뜯지 않으니,
        그리핀이여, 복되도다."

---

791 백명의 천사들의 노래.

792 아담이 따먹고 시든 "선과 악을 알게하는 나무 열매"(창세기 3.17).

793 인도 정글의 높은 나무 꼭대기를 베르길리우스가 그의 〈농경시
     (Georgica)〉에서 언급한다(〈농경시〉 2.123-124).

46   그렇게 그 큰 나무 둘레에서
       다른 이들이 외치자, 두 본성의 짐승이,
       "그렇게 모든 정의의 씨를 보존한다."

49   그리고 끌고 온 끌채를 향해 돌아,
       그것을 홀아비 나무 아래로 끌고가서,
       나무를 나무에 묶었다.[794]

52   커다란 빛이 하늘의 물고기 뒤에서
       비치는 빛과 섞여 아래로 내리면,[795]
       우리의 나무들이

55   부풀어 오르고, 태양이 다른 별[796]
       아래에 말고삐를 묶기 전에,
       가지각색으로 새 단장을 하듯이,

58   장미보다 덜하고 제비꽃보다 더한
       색을 입으며,[797] 처음에는 가지만 앙상했던

---

794 아담이 따먹은 나무의 씨앗에서 자란 나무로 그리스도의 십자가가 만들
     어졌다는 전설을 중세는 믿었다. 아담이 남기고 떠난 (홀아비) 나무가
     십자가를 상징하는 끌채와 결합되어 교회를 (새신부) 상징하는 전차를
     되찾는다.
795 태양이 물고기자리 뒤 양자리와 만나 비칠 때, 즉 봄을 말한다.
796 태양이 다음 별자리로 가기 전인 봄의 한 달 남짓 기간 동안.
797 그리스도의 피를 상징하는 보라색.

나무가 새로워졌다.

61   나는 그때 그들이 부르던 찬송가를
      이해하지도 전부 들어내지도 못했다.
      여기서는 부르지도 못한다.

64   깨어있는 것만으로 그렇게 가치 있었던,
      시링크스에 대해 들으며 충실하지 못했던
      눈들이 잠드는 모습을 내가 그려낼 수 있다면,

67   본보기를 보며 그리는 화가처럼,
      나는 내가 잠드는 모습을 묘사하겠으나,
      누가 잠드는 자신을 잘 표현하겠는가.[798]

70   그래서 내가 깨어났을 때로 넘어가서
      말하자면, 한 광선과 소리침이 내 잠의
      너울을 찢었다. "일어나세요. 뭐 하세요?"

73   하늘에서 영원한 혼례잔치를 베풀게 하고,
      천사들을 그 열매를 염원하게 하는
      사과나무의 꽃잎들을 보기 위해,

____

798 메르쿠리우스가 죽이기 위해 시링크스와 판의 사랑 이야기를 들려주어
     아르구스가 잠들었던 것처럼 잠들었던 단테는 자신이 어떻게 잠들었는
     지 기억해내어 묘사할 수 없다.

76   베드로와 요한과 야고보가 인도되고
        압도된 후, 더 깊은 잠들도 깨웠던
        말씀으로 되돌아와,

79   모세와 엘리야가 그들에게서
        사라졌고, 스승님의 옷이
        바뀐 것을 그들이 보았던 것처럼,[799]

82   나 또한 그렇게 깨어났고, 이전에 강을 따라
        내 발길들을 인도했던 인자한 여인이
        내 위에 서 있는 것을 보았다.

85   의심에 가득차서 내가 말했다. "베아트리체가
        어디에 있습니까?" 그러자 그녀가, "새 잎들
        아래, 뿌리 위에 앉아 있는 그녀를 보세요.

88   그녀를 둘러싼 무리를[800] 보세요.
        다른 이들은 그리핀을 따라 위로
        더 감미롭고 심오한 노래를 부르며 올라가요."

---

799 하느님의 목소리에 압도된 베드로, 야고보, 요한에게 "두려워하지 말고
     모두 일어나라"라고 예수가 말했을 때, 예수가 바뀐 모습으로 같이 이
     야기하던 모세와 엘리야는 이미 사라지고 없었다(마태복음 17.1-8).

800 일곱 미덕들만 남는다.

91 　그녀가 더 말했는지 나는 모른다.
　　다른 이를 이해하지 못하게 막아버리는
　　그녀가 내 눈 안에 이미 들어왔기 때문이었다.

94 　그녀는 두 본성의 야수가 묶어 놓은 수레를
　　거기서 지키도록 남은 듯이
　　진실한 땅 위에 홀로 앉아 있었다.

97 　북풍에도 남풍에도 꺼지지 않는
　　빛을[801] 손에 든 일곱 님프들이
　　그녀를 둘러쌌다.

100 　"이 숲속에 잠시 머물다가,
　　나와 함께 영원히
　　그리스도가 로마인인 로마의 시민이 될 것이다.[802]

103 　그러니, 잘못 사는 세상을 위해,
　　이제 전차에서 눈을 떼지 말고,
　　네가 보는 것을 되돌아가서 글로 쓰도록 하여라."

801　영원한 정신적인 빛.
802　천국의 시민.

106   베아트리체가 그러자, 그녀의 명령에
       온 몸을 바쳐 엎드린 내가
       마음과 눈을 그녀가 바라는 곳에 두었다.

109   가장 먼 경계에서 비가 내릴 때,
       짙은 구름에서도 불이[803]
       그렇게 빨리 떨어진 적이 없었다.

112   유피테르의 새[804]가 저 아래 나무를 향해
       돌진하여 나무껍질과 새 잎들과 꽃들을
       쪼개던 것을 내가 보았다.

115   최대한 세차게 부딪힌 전차는
       우현과 좌현이 바람에 휩쓸리며
       폭풍 속의 배처럼 휘청거렸다.

118   그리고 나는 여우 한 마리가 승리의
       전차의 요람에 뛰어드는 것을 보았다.
       양호한 양식의 식음을 전폐한 듯 보였다.[805]

---

803 가장 높고 짙은 구름에서 내려오는 번개.
804 독수리가 상징하는 로마 황제 네로(재위: 54-68)로부터 디오클레티아누
     스(재위: 284-305)까지 이어지던 그리스도교의 박해.
805 잘못된 이론에서 자라나온 이단.

121   그러나, 부정한 죄를 꾸짖으며,
       살 한점 없는 뼈가 도망칠 수 있을 만큼
       내 여인이[806] 쫓아내었다.

124   그리고 이미 왔던 데를 따라,
       독수리가 수레 깊숙이 내려와
       자기 깃털로 덮는 것을 내가 보았다.

127   한탄하는 가슴에서 나오듯이,
       하늘에서 목소리가 나와 말했다.
       "아, 내 쪽배여, 저런 잘못된 짐을 지다니!"[807]

130   그러자 양쪽 바퀴들 사이로 땅이 열리고,
       한 용이[808] 나와 꼬리로 수레를 찌르는
       것을 내가 보았다.

133   벌이 침을 뽑아내는 것처럼,
       해치는 꼬리를 자기 쪽으로 움츠리며,
       전차 바닥 한 부분을 끌고, 꿈틀대며 가버렸다.

---

806 진리의 교리를 상징하는 베아트리체.
807 콘스탄티누스가 로마의 세속적 권위를 교황에게 증여한 이후 부정부패
     의 죄로 무겁게 짓눌린 교회. "쪽배"처럼 청렴해야 할 교회이다.
808 요한 계시록 12.3-9. 이슬람교의 창시자 무함마드처럼 그리스도교를 분
     열시킨 사탄을 상징한다.

136   남은 것은, 기름진 땅의 잡초처럼,

       아마 건전하고 좋은 의도로 제공된

       깃털로[809] 덮였다.

139   한쪽과 다른 쪽 바퀴와 끌채가,

       열린 입이 한숨을 쉴 때보다 더

       순식간에, 덮였다.

142   그렇게 변형된 거룩한 구조물이 머리를

       사방에서 하나씩 그리고 끌채 위에서

       세 개를 내밀었다.

145   앞쪽 세 머리에는 황소들처럼 뿔이 났고,

       나머지 네 머리에는 뿔이 하나뿐이었다.

       그런 괴물은 아직 본 적이 없었다.[810]

148   높은 산 위의 성채(城砦)처럼 단단히

       위에 앉은 단정치 못한 매춘부가[811]

       주위에 작정된 눈짓들을 보내는 것을 보았다.

---

809 콘스탄티누스 황제의 좋은 의도로 덮는 독수리의 깃털.

810 "용이 나타났는데 일곱 머리와 열 뿔을 지녔고"(요한 계시록12.3). 끌채
     위의 세 머리와 사방의 네 머리가 일곱 머리를 만든다. 두 뿔이 난 세 머
     리와 한 뿔씩 난 네 머리가 열 뿔을 만든다. 부정 부패를 일삼는 교회가
     지닌 일곱가지 악덕들을 상징한다.

811 "짐승을 탄 여자 하나를 보았습니다"(요한 계시록17.3).

151   그녀를 빼앗기지 않으려는 것처럼,
       그녀 옆에 꼭 붙은 한 거인을[812] 내가 보았다.
       그들이 여러 번 서로 입을 맞추었다.

154   그러나 그녀가 음탕하고 방종한 눈길을
       내게 보내자, 매서운 애인이
       그녀를 머리부터 발끝까지 패고난 후,[813]

157   의심과 잔혹한 분노로 가득차,
       괴물을 풀고 숲속 깊숙이 끌고가,
       매춘부와 새 야수를 내게

160   숲으로만 가렸다.[814]

---

812   교황 보니파티우스 8세를 제압한 후 프랑스 출신 교황 클레멘스 5세와
       교황청을 아비뇽으로 옮긴 프랑스 왕 필립 4세.

813   프랑스를 경계하기 위해 오스트리아의 알브레히트 1세(재위: 1298-
       1308)와 시칠리아의 페데리고 2세(재위: 1296-1337)와 도모하던 교황
       보니파티우스 8세는 필립 4세의 명으로 아나니에서 체포되고 수모를 당
       한 한 달 후 1303년에 사망하였다.

814   그리핀("로마인"인 그리스도: 102)이 묶은 전차(괴물)를 풀고 끌고간 매
       춘부(교황)와 프랑스 왕(새 야수)이 같이 시작한 아비뇽 유수.

연옥 33곡 목차 (지상낙원)

연옥 33곡

1   '주여, 이방인들이 왔습니다.'[815]
    세 여인씩, 네 여인씩 번갈아가며,
    감미로운 시편을 울며 시작했다.[816]

4   그녀들의 노래를 들으며 탄식하고 동정하던
    베아트리체가 거의 십자가 곁의
    마리아처럼 변했다.

7   그러나 다른 동정녀들이 그녀에게
    말할 자리를 내주자, 바로 일어나서,
    불꽃처럼 빨갛게 되어 대답했다.

10   "잠시 후에, 너희는 나를 보지 못할 것이다.
    또다시, 내 어여쁜 자매들이여,
    잠시 후에, 너희는 나를 볼 것이다."[817]

---

815 이방인이 파괴한 예루살렘 신전을 한탄하며 하느님의 복수를 희망하는
    시편의 첫 구절 (시편79.1).

816 미사에서와 같이 세 미덕과 네 미덕이 서로 주고받으며 노래했다.

817 시편의 대답으로 베아트리체가 예수께서 자신의 임박한 죽음과 부활을
    예언한 말을 인용한다. ("조금 있으면 너희는 나를 보지 못하게 될 것이
    다. 그러나 얼마 안가서 나를 다시 보게 될 것이다": 요한복음 16.16).

13   그리고 모든 일곱 여인들을 앞장세웠고,
        나와 여인과 남아 있던 현인을
        오직 눈짓으로 그녀 뒤를 따르게 했다.

16   그렇게 가면서 내가 믿기로 열 걸음도
        땅에 채 딛지 않았을 때,
        그녀의 눈과 내 눈이 마주쳤고,

19   평온한 표정으로 "더 빨리 와"라고
        내게 말했다. "내가 너와 말할 때,
        네가 나의 말을 잘 듣도록 하여라."

22   그녀와 함께 내가 해야할 것을 하자
        내게 말했다. "형제여, 이제 나와 함께
        가면서 내게 질문해 보지 않겠느냐?"

25   극도로 경외하는 윗사람 앞에서
        말하며, 목소리가 이빨까지
        살아서 나가지 않는 사람들처럼,

28   기어드는 소리로 내가 시작했다.
        "내 여인이여, 제게 무엇이 필요한지도
        무엇이 좋은지도 당신은 아십니다."

31   그러자 그녀가 내게. "꿈꾸는 사람처럼

        더 이상 말하지 않도록, 두려움과 부ㄲ러움에서

        이제 네가 벗어나길 내가 바란다.

34   뱀이 깨뜨린 것은 과거의 그릇이었지 지금의 그릇이

        아님을[818] 명심하여라. 그래도 죄지은 자는 믿어라.

        하느님의 복수는 국물 한 방울도 두려워하지 않는 것을.[819]

37   먹이가 되기 전에 괴물이 된

        전차에 깃털을 남긴 독수리가

        언제까지 후계자 없이 있지 않을 것이다.[820]

40   내가 확연하게 보고 말한다.

        어떤 방해와 장애에도 안전하게,

        벌써 가까워진 별들이 내주는 시간에,

---

818   "네가 보았던 짐승이 없다 (bestiam quam vidisti fuit et non est)"(요한
       계시록17.8). 사탄이 파괴했던 진실한 의미의 교회가 과거에 있었으나,
       이제 그런 교회는 존재하지 않는다는 뜻이다.

819   당시 페렌체의 관례에 따르면, 살인자가 피해자가 죽은 지 9일 내에 피
       해자의 무덤 위에서 국(수프) 한 그릇을 먹으면 피해자 가족으로부터의
       복수를 면할 수 있었다고 한다. 그런 관례가 하느님의 복수에 전혀 적용
       되지 않는다는 말이다.

820   프리드리히 2세(재위: 1220-1250) 이후 하인리히 7세(재위: 1312-
       1313)까지 신성 로마 제국의 황위가 비어 있었다.

43   하느님께서 내리신 오백십오가[821]

        도둑년과 그녀와 같이 죄짓는

        거인을 죽일 것이다.

46   테미스와 스핑크스처럼, 네 정신을

        혼돈시키는 내 모호한 이야기가

        아마도 너를 덜 설득하여도,

49   가축과 곡식을 해치지 않고도,

        애매하기 짝이 없는 이 수수께끼를

        풀 나이아데스가 곧 사실이 될 것이다.[822]

52   너는 내가 해주는 말을 받아 적어,

        죽음을 향한 질주인 인생을 사는

        자들에게 이 말들을 전해주어라.

---

821 "영리한 사람은 그 짐승을 가리키는 숫자를 풀이해 보십시오. 그 숫자는
    사람의 이름을 표시하는 것으로서 그 수는 육백 육십 육입니다"(요한 계
    시록 13.18). 단테가 가리키는 사람은 로마숫자로 "DXV"(515) 즉, 라
    턴어로 "DUX"(길잡이)를 가리킨다.

822 스핑크스의 수수께끼를 푼 강의 님프들(Niades, Laio의 아들 Laiade 즉
    오이디푸스가 잘못 이해됨)에 분노한 테미스(중세에 예언녀로 잘못 알
    려진 정의의 여신)는 테베에 짐승을 풀어 곡식과 가축을 잡아먹게 하였
    다(오비디우스, 《변신》 7.759). 베아트리체의 예언이 곧 실현될 것이라
    는 말이다.

55   그리고 이제 여기서 두 번[823]이나
       약탈당한 나무를 네가 본 대로
       숨김없이 그들에게 쓸 것을 명심하여라.

58   하느님의 일을 위해서만 거룩하게
       창조된 것을 약탈하고 파괴하는 자는
       신성모독 행위를 범하는 것이다.

61   그것을 베어 물었던 최초의 영혼은,
       오천 년도 넘는 고통과 염원 속에서,[824]
       문 것을 스스로 짊어지신 분을 갈망하였다.

64   그 나무가 그토록 높이 솟고 꼭대기가 넓은
       유일한 이유를 알아내지 않았다면
       네 재능이 잠들어 있는 것이다.

67   네 마음을 둘러싼 헛된 생각들이
       엘사의 강물이 아니었고,[825] 헛된 기쁨들이
       뽕나무를 물들인 피라무스가[826] 아니었더라면,

---

823 독수리와 거인 혹은 아담과 거인의 두 약탈로 해석된다.

824 그리스도교 역사학자 에우세비오스(약 260/5-339)에 의하면, 그리스도
     가 림보에 올 때까지 아담이 5232년을 기다렸다: 5198년(아담 창조 후
     예수 탄생까지) + 34년(33살의 나이에 사망한 그리스도).

825 석회물 함량이 높아 물체를 흐리고 단단하게 만드는 아르노 강의 지류.

826 하얀 뽕나무에 붉은 얼룩을 남긴 피라무스(연옥 27.37).

70   그 정도의 상황만으로도,[827]
        하느님의 정의를 금지된 나무에서
        네가 도덕적으로 판단했을 것이다.

73   그러나 돌로 단단해지고 물들은
        지성 속의 너를 내 말의 빛이
        너무 눈부시게 하는 것을 내가 보니,

76   쓰지는 않더라도 적어도 그려서라도,
        종려나무 가지를 감은 지팡이같이[828]
        네 안에 담아 가길 내가 바란다.

79   그리고 내가, "각인된 모양이
        변하지 않는, 찍힌 촛농처럼
        당신이 내 머릿속에 새겨졌습니다.

82   하지만 왜 당신의 말은 내 시야 위로
        멀리 날아가, 붙잡으려고 애쓰면 애쓸수록
        내가 더 잃어 버립니까?"

85   그녀가 말했다. "네가 따르던

---

827 "그토록 높이 솟고 꼭대기가 넓은 것"(64)만으로도.

828 순례지를 기념하는 모양을 종려나무 가지로 감은 지팡이를 순례자들이
    가지고 다녔다.

그 학파를829 알게 하고, 얼마나 그 교리가

내 말을 따라올 수 있는지 보게 하려고 함이다,

88   가장 높이 신속한 하늘이830 땅과 차이 나듯이,

하느님의 길에서 너희 길이 얼마나 먼지를

보게 하려고 함이다.”

91   그녀에게 내가 대답했다. “당신에게서

한번도 멀어졌던 기억이 없고,

양심의 가책도 없습니다.”

94   “네가 기억할 수 없으면,”

그녀가 미소로 답했다. “오늘

네가 마신 레테를 떠올려 보아라.

97   연기로 불을 증명한다면,

너의 그런 뚜렷한 망각은 네가 다른 데로

한눈을 판 네 죄를831 입증한다.

100   네 거친 눈에 맞추어서

내 말이 이제 참으로

노출되어 드러날 것이다.”

---

829 인간 지성만으로 우주의 진리를 파악할 수 있다고 믿던 철학의 학파.

830 원동천.

831 레테강 속에서 뚜렷이 씻긴 죄.

103	여기저기서 보는 위치에 따라 옮겨가는
	자오선 위로 해가 가장 찬란하고 가장 천천히
	떠서 지나가고 있었을 때,[832]

106	사람들 앞에서 걸어가며 안내하던 이가
	새로운 것이나 그것의 자취를 발견하면
	멈춰서는 것처럼, 일곱 여인들이

109	푸른 잎들과 검은 가지들 아래
	차가운 강물 위로 산이 던지는
	창백한 그림자의 끝에 멈춰 섰다.

112	그녀들 앞에서 유프라테스강과 티그리스강이,[833]
	한 원천에서 솟아나, 친구들처럼,
	둘로 갈라지길 꺼리는 것처럼 보였다.

832	바라보는 자의 방향에 따라 변하는 자오선 위에서 바라보는 자로부터 가
	장 멀리 즉 천구의 꼭대기에 해가 있을 정오에 해는 가장 강하고 가장
	천천히 움직이는 듯 보인다.

833	창세기에서 언급된 지상낙원의 한 원천에서 갈라진 네 줄기들 중 둘: "에
	덴에서 강 하나가 흘러나와 그 동산을 적신 다음 네 줄기로 갈라졌다…
	셋째 강줄기의 이름은 티그리스라 하는데, 아시리아 동쪽으로 흐르고
	있었고, 넷째 강줄기의 이름은 유프라테스라고 하였다"(창세기 3.10-
	14). 단테의 지상낙원의 다른 두 줄기는 레테와 에우노에이다.

115   "오 빛이여, 오 인류의 영광이여,
        한 샘에서 솟아나와 자신을
        자신에게서 가르는 이것이 무슨 물입니까?"

118   그렇게 묻는 내게 말했다. "마텔다에게
        말하도록 물어보아라." 그리고 그녀가
        탓을[834] 면하려는 사람처럼 대답했다.

121   아름다운 그녀가, "이것과 다른 것들을
        이미 그에게 말했습니다. 그리고 레테의 강물이
        그걸 그에게 숨기지 않은 것을 확신합니다."[835]

124   그리고 베아트리체가 말했다. "아마도
        때때로 기억을 앗아가는 더 큰 근심이
        눈 속의 정신을 흐렸을 것이다.

127   저기 솟아오르는 에우노에를 보아라.
        그를 거기로 데려가서, 네가 늘 하듯이,
        그의 질식된 힘을 소생시켜라."

834 레테에서 단테의 죄를 씻은 마텔다가 대답할 의무를 지니고 있다.

835 레테와 에우노에에 대해 마텔다가 단테에게 이미 알려준 (연옥 28.130-
     132) 기억을 레테가 앗아가지 않았을 것이다.

130 온화한 영혼이 다른 사람의 의도가
밖으로 표현되자마자, 변명하지 않고,
자신의 의도로 삼는 것과 같이,

133 내 손을 잡은 아름다운 여인이 움직였고,
스타티우스에게 상냥하고 권위있게
"그와 함께 오시오"라고 말했다.

136 독자여, 더 길게 쓸 공간이 있었더라면,
절대 만족될 수 없이 내가 마셨던
그 감미로움을 조금이나마 기꺼이 노래했을 것이오.

139 그러나 이 두 번째 노래들에 주어진
모든 종이들이 가득찼으니,
내가 예술의 경계를 넘어가지 않겠소.

142 새 잎들을 새로 입은
새 나무처럼 새로된 내가
더없이 신성한 물결에서 되돌아왔다.

145 별을 탈 만큼 순수했다.

성서 구절 찾아보기

구약

창세기
2.7: 연옥 17.114
2.9: 연옥 28.68
2.10-14: 연옥 28.125
3.10-14: 연옥 33.112
3.17: 연옥 32.38
3.24: 연옥 8.25-27
4.14: 연옥 14.133
11.1-4: 연옥 12.35
18-19: 연옥 26.40
19.26: 연옥 9.131-2
29:16: 연옥 27.102
32.1: 연옥 29.

출애굽기
17.31: 연옥 11.13

레위기
11.4: 연옥 16.98-99
17.14: 연옥 5.73

민수기
14.1-38 연옥 18.133-5
18.20: 연옥 16.131-2

여호수아
7: 연옥 20.109-111

판관기
7: 연옥 24.124-6

사무엘하
1.21: 연옥 12.40-42
6.6-7: 연옥 10.55
6.12: 연옥 10.58; 천국 20.39
6.16: 연옥 10.68-9

열왕기상
12.14: 연옥 12.46-8

열왕기하
18-9: 연옥 12.52-4

에스델

3-9: 연옥 17.28-30

욥기

18.17: 연옥 14.30

시편 (Vulgata)

31.2-9 (Psalmus 30.2-9): 연옥 30. 83-
84

32.1 (Psalmus 31.1): 연옥 29.2

51.9 (Psalmus 50.9): 연옥 31.98

51.1 (Psalmus 50.3): 연옥 5.24

51.15 (Psalmus 50.17): 연옥 23.10

79.1(Psalmus 78.1): 연옥 33.1

92.5 (Psalmus 91.5): 연옥 28.80-81

114(Psalmus 113): 연옥 2.46

118.25: 연옥 19.73

126.5: 연옥 30.46

잠언

1.17: 연옥 31.62-63

아가

4.8: 연옥 30.11

애가

1.1: 연옥 1.27

에제키엘

1.4: 연옥 29.102

다니엘

1.12-17: 연옥 22.146-7

유딧

7-15: 연옥 12.58-60

지혜서

7.25: 연옥 11.5

7.26: 연옥 31.139

마카베오하

3: 연옥 20.112

골로사이

4.14: 연옥 29.137-8

요한 1서

4.16: 연옥 17.91-3

요한계시록

4.6-8: 연옥 29.105

7.9: 연옥 29.66

12.3: 연옥 32.145-7

12.3-9: 연옥 32.131

13.18: 연옥 33.43

17.3: 연옥 32.149

17.8: 연옥 33.34